유쾌한 시학 강의

우름두운수룸은 大

365일 독자와 함께 지식을 공유하고 희망을 열어갑니다.

유쾌한 시학 강의

개정판 1쇄 인쇄 2015년 1월 20일

개정판 1쇄 발행 2015년 1월 27일

지은이 강은교, 이승하 외
펴낸곳 아인북스
펴낸이 정유진
등록번호 제2014-000010호

주소 서울시 금천구 가산디지털2로 98
        가산동 롯데 IT캐슬2동 B218호
전화 02-868-3018
팩스 02-868-3019
메일 bookakdma@naver.com

ISBN 978-89-91042-52-0 03800

유쾌한 시학 강의

강은교·이승하 외 지음

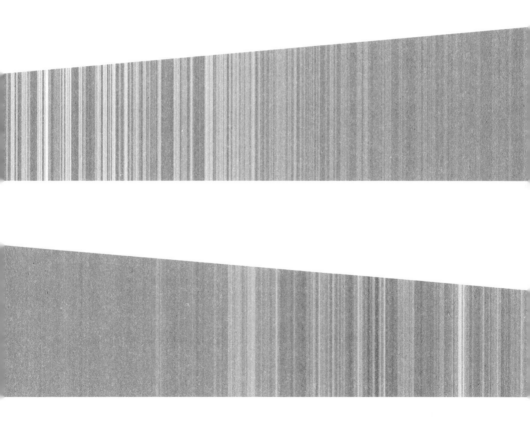

아인북스

삶과 에로스와 '시마^{詩魔}'와 시론

아가사 크리스티의 『나일 강의 죽음』 마지막 장면이 생각납니다. 나일 강을 배경으로 호화여객선에서 살인사건이 벌어집니다. 영국의 부자 상속녀이며 아름다운 미모의 여자인 리넷 리지웨이는 친구인 재클린 드벨포의 잘생긴 약혼녀 시몬 도일을 가로챕니다. 리넷 리지웨이의 돈이 필요했던 시몬 도일은 거짓 결혼 후 아내를 죽이고 이 음모를 목격한 다른 승객들은 원래의 약혼녀인 재클린 드벨포의 공모하에 죽어나갑니다. 포와로 탐정에 의해 사건의 전모가 드러나자 재크린 드밸포는 사랑하는 남자 시몬 도일을 권총으로 쏘고 자신도 자살합니다. 이 광경을 보던 승객하나가 '사랑이란 그렇게 무서운 것일 수도 있군요'라고 탄식하자 포와로가 대답합니다. '그 때문에 대부분의 위대한 러브스토리가 비극인 겁니다.'라고 대답합니다.

이 말은 67편의 추리소설과 중편과 로맨스소설 등을 포함해 전 세계 4억 부가 팔린 아가사 크리스트의 사실상의 문학관이자 인생관을 드러낸 말입니다. 이 말을 저는 시에 대입하고자 합니다. '시란 무서운 것일 수도 있군요'라고 누가 말한다면 '그 때문에 대부분의 위대한 시들이 비극인 겁니다'라고 말하고 싶습니다. 이 생각의 배경에는 시란 삶의 표현이고 삶이란 결국은 에로스의 자기현시라는 견해를 인정하고 싶기 때문입니다. 삶은 시대와 개인에 따라 천변만화의 변주와 양태를 보여 왔습니다. 그러나 삶이 죽음을 대극으로 하는 에로스의 긴장이라는 점에서는 과거나 지금이나 혹은 미래까지 변함없는 사실입니다.

시가 무서운 것이라는 생각은 이규보의 '시마詩魔'에서 찾을 수 있습니다. 이규보는 「시벽詩癖」이라는 시를 만년에 지었는데 내용은 다음과 같습니다. "나이 이미 칠십을 넘었고 / 지위 또한 삼공三公에 올랐네. / 이제는 시 짓는 일 벗을 만하건만 / 어찌해서 그만두지 못하는가. / 아침에 귀뚜라미처럼 읊조리고 / 저녁엔 올빼미인 양 노래하네. / 어찌할 수 없는 시마詩魔란 놈 / 아침저녁으로 몰래 따라다니며 / 한번 붙으면 잠시도 놓아주지 않아 / 나를 이 지경에 이르게 했네. / 날이면 날마다 심간心肝을 깎아 / 몇 편의 시를 쥐어짜내니 / 기름기와 진액은 다 빠지고 / 살도 또한 남아있지 않다오. / 뼈만 남아 괴롭게 읊조리니 / 이 모양 참으로 우습건만 / 깜짝 놀랄 만한 시를 지어서 / 천 년 뒤에 남길 것도 없다네. / 손바닥 부비며 혼자 크게 웃다가 / 웃음 그치고는 다시 읊조려본다. / 살고 죽는 것이 여기에 달렸으니 / 이 병은 의원도 고치기 어려워라."

이규보의 '시마'란 시인의 '시를 쓰고 싶은 억제할 수 없는 충동'을 말하며 마치 사랑에 빠진 연인이 모든 상황을 뛰어넘은 에로스의 충동을 수행하는 것과 같습니다. 개체의 죽음을 무릅쓰고라도 종족의 번식을 향한 에로스의 충동을 우리는 곤충이나 물고기 등의 삶에서 확인하지만 이런 충동은 아가사 크리스티의 생각으로는 인간에게도 있습니다. 그래서 삶에는 이성으로서 헤아릴 수 없는 심연과 비밀이 숨어 있습니다.

저는 시도 마찬가지로 이성으로 파악할 수 없는 존재의 심연과 비밀에 관한 수수께끼가 숨어있다고 생각합니다. 많은 시인과 철학자들이 시에 관한 정의와 시론을 저작했지만 모두 시라는 코끼리 일부분을 드러냈을 뿐, 시의 모습은 항상 인간의 의미망을 초월합니다. 인류라는 종의 삶이 아직 완결되지 않은 까닭이라고 생각합니다.

시인광장은 그동안 '시인들의 문학 강좌'를 통해 소개된 우리 시대 현장 시인들의 생생한 시론을 엮어 출간하게 되었습니다. 이 출간 기획의 의도대로 시를 사랑하고 공부하는 모든 분들께 삶과 에로스와 시의 비밀을 파악하는 데 일부라도 도움이 되기를 진심으로 바랍니다.

김백겸 | 웹진 『시인광장』 주간

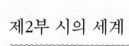

제2부 시의 세계

제1부
시 창작법

시 창작을 위한 7가지 방법

강은교

1. 장식 없는 시를 써라

설명하지 않아도 되는 것, 시적 공간만으로 전해지는 것, 그것이 시의 매력이다. 시를 쓸 때는 기성시인의 풍을 따르지 말고 남이 하지 않는 이야기를 해라. 주위의 모든 것은 소재가 될 수 있으며 시의 자료가 되는 느낌을 많이 가지고 있게 되면 시를 쓰는 어느 날 그것이 튀어나온다. 하지만 시는 관념만으로 되는 것이 아니라 관념이 구체화하고 형상화되었을 때 시가 될 수 있다. 그러므로 묘사하는 연습을 많이 하라.

2. 시는 감상이 아니라 경험임을 기억하라

시는 경험의 밑바탕에 있는 단단한 생각에서 나오는 것이다. 이때의 경험은 구체적 언어를 이끌어 내준다. 단지 감상만 하고서는 시가 될 수 없으며 좋은 시는 감상을 넘어서야 나올 수 있다. 시는 개인에게서 시작했지만, 개인을 넘어서야 감동을 줄 수 있기 때문이다. 감상적인 시만 계속해서 쓰면 '나'에 갇히게 된다. 그러므로 '나'를 넘어선 '나'의 시를 써라. 단, 시를 쓰는 일이란 끊임없이 누군가를 격려하는 일임을 기억해야 한다.

3. 시가 처음 자신에게 다가왔던 때를 돌아보고 시를 쓸 수 있다는 사실을 믿어라

'내가 정말로 시인이 될 수 있을까?'라고 의심하지 말고 신념을 갖고 시를 써라. 나의 시를 내가 믿지 않으면 누가 믿어 주겠으며, 나의 시에 내가 감동하지 않으면 누가 감동해 주겠는가. 시가 어렵고 힘들게 느껴지는 순간엔 처음 마음으로 돌아가서 시가 처음 당신에게 다가왔던 때를 돌아보라. 문학 평론가 염무웅은 이렇게 충고한다. "세상의 하고 많은 일 중에 왜 하필 당신은 시를 쓰려고 했는가? 그럼에도 왜 남들이 이해하지 못하는 시를 쓰는가?"라고. 우리는 신념을 갖고 시를 쓰되 남이 이해할 수 있는 시를 써야 한다.

4. 시의 힘에 대하여

좋은 시에는 전율을 주는 힘이 있다. 미국의 자연 사상가인 헨리 데이비드 소로는 이렇게 말했다.
"떠오르는 아침 해를 보고 전율하지 않는 사람은 한물간 사람이다.

오래 살고 싶으면 일몰과 일출을 보는 습관을 가져라."

그는 자연에서 생의 전율을 느끼라고 충고한다. 우리의 삶에서 가장 전율을 많이 주는 것은 무엇일까? 연애가 주는 스파크, 음악 등이 아니겠는가. 허나 살다가 보면 이때의 전율도 잊어버리기 마련이다. 시는 정신적으로 전율을 느껴야만 나올 수 있다. 그러므로 시를 쓰려면 전율할 줄 아는 힘을 가져야 한다.

표현과 기교는 차차로 연습할 수 있지만, 감동과 전율은 연습할 수 없는 부분이다. 우리에게 감동이 혹은 전율이 스무 살 때처럼 순수하게 올 수 있을까? 그 순수한 전율을 맛보기 위해서는 시인의 남다른 노력이 필요하다.

5. 자유로운 정신Nomade에 대해서

원래 '노마드Nomade' 란 정착을 싫어하는 유목민에서 나온 말이다. 이 말은 무정부 상태, 틀을 깬 상태, 즉 완전한 자유를 의미한다. 예술의 힘, 시의 힘은 바로 이 노마드의 힘이 아닐까? 우리의 정신은 이미 어떤 틀에 사로잡혀 있는 국화빵의 틀에 이미 찍혀 있는 상태다. 그러므로 우리는 틀을 깨는 연습부터 해야 한다.

흔히 문학을 하는 사람 중에는 이 틀을 깨는 과정에서 술알코올의 힘을 빌려야 좋은 문장이 나온다고 믿는 사람이 있는데 술을 도구로 하여 얻어지는 상태가 과연 진짜 자유인지를 우리는 생각해 볼 필요가 있다. 그건 자유를 빙자한 다른 이름일 수도 있지 않을까. 만약 술의 힘이 필요하다면 우리는 어떤 이데올로기도 그려져 있지 않은 순백의 캔버스를 끄집어내기 위해서만 술을 마셔야 하지 않을까.

6. '낯설게 하기'와 '침묵의 기법'을 읽히자

우리는 상투 언어에서 벗어나 '낯설게 하기' 기법을 익혀야 한다. 상투의 틀에 붙잡히지 말고 끊임없이 새로운 정신으로 긴장을 살려나가자. 감상적인 시는 분위기로밖에 남지 않으며 '시 자체'와 '시적인 것'은 확연히 구분되어야 한다.

시적은 것은 시의 알맹이가 아니다. 시적인 것에만 붙들려 있으면 시가 나오지 않는다. 우리의 시가 긴장하여 이데올로기의 자유를 성취하는 순간 깜짝 놀랄 구절이 나온다. 그러므로 우리는 현실에 사로잡히지 않는 자유정신을 지니자. 몸의 자유가 뭐 그리 중요한가? 또한 "침묵의 기술, 생략의 기술"도 익히자.

예를 들어 T.S. 엘리엇의 「황무지」라는 시는 우리에게 침묵의 공간을 보여주고 있다. 시와 유행가의 차이는 그것이 의미 있는 침묵인가 아닌가의 차이다. 시는 감상이 아니라 우리를 긴장시키는 힘이 있는 것인데, 만약 설명하려다 보면 감상의 넋두리로 떨어져 버리게 된다. 그러므로 우리는 침묵의 기술을 익혀야 한다.

보다 침묵하는 부분이 많을수록 그 시는 성공할 것이다. 발레리(Paul Valery, 1871.10.30 ~ 1945.7.20)는 말했다. "바람이 분다. / 살아야겠다." 이 짧은 두 행의 사이에는 시인 자신이 말로 설명하지 않은 수많은 말이 소용돌이치고 있음이 보이는가? 그러나 침묵의 기술을 익히려면 많은 연습이 필요한 법이다.

우리는 많이 쓰고 또 그만큼 많이 지워야 한다. 시를 쓸 때도 다른 모든 세상일처럼 피나는 연습이 필요하며 더욱이 말로 다 설명하지 않으면서 형상화하는 데에 더 많은 노력이 필요하다.

7. '소유'에 대한 시인의 마음가짐

시를 쓰고, 어느 정도의 성취를 맛보려면 약간의 결핍 현상이 있어야 한다. 왜냐하면, 매사 풍요한 상태에서는 시가 나오기 힘들기 때문이다. 역설적으로 들리긴 하겠지만, 시인이 되려는 사람은 아주 많은 것을 소유하려고 해서는 안 되지 않을까?

강은교 1945년 함남 홍원에서 출생. 연세대학교 영문과와 동 대학원 국문과 졸업. 1968년 『사상계』 신인문학상에 시 「순례자의 잠」 등이 당선되어 등단. 시집으로 『허무집』, 『풀잎』, 『빈자일기』, 『소리집』, 『붉은 강』, 『바람 노래』, 『오늘도 너를 기다린다』 등이 있음. 그 밖에 산문집 『허무수첩』, 『추억제』, 『그물 사이로』 등과 동화로 『숲의 시인 하늘이』, 『하늘이와 거위』 등이 있음. 제2회 한국문학작가상, 제37회 현대문학상, 제18회 정지용문학상 등을 수상.

열두 편의 시와 일곱 가지 이야기

공광규

시는 사람들이 가장 관심을 갖는 예술양식입니다. 동시에 인류가 남긴 가장 오래된 문학 예술양식입니다. 공자는 역대의 시를 모은 『시경』으로 제자들을 가르쳤습니다. 『불경』과 『성경』의 많은 부분은 시 형식으로 쓰여 있습니다. 이슬람 경전인 『코란』은 시로 쓴 대 서사시이며 아직까지도 일상에서 낭송되고 있습니다. 현재 이슬람권에서는 이슬람 권역 전체 전통시 낭송대회가 개최되는데, 그 상금이 노벨문학 상금 약 16억원(스웨덴화 1천만 크로네)에 버금가는 15억원(130만 달러/〈한겨레〉 2010.3.25)이라고 합니다. 환율 차이이니 역전될 수도 있습니다. 미국에서는 최근 시 암송 교육이 부활하고 있다고 합니다.[1] 암송은 이미 우리 선조들이 시를 공부했던 방식입니다.

중국 청나라 문학가 원매(袁枚, 1716~1797)는 "시를 많이 읽으면 운명이 아름다워진다多讀詩書命亦佳"라고 하였습니다. 이런 전통 때문에 옛날부터 지금까지 시는 인류의 가슴을 들끓게 하고 있습니다. 그래서 조금이라도 시에 관심이 있는 사람들은 이런 질문을 많이 합니다. "어떻게 하면 시를 쓸 수 있나요?" 그러나 이런 시 창작 방법에 대한 질문에 꼭 맞는 대답은 없습니다. 시인마다 다르기 때문입니다.

중국 양나라 때 유협(466~520)이 지은 문학이론서 『문심조룡文心雕龍』이라는 책이 있습니다. 그 책에 보면 "문학창작 규범은 이리저리 움직이는 것이어서 고정된 것이 아니니, 나날이 새롭게 시도해야 그것을 성취할 수 있다.(… 중략 …) 당대를 보는 눈을 지녀야 새로운 것을 창조하고, 고대의 모범을 참조함으로써 창작의 방법을 정립한다"라고 하였습니다.[2] 유협의 말처럼, 미국 태생의 영국 시인 엘리엇이 '시에 대한 정의의 역사는 오류의 역사'라고 한 것처럼 시를 쓰는 특별한 방법은 없습니다. 한마디로 창작방법은 무한 다면체와 같습니다.

다만, 여러 시인이 시를 써오며 공감하고 동의해온 몇 가지 공통점과 시

---

1) 〈워싱턴 포스트〉는 2008년 5월 5일 자 신문에서 지난 40년간 미국의 교실에서 거의 사라진 고교 학생들을 상대로 시 암송 교육이 부활하고 있다고 보도했다. 학생들 역시 이를 억압적으로 받아들이지 않고 자신을 표현할 수 있는 기회로 생각하고 있다고 한다. 이 신문에 미국의 계관시인 찰스 시믹과 빌리 콜린스가 전하는 시 쓰기와 암송에 관한 조언을 실었다.
[시 쓰기] 찰스 시믹(Charles Simic, 1938~) : ·독자들이 이미 삶에 대하여 알고 있는 얘기는 하지 말라. ·당신이 세상에서 유일하게 고통받고 있는 사람이라고 생각하지 말라. ·위대한 시 가운데 소네트(14행 시) 또는 그 길이를 넘기지 않는 시가 많다. ·너무 길게 쓰지 말라. ·직유, 비유, 은유는 시를 간결하게 한다. ·눈을 감고 무엇을 해야 할지 상상해보라. ·쓰고자 하는 단어를 큰 소리로 읽어본 뒤 당신의 귀로 하여금 다음에 오게 될 말을 결정하도록 해보라. ·지금 쓰고 있는 것은 추가적인 손질이 필요한 초고임을 명심하라.
[시 암송] 빌리 콜린스(Billy Collins, 1941~) : ·이해될 수 있도록 천천히 읽어라. ·제목을 읽고 난 후 시의 첫 행을 읽을 때까지 몇 초간 쉬어라. ·정상적이고 편안한 목소리로 읽어라. ·마치 무대에 선 것처럼 극적인 느낌으로 읽을 필요는 없다. ·읽기를 쉬는 때는 행의 맨 끝이 아니라 구두점이 있을 때만 하라. ·익숙하지 않은 단어는 사전을 찾아보는 습관을 들여라.

인 개인이 오랫동안 시를 써오면서 굳어진 습관이 있을 뿐입니다.[3] 그래서 다른 시론을 설명하기보다, 제 시집 『소주병』과 『말똥 한 덩이』를 내면서 정리한 시 창작 이야기를 해보고자 합니다. 시 창작 방법에 대한 관심이 더 필요하시다면 창작 강의 경험을 이야기로 구성한 『이야기가 있는 시 창작 수업』을 참고하시기 바랍니다.

첫째, 경험을 옮긴다.

시 쓰기 시작은 경험을 공책에 옮기는 것에서 시작합니다. 경험을 그냥 옮기는 것은 아니고, 경험에서 오는 서정적 충동을 옮기는 것입니다. 남녀가 만났을 때 느낌(feel, 성적충동=서정적 충동)이 와야 연애가 시작되는 것처럼, 시인이 사물을 만났을 때도 똑같이 느낌(서정적 충동)이 와야 시를 쓸 수 있습니다. 그래서 시인은 사물과 연애하는 사람입니다. 사물이 나에게서 도망가지 않도록 잘 관찰하고 비위를 맞추며 정성스럽게 다루어야한다는

---

2) 유협 지음, 최동호 옮김, 『문심조룡』, 민음사, 1994 참조. 이 책은 전반부 25편에 문학의 근본원리와 문체론을, 후반부 25편에는 창작과 감상, 표현기법 등을 다룬 것이다.
3) 작가들의 작업방식: 괴테는 64년간 『파우스트』에 매달림. 발자크는 매일 밤 수도사 옷을 입고 촛불을 켜놓고 여섯 시간 이상 작업을 시작해서 작업이 끝날 때까지 60잔의 커피를 마시며 글을 씀. 『보바리 부인』을 쓴 플로베르는 적확한 단어를 찾기 위해 3일 동안 방바닥에서 골머리를 앓음. 톨킨은 『반지의 제왕』을 18년 걸려 완성. 조르쥬 상드는 줄담배를 피워가며 나흘 만에 장편 '악마의 늪'을 탈고. ●생활방식: 아리스토텔레스는 요란한 복장으로 학교를 배회하거나 변덕스럽고 사치를 즐기는 최초의 정신 나간 스승. 러시아 대문호 톨스토이는 하루아침에 방탕한 생활에서 벗어나 윤리성을 설파하고 다니는 기이한 성인. 마르셀 프루스트는 거의 침대에만 누워 지냄. 프랑스 추리소설의 대가 조르주 심농은 영감을 얻기 위해 1만여 명의 여성과 성교(미하엘 코르트, 『광기에 관한 잡학사전』을유문화사, 2009). 제임스 조이스 『율리시즈』는 단 하루를 쓰는데 8년이 걸림. 마가렛 미첼 『바람과 함께 사라지다』집필을 위한 자료수집에 20년 걸림. 정약용은 『매씨서평梅氏書評』을 51년 만에 마치고, 신작은 『시차고詩次故』를 완성하는데 27년이나 걸렸다고 함.

얘기입니다.

그런데 경험이 없이는 서정적 충동이 일어나지 않을 것입니다. 모든 상상력은 경험에서 발아합니다. 경험은 자신이 체험한 직접경험과 독서나 대화에서 얻는 간접경험이 있는데, 경험이 많을수록 시 쓰기에 유리할 겁니다. 천 가지 경험이 하나의 아이디어를 낸다는 말이 있습니다. 시는 바로 아이디어, 즉 발상입니다.

시인을 포함한 예술가는 끊임없이 다른 경험세계를 만나서 새로움을 창조합니다. 새로운 경험에서 나온 서정적 충동을 시로 옮겨 놓으면, 독자는 그것을 읽고 새로운 세계에 공감하고 정서적으로 감응을 하게 되는 겁니다. 다음 아마추어 문예공모전 심사평을 읽어보시기 바랍니다.

"시가 자기 삶의 경험에서 양성된 정서의 압축된 표현이라고 한다면, 거기에는 당연히 직업에 따른 독특한 분위기가 배어 있으리라 기대할 수 있다. 그러나 막상 투고된 시들을 읽어 보니, 직무와 연관된 발상이나 생활의 직접적 투영이라 여겨지는 작품들은 찾아보기 어려웠다. 오히려 직장생활 바깥에서 이루어지는 종교적 체험이라든가 복잡한 도시생활과 대비되는 농촌적 경험, 또는 자연풍경 속에서의 순화된 감정세계 등이 시의 주조를 이루고 있다"(염무웅, 2009년 금융인문화제 시 부문 심사평).

이처럼 대부분 초보자들은 시를 자기 경험을 옮기는 것이라고 생각하지 않습니다. 굉장히 고고하고 막연한 곳, 좀 다른 세계에 시의 제재가 있는 것으로 생각합니다. 그래서 자기 경험을 반영하고 확장한 개성 있는 시를 쓰지 못하는 것입니다. 그러니 당연히 뻔하고, 생동감도 없습니다.

　제가 직접 술을 마시는 체험 중에 창작 동기가 발아하여 시를 창작한 구체적인 사례가 「소주병」입니다. 이 시는 어느 겨울, 대천해수욕장 포장마차에서 소주를 마시다가 서정적 충동이 일어나서 쓴 것입니다. 그 이전에도 소주를 많이 마셨는데, 왜 유독 이때 서정적 충동이 일어났을까? 아마 분위기 때문일 겁니다. 고향과 가까운 해변, 포장마차, 겨울, 바람, 뒹구는 소주병. 그리고 또 하나 시인의 준비된 자세일 것입니다.

　　술병은 잔에

　　다자기를 계속 따라주면서

　　속을 비워간다

　　빈 병은 아무렇게나 버려져

　　길거리나

　　쓰레기장에서 굴러다닌다

　　바람이 세게 불던 밤 나는

　　문 밖에서

　　아버지가 흐느끼는 소리를 들었다

　　나가보니

　　마루 끝에 쪼그려 앉은

빈 소주병이었다.

-「소주병」

분위기가 아무리 좋아도 연애를 하겠다는 욕망이 없으면 연애가 안 되듯, 시를 써야겠다는 욕망을 갖지 않으면 시가 안 됩니다. 대천에 왔으니 시를 한편 써야겠다, 빈 소주병 입을 지나가는 바람이 붕붕하고 우는 소리를 아버지의 울음소리로 연결시키면 좋은 시가 되겠다, 이런 욕망이 강하게 작용하였습니다. 이런 욕망의 결과 계속 따라주기만 하고 버려지는 소주병이 아버지의 삶과 같구나 하는 비유를 발견한 것입니다.

소주는 국민의 술이자 민중의 술입니다. 또 아버지는 누구입니까? 가족을 위해 돈을 더 벌고, 큰집에 살고, 자식들을 잘 키우려고 무진 애를 쓰다가 늙어서 버려지는 결핍과 실패의 산물입니다. 누구를 막론하고 사회적 지위나 빈부와 상관없이 아버지의 인생은 대부분 실패와 결핍의 인생입니다. 물론 결핍은 욕망의 아들이라고 합니다. 욕망이 없으면 결핍도 없겠죠. 그러나 욕망이 없는 인간은 아마 죽은 인간일 겁니다.

저희 아버지 역시 많은 다른 아버지들처럼 가족의 생계를 위해 애썼습니다. 결혼 후 상경해서 실패하고, 낙향하고, 다시 도시를 떠돌다가 낙향하여 광산으로 떠돌고, 결국에는 농촌에 정착해서는 아침저녁으로 일만 하셨습니다. 그러다가 폐암에 걸려 마루 끝에 쪼그려 앉아서 가래침을 뱉어내다가 56세에 돌아가셨습니다.

제 자신의 소주 마시기 체험, 자주 술에 취하여 실패한 인생을 한탄하시던 아버지와 병든 아버지의 말년 기억을 교직시켜 한편의 시를 만들게 된 것입니다. 독자들은 시를 읽고 자신의 아버지가 된 자기 자신이나 아버지에 대한 경험 속으로 빠질 것이고, 비슷한 경험의 연대를 통하여 공감을 일으킬 것입니다. 공감은 창작자와 독자 사이에 일어나는 느낌의 주파수가 같을 경우에 오는 것입니다.

'시는 언어를 가지고 인생을 모방하는 예술입니다'-아리스토텔레스. 저는 「소주병」에서 제 자신과 아버지의 인생을 모방하였습니다. 이렇게 시는 인생의 '경험'을 모방하는 것이라고 생각하면 됩니다. 산문과 운문(시)의 차이, 즉 인생의 사건을 모방하면 산문이 되고, 인생의 감정을 모방하면 시가 된다고 생각하면 됩니다.4) 모방은 다른 말로 재현과 반영입니다.

우스갯소리를 하면, 혼자 사는 할머니와 실패한 예술가에게 가장 필요한 것은? 바로 '영감'입니다. 그런데 이 '영감'은 그냥 오는 게 아닙니다. 노력을 해야 합니다. 그래서 에디슨은 99퍼센트의 노력과 1퍼센트의 영감이라고 했는지도 모릅니다.

영감은 다른 세계, 낯선 세계와 만나는 경계선에서 생겨난다고 합니다. 창조를 가능하게 하는 새로운 영감과 만나려면 다른 세계를 만나야 합니다. 다른 세계를 만나는 가장 편리한 방법은 여행과 독서, 대화일 것입니다. 우리는 모든 일을 경험할 수 없으므로 남의 경험을 훔치는 독서를 해야 하는데, 다른 예술에서도 독서 경험은 영감을 불러오는데 중요한 역할을 합니다.

시인 릴케는 조각가 로댕의 비서였습니다. 릴케의 기록에 의하면 로댕은 주머니가 항상 불룩했다고 합니다. 물론 조각을 하기 위한 연장이었겠지?

---

4) 산문과 운문의 차이는 쌀을 재료로 하는 밥과 술, 인간 행동의 걷기와 춤추기, 언어의 말과 노래의 차이일 것이다.

아닙니다. 단테의 『신곡』이라는 책이었다고 합니다. 로댕은 독서 경험을 통해서 얻은 영감으로 '지옥의 문'이라는 위대한 조각 작품을 만들었습니다. 이처럼 모든 예술 창작을 위해서는 다른 세계와 만나는 다양한 독서 경험이 중요한 것입니다.

창작뿐이 아니고 과학이나 정치를 하더라도 독서 체험은 중요합니다. 모든 분야의 성공적인 사람들은 책 읽기에서 시작해 책 쓰기로 끝냈습니다. 빌게이츠는 어려서 자기 동네 도서관 책을 몽땅 읽었다고 합니다. 동네도서관 출신인 빌게이츠의 창의력은 바로 독서 경험에서 나온 것입니다. 고인이 된 애플사의 전 경영자였던 스티브 잡스는 시에서 아이디어를 떠올렸다고 하였습니다. 그는 대학중퇴 후 리즈대학의 인문학 강좌에서 붓글씨에 매혹되어 붓글씨를 배우고, 창업 시 맥컴퓨터 서체를 실제 붓글씨로 공부하여 디자인을 고안했다고 합니다. 다른 경험, 낯선 세계를 경험하여 창조력을 발휘한 사례입니다.

아래의 시 「수종사 풍경」은 남양주 수종사 여행 경험을 시로 쓴 것입니다. 수종사 여행 경험이 없었다면 이 시를 쓰지 못했을 겁니다. 종교시들과 마찬가지로 여행시들도 대개 실패를 하는데[5], 아래 시가 어느 정도 성공한 것은 여행정보를 거의 없애고 개인의 감정을 외물인 수종사 풍경에 의탁하였기 때문입니다.

양수강이 봄물을 퍼 올려

---

[5] 진리에 대한 정보는 종교경전에 다 있고, 여행정보는 여행 안내서에 다 있다. 누구나 다 아는 것을 잘 정리해 놓은 것이 유행가이며, 누구나 다 아는 것을 새롭게 쓰는 것이 시다.

온 산이 파랗게 출렁일 때

강에서 올라온 물고기가

처마 끝에 매달려 참선을 시작했다

햇볕에 날아간 살과 뼈

눈과 비에 얇아진 몸

바람이 와서 마른 몸을 때릴 때

몸이 부서지는 맑은 소리

― 「수종사 풍경」

둘째, 이야기를 꾸며낸다.

경험을 옮기는 것만으로는 시가 안 됩니다. 인간의 경험은 그렇게 다양하거나 극적이지 않습니다. 경험으로만 시를 쓴다면 일생동안 몇 편뿐 쓰지 못할 것입니다. 그래서 작은 경험의 조각에서 이야기를 만들어낼 줄 알아야 합니다.

우리는 백일장이나 청탁을 받고 막상 시를 쓰려면 더 이상 시를 쓸게 없는 것처럼 보입니다. 이미 많은 시인들이 좋은 시를 다 써버린 것 같기 때문입니다. 이는 창작자가 경험에서 상상력을 발전시켜 이야기를 꾸며낼 줄 모르기 때문입니다. 궁극적으로 시는 춤이나 음악이나 영화처럼 이야기를 들려주는 것입니다.

'시인은 단순히 운문의 창조자가 아니라 이야기나 구성을 창조하는 사람입니다'-아리스토텔레스. 시인의 기능은 일어난 일뿐만 아니라 일어날 수 있는 일을 기술하는 것입니다. 시인은 자신의 온갖 경험을 섞고 흔들어 이야기를 새롭게 만들어 낼 줄 알아야 합니다. 이것은 경험의 횟수와는 상관없습니다. 이야기를 만들어내는 상상력의 문제입니다.

따라서 연애시를 많이 썼다고 연애를 많이 한 시인은 아닌 것입니다. 여러분의 평생 연애 횟수를 생각해보기 바랍니다. 시는 실제 경험한 사건으로만 쓰는 것이 아니라 경험에서 발아시킨 상상력으로 이야기를 꾸며가야 합니다.

상상력은 인간의 가장 위대한 힘입니다. 종교는 물론, 우리가 살고 있는 문자와 도시, 법률, 교육 등 모든 제도는 인간의 상상력이 만든 것입니다. 신이 인간을 창조한 것이 아니라 인간이 신을 상상력으로 창조한 것입니다.

「별국」은 어머니와 함께 했던 몇 개의 흐릿한 경험의 조각들을 상상력을 발휘하여 한 편의 이야기로 엮은 것입니다.

　　가난한 어머니는

　　항상 멀덕국을 끓이셨다

　　학교에서 돌아온 나를

　　손님처럼 마루에 앉히시고

흰 사기그릇이 앉아 있는 밥상을

조심조심 들고 부엌에서 나오셨다

국물 속에 떠 있는 별들

어떤 때는 숟가락에 달이 건져 올라와

배가 불렀다

숟가락과 별이 부딪히는

맑은 국그릇 소리가 가슴을 울렸는지

어머니의 눈에서

별빛 사리가 쏟아졌다.

　　　　　　　　　　　　　　- 「별국」

　1~3연은 경험의 조각을 모은 것이고, 4~7연은 상상력으로 이야기를 만들어 가며 쓴 것입니다. 그러나 이 시는 모두 실제 제가 경험한 사실을 그대로 쓴 것처럼 이지만 아닙니다. 상상력을 발휘하여 이야기로 만든 허구입니다.

　이 시에는 몇 개의 심상이 나타납니다. 제 시의 기법적 계보는 정지용으로부터 시작합니다. 대학의 문학개론 시간에 정지용의 시 「유리창」을 배우는 순간, 이렇게 시를 쓰면 되겠다는 생각을 하였습니다. 정지용 시를 만나기 전에는 선배들을 따라다니며 시를 쓰고 낭독회를 여러 번 해보았지만 시를 어떻게 써야 하는지 도대체 감이 잡히지 않았습니다. 그러다가 정지용의 시를 만나면서 시의 원리를 깨우쳤습니다. 시 창작 방법을 방황을 하다가 멘토를 만난 것입니다. 창작에서도 멘토가 중요합니다. 그래서 제 시는 지금까지도 심상 중심입니다.

'별국', '별빛 사리'는 상상력을 통해 심상으로 창조한 어휘입니다. '멀덕국'은 충청도 사투리인데, 사투리를 시어로 제도권에 진입시킨 사례입니다. 시가 변방의 언어를 중심의 언어로 만든 것입니다. 그래서 시인은 어휘의 창조자라고 하는지 모릅니다. 셰익스피어가 창조한 어휘는 지금 영어를 세계 제일의 공용어로 만드는 발판이 되었다고 합니다.[6]

아래의 시「완행 버스로 다녀왔다」는 실제로 광화문에서 완행버스를 잘못 타는 바람에 경험한 사례를 이야기로 만들어간 것입니다.

오랜만에 광화문에서

일산 가는 완행버스를 탔다

넓고 빠른 길로

몇 군데 정거장을 거쳐 직행하는 버스를 보내고

완행버스를 탔다

이곳저곳 좁은 길을 거쳐

---

6) 셰익스피어가 만들어낸 단어 양은 영문학상 최고이며, 그가 새로 만든 단어는 세는 방법에 따라 2,076개라는 주장도 있고, 6,700개라는 주장도 있습니다. 셰익스피어 당시에 영어단어가 15만 개였고, 그가 사용한 단어가 2만 개였으니 자신이 사용한 단어의 10%를 만들어 사용한 것입니다 (폴 존슨 저, 이창신 옮김, 『창조자들』, 황금가지, 2009. 100쪽 참조).

사람이 자주 타고 내리는 완행버스를 타고 가며

남원추어탕집 앞도 지나고

파주옥 앞도 지나고

전주비빔밥집 앞도 지나고

스캔들 양주집 간판과

희망맥주집 앞을 지났다

고등학교 앞에서는 탱글탱글한 학생들이

기분 좋게 담뿍 타는 걸 보고 잠깐 졸았다

그러는 사이 버스는 뉴욕제과를 지나서

파리양잠점 앞에서

천국부동산을 향해 가고 있었다

천국을 빼고는

이미 내가 다 여행 삼아 다녀본 곳이다

완행버스를 타고 가며

남원, 파주, 전주, 파리, 뉴욕을

다시 한 번 다녀온 것만 같다

고등학교도 다시 다녀보고

스캔들도 다시 일으켜보고

희망을 시원한 맥주처럼 마시고 온 것 같다

직행버스를 타고 갈 수 없는 곳을

느릿느릿한 완행버스로 다녀왔다.

- 「완행버스로 다녀왔다」

셋째, 솔직하게 표현한다.

　시는 자신의 생각을 거짓 없이 표현한다는 말입니다. 이것은 동양 시학의 제일 원리입니다. 『논어』에 나오는 사무사思無邪입니다. 시를 대할 때 거짓이 없이 대하라, 정직하라, 솔직하라는 말입니다. 바로 '진정성'입니다. 창작자나 독자, 편집자 모두 이러한 자세를 가져야 한다는 공자의 문학관입니다.

　시는 자기 생각을 거짓 없이 꺼내 종이 위에 옮기는 작업입니다. 우리는 자기 생각을 진솔하게 털어놓을 수 있는 곳이 사실상 없습니다. 사실이나 진실은 자신을 위험하게 하고 남을 불편하게 하기 때문입니다. 그래서 대부분 사람들의 일상은 거짓말투성이입니다. 그러나 시는 자기 생각을 거짓 없이 문장을 통해 표현하는 것을 허용하는 예술 양식입니다. 그래서 대중들이 선호하는 것입니다. 시인은 사람들이 자신을 감추고 위장하고 싶어 하는 본래 마음을 대신하여 솔직히 드러내주는 존재인 것입니다.

　시는 자기의 생각을 진솔하게 토로하는 고해성사 행위입니다. 교회의 권위가 고해성사 제도 때문에 유지되는 것처럼, 시의 권위도 이런 고해성사적 요소 때문에 유지되는지도 모릅니다. 일기를 쓰면서 청소년기의 혼돈을 극복하고, 연애편지를 쓰면서 사랑하고 떨리고 보고 싶은 마음을 가다듬는 것처럼, 시도 다른 글쓰기와 마찬가지로 자기 고백을 통한 자기 치유 효과가 있습니다. 이미 시 치료, 문학치료, 예술치료가 오래전부터 학문화 실용화되고 있습니다. 사람은 원래 살인하고 도둑질하며, 간음하고 싶고, 술 취하고 싶고, 미워하고, 더 미워하면 죽이고 싶고, 질투하고 시기하는 존재입니다. 종교와 법률은 인간이 원래 이러한 존재임을 인정하고, 이를 규제하기 위해 경전과 법률로 정하여 금지하고 있는 것입니다. 이러한 금지 때문에 정신이 분열된, 고통스러워하는 사람의 원래 마음을 시인이 대신 표현하여 주면, 독자들은 시를 읽고 "그래, 이거 내 마음이야"라고 공감하며 즐거움을 느끼게 됩니다. 이러한 사례가 「폭설」입니다.

술집과 노래방을 거친
늦은 귀가길

나는 불경하게도
이웃집 여자가 보고 싶다

그래도 이런 나를
하느님은 사랑하시는지

내 발자국을 따라오시며
자꾸 자꾸 폭설로 지워 주신다.

　　　　　　　　　　　－「폭설」

저는 이 시집을 내면 실제 이 시를 시집의 맨 앞에 놔야 할지 고민을 했습니다. 독자가 이 시를 읽고 나를 어떻게 생각할까 하는 자기검열 때문입니다. 정치시, 성과 관련된 시를 쓸 때 이런 고민을 많이 합니다. 그래서 중간쯤에 이 시를 편집해서 보냈는데, 편집자가 맨 앞으로 배치한 것입니다. 이 시를 읽은 어느 분은 자신의 속마음을 대신하여 잘 썼다고 탄복하기도 합니다. 어느 분은 제가 이웃집 여자와 무슨 일이 있었느냐고 놀리기도 하고, 어떤 분은 이웃집 남편이 찾아오지 않았느냐는 농담을 걸기도 합니다. 시가 이렇게 대중의 입에서 이야기 거리가 된다는 것은 좋은 것입니다. 사람의 본성을 건드리고 그 본성을 다시 생각해보게 하기 때문입니다.

위 시의 내용은 실제 이웃집 여자와는 아무런 상관이 없습니다. 그냥 저를 포함한 대한민국 중년 남성의 자기용서와 자기위로의 시입니다. 퇴폐한 자본주의 소비문화에 포섭된 우리나라의 중년 남성문화를 풍자한 것입니다. 화자를 일인칭으로 했으니 자기 풍자의 시입니다.

현재 대한민국의 많은 남자들의 저녁 문화는 대개 술집에서 술집으로 전전하는 것입니다. 지금도 술을 잘 먹는 놈이 남자답고 쫀쫀하지 않고 인간적인 사람이라는 생각을 하고 있습니다. 통계를 보면 술 잘 먹는 남자가 실제 수입도 더 많고 사회적 지위도 높다고 합니다. 술 잘 먹는 놈이 출세한다는 신화가 여전합니다. 이건 좋건 나쁘건 현실을 지배하는 문화와 관습이어서 극복하기가 어려운 게 사실입니다.

시의 내용과 시인의 삶은 일치하지 않습니다. 시는 단지 창작물입니다. 시와 시인에 대한 편견 때문에 시인은 가난하고 술주정뱅이고 세상 물정을 모르는 사람이라는 편견을 갖게 됩니다. 그러나 이런 것들은 시나 시인과 아무런 상관이 없는 것입니다. 이규보나 정약용은 정치에 적극적인 공무원이었으며, 모택동이나 호지명은 나라를 세운 정치가입니다. 엘리엇은 평생 넥타이를 풀지 않는 단정한 용모와 복장을 한 책임감 있는 가장이었습니다.

그렇기에 프랑스의 작가 롤랑 바르트(Roland Barthes, 1915.11.12 ~ 1980.3.25)는 '사람은 작품에서 작가를 죽여야 진정한 의미에서 독자가 탄생한다'고 하였습니다. 저자는 오로지 글쓰기를 배합하고 조립하는 조작자, 또는 남의 글을 인용하고 베끼는 필사자에 불과하다는 것입니다. 그러니 작품을 읽을 때는 저자를 철저히 배제하고 읽어야 진정한 독자가 된다는 말입니다. 작품에서 작가를 몰아내고, 작품 속의 이야기가 나의 이야기로 느껴질 때 감동을 하게 된다는 것이죠. "그래, 공광규의 「폭설」은 바로 나의 이야기고 감정이야!" 하고 말이죠.

아래의 시 「거짓말」은 자신의 생각과 다르게 살아가는 중년의 위선적 행실을 고백한 것입니다. 시를 읽어보면 결론도 거짓말입니다. 인생이 이렇습니다.

대나무는 세월이 갈수록 속을 더 크게 비워가고
오래된 느티나무는 나이를 먹을수록
몸을 썩히며 텅텅 비워간다
혼자 남은 시골 흙집도 텅 비어 있다가
머지않아 쓰러질 것이다

도심에 사는 나는 나이를 먹으면서도

머리에 글자를 구겨 박으려고 애쓴다

살림집 평수를 늘리려고 안간힘을 쓰고

친구를 얻으려고 술집을 전전하고

거시기를 한 번 더 해보려고 정력식품을 찾는다

대나무를 느티나무를 시골집을 사랑한다는 내가

늘 생각하거나 하는 짓이 이렇다

사는 것이 거짓말이다

거짓말인 줄 내가 다 알면서도 이렇게 살고 있다

나를 얼른 패 죽여야 한다.

ㅡ「거짓말」

넷째, 선배에게 배운다.

위 시에 나오는 대나무의 속성이 식물학적 오류임을 나중에야 알았습니다. 대나무의 굵기는 죽순에서 결정된다고 합니다. 대나무는 4년 동안 죽순 키의 상태로 멈춰있다고 합니다. 그렇게 키가 정지하여 있는 동안 대나무는 뿌리를 깊고 넓게 확보하면서 굵기를 결정한다고 합니다. 대나무의 4년은, 우리의 대학 4년과 마찬가지로 고전과 선배를 공부하는 시기라고 보면 됩니다.

규범이 되는 선배의 시를 공부하지 않으면 시 쓰기에 금방 바닥을 드러낼 것입니다. 새로움은 옛것에서 옵니다. 모든 글쓰기는 옛것을 모방하는데서 시작합니다. 시 역시 고전과 선배를 흉내 내는 것에서 시작됩니다. 앞에 언급한 『문심조룡』에서 "고대의 모범을 참조하여 창작방법을 정립한다"는 말을 되새겨보시기 바랍니다. 글쓰기 초기에는 모방을 하고, 이력이 붙으면 자기만의 색깔을 갖추어 가며, 점점 자기만의 독창적 생각과 표현을 하게 됩니다. 그 이후라도 시의 질적 성장과 비약을 위해서는 고전과 선배의 글을 계속 공부해야 합니다.

고전을 열심히 공부하지 않고, 동시대 시인들의 좋은 시를 읽지 않고 시를 잘 쓰겠다는 것은 오산입니다. 실력이 느는 것 같지 않더라도 매일 잠깐이라도 규칙적으로 끊임없이 고전과 선배를 공부해야 합니다. 이러한 흐름을 유지하는 것이 몰입이고, 그래야 시 쓰기에 성공을 할 수 있을 겁니다. 어떤 이유로든 공부를 쉬면 후퇴를 합니다. 하여튼 시를 오래 잘 쓰려면 고전과 선배들의 시를 열심히 공부해야 합니다. 창작자는 자신이 시의 방향을 잘 잡아 가고 있는 지, 고전과 선배의 시를 통해서 자꾸 확인해야 합니다.

공자는 '술이부작述而不作'이라고 하여, 자신의 글이 고전과 선배가 이루어 놓은 것을 진술한 것이지 창작한 것이 아니라고 하였습니다. 공자는 또 '온고지신'을 강조하였습니다. 옛 것을 따뜻하게 품어서 새로운 것을 창조한다는 것입니다. 남녀가 따뜻하게 품어야 아이를 '창작'할 수 있는 것처럼 창작 행위는 창조가 아니라 재활용이라는 것입니다.

서거정은 모든 작품은 표현이나 구상에서 그 나름의 근원을 가지고 있다고 하였습니다. 아무리 뛰어난 시라도 구절마다 전거나 원류를 가지고 있다는 말입니다. 추사 김정희는 "가슴속에 만 권의 책이 들어 있어야 그것이 흘러넘쳐서 그림과 글씨가 된다"고 하였습니다. 바로 서권기 문자향書卷氣

文字香인 것입니다. 책을 많이 읽고 교양을 쌓으면 몸에서 책의 기운이 풍기고 문자의 향기가 난다는 뜻입니다. 그래서 그 사람의 작품은 독서 경향과 연결됩니다. 윤동주는 백석 시집 『사슴』을 베껴 쓰면서 공부했고, 신경림의 시에도 백석을 열심히 공부한 흔적이 나타납니다. 저는 정지용을 열심히 필사하며 공부하였습니다.[7]

어려서부터 언제 어디서든 책을 읽었다는 체 게바라는 살벌한 혁명 전장에서 선배의 작품을 열심히 읽고 자신도 글을 열심히 썼습니다. 그는 아르헨티나 귀족 가문에서 태어나 의대를 졸업하고 세상을 바꾸기 위해 의사의 길을 포기한 뒤 쿠바혁명에 참여하였습니다. 전장에서 전사한 그의 유품에는 지도와 두 권의 일기, 그리고 공책 한 권이 들어있었는데, 그가 좋아했던 네루다 등 4명의 69편의 시가 빼곡히 적혀있었다고 합니다. 주로 사랑과 낭만 시였다고 합니다(『체 게바라의 홀쭉한 배낭』, 실천문학사, 2009).

특별히 이 사람을 소개하는 것은 생사를 넘나드는 혁명전장에서조차 고전과 선배의 시를 읽고 베끼면서 죽는 순간까지 시를 썼기 때문입니다. 뿐만 아니라 그의 배낭 속에는 언제나 괴테, 보들레르, 도스토예프스키, 네루다, 마르크스, 프로이트, 레닌 등의 책들이 떠나질 않았다고 합니다. 이런걸 보면 생계를 위한 직장과 가사, 육아를 이유로 시 읽기와 쓰기를 게을리 하는 것은 모두 핑계일 것입니다.

겨울 아침에 소리 없이 쌓인 마당의 흰 눈을 본 적이 있을 겁니다. 흰 눈

---

7) 최인호(1945~)는 2011년 7월 9일 〈매일경제〉와의 인터뷰에서 "이번에 나는 확실히 깨달았다. 지금까지 나는 작품은 내가 쓰는 줄 알았다. 하지만 아니다. 작가는 받아쓰기 하는 존재다. 그리하여 항상 깨어 받아쓰기할 준비를 하고 기다려야 한다. …… 그러므로 나는 무엇을 쓸 것인가 구상하지 않는다. 나는 다만 그분이 올 때까지 기다릴 것이다"라고 하였다.

과 지식은 모르는 사이에 쌓인다고 합니다. 고전과 선배의 시에 관심을 갖고 읽어가다 보면 온 몸으로 시가 가득 올 것입니다.

아내를 들어 올리는데
마른 풀단처럼 가볍다

수컷인 내가
여기저기 사냥터로 끌고 다녔고
새끼 두 마리가 몸을 찢고 나와
꿰맨 적이 있다

먹이를 구하다가 지치고 병든
컹컹 우는 암사자를 업고
병원으로 뛰는데

누가 속을 파먹었는지
헌 가죽부대처럼 가볍다.

　　　　　　　　　　　　　　－「아내」

위 시는 독일의 시인 브레히트를 공부하여 얻은 것입니다. 여성이 육체적으로 가장 힘든 시기는 출산과 육아기입니다. 시「아내」는 제 아내가 육아기에 실제로 아파서 병원으로 옮기느라 들었던 체험을 시로 형상한 것입니다. 부부를 밀림의 사자로, 밥벌어먹고 살아야 하는 경쟁 현실을 밀림으로 비유한 시입니다. 그러나 브레히트의 「나의 어머니」라는 시를 읽지 않았으면 이 시를 생각해내지 못했을 것입니다. 다음은 브레히트가 1920년에 쓴 시입니다.

"그녀가 죽었을 때, 사람들은 그녀를 땅 속에 묻었다./ 꽃이 자라고 나비가 그 위로 날아갔다./ 체중이 가벼운 그녀는 땅을 거의 누르지도 않았다./ 그녀가 이처럼 가볍게 되기까지, 얼마나 많은 고통을 겪었을까!"

짧은 이 시의 '가볍다'나 '고통'이라는 어휘가 병든 아내의 가볍고 고통스러워하는 상황을 만나면서 시를 만들게 된 것입니다.

'가죽부대'라는 말 역시 『우리말 팔만대장경』을 뒤지다가 만난 어휘입니다. 아마 황지우의 어느 시에도 몸을 가죽부대에 비유한 대목이 나왔던 것을 기억하는데, 그도 불경을 열심히 읽은 흔적이 여기저기 나타납니다. 앞의 시 「별국」역시 김삿갓의 시를 읽어서 쓴 것입니다. 여행 중 어느 집에서 밥을 얻어먹다가 가난한 주인이 밥풀이 둥둥 뜨는 묽은 죽을 내오며 미안해하자, 김삿갓은 "나는 밥그릇에 비치는 청산을 좋아한다오" 한데서 얻은 착상입니다.

그러나 에디슨의 말대로 독창성은 출처를 감추는 기술입니다. 고전과 선배의 시를 읽되 거기에서 매이지 말고 벗어야 합니다. 그동안 많은 시인들이 고전을 읽고 시를 써서 명작을 남겼습니다.[8]

아래 시 「미루나무」는 바로 고전인 『논어』와 『장자』를 읽지 않았다면 이 시를 쓰지 못했을 겁니다.[9] 시집에 싣지는 않았지만, 「식물서사」[10]라는 시를 쓰기도 했는데, 이는 『논어』를 읽다가 서정적 충동이 일어나서 쓴 것

입니다. 「자한子罕」편 22절에 "식물이 싹은 도중에 잎이 말라서 꽃이 피지
않는 것도 있으며, 꽃은 피었지만 열매를 맺지 못하는 것도 있을 것이다"라
는 표현이 있는데, 이 부분을 읽어가다가 공자가 틀림없이 인생을 비유적으
로 말한 식물이야기를 시로 써도 좋겠다는 생각을 한 것입니다.

앞 냇둑에 살았던 늙은 미루나무는

착해 빠진 나처럼 재질이 너무 물러

재목으로도 땔감으로도 쓸모없는 나무라고

---

8) 윤동주의 「서시」는 『맹자』를 열심히 읽어서 쓴 것이다. '진심-상'에 보면 "우러러 하늘에 부끄
럽지 아니하며, 굽어서 사람에 대해 부끄럽지 않다(仰不愧於天 俯不怍於人)"라는 구절에서 가져
온 것이다. 윤동주는 『맹자』를 좋아하고 맘에 드는 구절을 공책에 베끼기도 했다. 윤동주의 부끄
러움의 시학은 『맹자』에서 온 것이라고 할 수 있다.
　김수영의 「풀」은 『논어』 '안연' 19절에 나오는 '草上地風'에서 발상을 한 것이다. 거기에 "군자
의 덕이란 것은 바람과 같고 백성의 덕은 풀과 같은 것이다. 풀잎이 위로 바람이 불면 풀잎은 반드
시 바람이 부는 대로 춤을 추며 휘어질 것이다."라는 공자의 말에서 인용한 것이다.
　충담사의 「안민가」역시 『논어』 '안연' 11절 "군자의 행동거지는 군자답게, 신하의 행동거지는
신하답게, 부친의 행동은 어버이답게, 자식의 행동은 자식답게 하면 됩니다. 그래야 안정된 생활
을 할 수 있습니다."에서 가져온 것이다.
　윌리엄 블레이크의 「순수의 전조」역시 "하나가 쏙하면 일체가 쏙하며, 십법계가 동시에 쏙하지
않은 것이 없다"는 불경을 읽어서 "한 알의 모래 속에서 세계를 보며/ 한 송이 들꽃에서 천국을 보
라./ 그대 손바닥 안에 무한을 쥐고/ 한 순간 속에 영원을 보라."는 명구를 얻었을 것이다. 모두 수
사법상 용사의 수법이고 인유의 방식이다.
9) 『논어』 「옹야」편 6절에서 "공자께서 중궁의 인물됨에 대하여 이렇게 말씀하셨다. '예를 들어
경작용 얼룩소의 새끼가 털색깔이 붉고 뿔이 반듯하다면, 비록 제물로 제사에 쓰지 않으려고 해도
산천의 신이 그냥 내버려두겠는가?'"라고 하였는데, 이것은 잘난 놈이 먼저 제사용 소로 선택된
다는 말이다. "못생긴 나무가 선산을 지킨다"는 우리 속담과 같다.
10) "싹이 나서도/ 잎을 볼 수 없는 식물이 있고// 꽃이 피어도/ 열매 맺지 못하는 식물이 있다//
열매를 맺어도/ 영글기 전에 떨어지는 식물이 있다// 통도사 후원/ 연화문 단청을 배경으로 핀 홍
매 닮은// 내 누이 하나가 그랬다/ 내 옛 여자 하나도"(「식물서사」전문).
　「선진」편 13절에 "민자건은 옆에서 모셨는데 온화하고, 자로는 씩씩하고, 염유와 자공은 강직하
니, 공자께서 기뻐하셨다. 다만 자로 같은 이는 온당한 죽음을 얻지 못할 듯하다."라고 했는데, 자
로와 같이 다혈질이고 씩씩한 사람은 제 명에 죽음을 얻지 못한다는 말이다. 자로를 경계한 말이
다. 자로는 칼싸움을 하다가 일찍 죽었다.

아무한테나 핀잔을 받았지

가난한 부모를 둔 것이 서러워

엉엉 울던 사립문 밖 나처럼

들판 가운데 혼자 서서 차가운 북풍에 울거나

한여름 반짝이는 잎을 하염없이 뒤집던 나무

논매던 어른들이 지게와 농구를 기대어놓고

낮잠 한 숨 시원하게 자면서도

마음만 좋은 나를 닮아 아무것에도 못 쓴다며

무시당하고 무시당했던 나무

그래서 아무도 탐내지 않아 톱날이 비켜갔던

아주아주 오래 살다가

폭풍우 몰아치던 한여름

「헌문」편 6절에서도, 남궁괄이 공자께 물었다. "예는 활을 잘 쏘았고, 오는 육지에서 배를 밀고 다녔지만, 모두 제 명에 죽지 못하였습니다. 그러나 우와 직은 몸소 농사를 지었는데도 천하를 소유하셨습니다." 공자께서 대답하지 않으시더니, 남궁괄이 밖으로 나가자, 공자께서 말씀하셨다. "군자로구나! 이 같은 사람이여! 덕을 숭상하는구나, 이 같은 사람이여!"라고. 활을 잘 쏘고 육지에서 배를 밀 정도로 힘이 센 사람이 먼저 죽는다는 힘은 힘으로 망한다는 이치를 말하고 있다.
『장자』「인간세」편에 '목수의 눈에는 쓸모없는 나무라야 오래 산다'고 하였다. 「소유요」편에는 장자와 혜시라는 사람이 말다툼을 하는데, 혜시가 "크기는 컸지만 온통 뒤틀리고 가지는 비비꼬인 가죽나무라는 나무가 있는데, 목수는 그 나무를 거들떠보지도 않는다네. 장자 당신이 꼭 그 같은 나무야."라고 하자, 장자가 맞선다. "나무가 쓸모없다고 말하면 안 되네. 곁에 거닐거나 나무 밑에서 소요하거나 누워 자도 되는 것 아니겠나. 도끼에 찍힐 일도 없고, 해를 끼칠 일도 없는데, 어째서 쓸모가 없다고 괴로워할 일인가?"

바람과 맞서다 장쾌하게 몸을 꺾은 나무.

－「미루나무」

다섯째, 재미있게 만든다.

재미없는 시는 오래가지 못합니다. 독자들이 버리기 때문입니다. 우리는 행복하려고 시를 배우고 읽고 씁니다. 돈을 벌고 명예를 얻고 정치를 하려고 쓰는 게 아닙니다. 물론 다른 직업과 마찬가지로 시를 배우고 쓰다보면 돈이 벌리고 명예가 얻어지고 정치가가 되기도 하겠지만, 시의 궁극적 목표는 우리 인생의 목표와 똑같은 행복이어야 합니다. 행복의 다른 말은 재미이며, 재미를 통해 사람은 기쁘거나說=悅 즐겁게樂 됩니다.[11] 공자는 "아는 것 보다 좋아하는 것이 낫고 좋아하는 것보다 즐기는 것이 낫다"고 하였습니다. 시를 알고 좋아하는 것을 넘어서 즐기는 것이 중요한 것입니다.

시든 소설이든 결국은 재미있는 글이 오래 살아남게 됩니다. 중국의 학자가 반만으로도 천하를 다스린다고 하였고, 일본의 학자가 천하제일서로 불렸던 『논어』처럼, 우리 민족 제일서인 『삼국유사』처럼, 장자의 우화처럼, 이솝의 우화처럼, 불경과 성경의 이야기처럼 재미가 있어야 독자들이 오랫동안 관심을 갖고 사랑하게 됩니다. 그래서 시를 재미있게 만들어낼 줄 알

---

[11] 즐거움의 향유는 사실 유교적 전통에서도 낯설지 않다. 공자의 어록인 『논어』는 즐거움에 대한 언급으로 시작된다. 學而時習之 不亦說乎, 즉 배우고 때때로 그것을 익히면 즐겁지 아니한가? 이며, 러시아어 번역은 "배우고 완성을 향하여 끊임없이 노력하면 즐겁지 아니한가" 이다. 군자란 자기완성의 인간이고 유교는 자기완성의 종교이다(이현우, 『로쟈의 인문학 서재』 산책자, 2009. 17쪽 참조).

아야 합니다.

우리가 잘 아는 아리스토텔레스의 『시학』은 비극론인데, 정설은 아니지만 희극론도 있었다고 합니다. 그런데 당시 최고 권력자인 교황을 비롯한 성직자들이 희극론을 없앴다고 합니다. 민중들이 즐거워하면 신을 소중하게 여기지 않게 되고, 그러면 성직자들의 권위와 직장이 없어지기 때문입니다.

그전에는 인간을 단순한 신앙인으로만 봤는데, 단테 같은 작가들이 인간을 신앙인이자 시민으로 보는 글을 쓰면서 종교와 성직자의 권위가 무너지기 시작했다고 합니다. 이 때문에 문인이면서 현실 정치가이자 사상가였던 단테는 종교 권력의 미움을 사는 바람에 피렌체에서 정치적으로 영구 추방되었다고 합니다.

하여튼 재미는 권위 있는 집단이나 개인들이 가장 무서워하고 싫어하는 것입니다. 인간은 재미가 있으면 권위에 굴복하지 않습니다. 특히 평등을 싫어하는 가부장제 권위의 사회에서는 얼굴에 웃음을 띠면 좀 시시한 인간으로 취급되었습니다. 저도 왜 실실거리느냐고 아버지에게 혼나기도 했고, 선배들에게 "왜 쪼개냐?"고 구타를 당하기도 하였습니다. 미소나 웃음이 폭력의 대상이 되었던 것입니다.

최근 언론에 독일의 푸라이부르크대학 헬가 코스트호프 교수가 연구결과, 남성이 여성보다 농담을 많이 하는 이유는 권력과시의 공격적인 행동 때문이라고 합니다. 그래서 지위가 낮은 사람이 웃기면 위험하다고 합니다 (〈포커스〉 2009. 8. 25). 이처럼 웃음과 권력은 서로 관련이 있는 것 같습니다.

아무튼 「무량사 한 채」는 재미있게 구성한 시의 사례입니다.

오랜만에 아내를 안으려는데

"나 얼마만큼 사랑해!"라고 묻습니다

마른 명태처럼 늙어가는 아내가

신혼 첫날처럼 얘기하는 것이 어처구니없어

나도 어처구니없게 그냥

"무량한 만큼!"이라고 대답을 하였습니다

무량이라니!

그날 이후 뼈와 살로 지은 낡은 무량사 한 채

주방에서 요리하고

화장실서 청소하고

거실에서 티비를 봅니다

내가 술 먹고 늦게 들어온 날은

목탁처럼 큰소리를 치다가도

아이들이 공부 잘하고 들어온 날은

맑은 풍경소리를 냅니다

나름대로 침대 위가 훈훈한 밤에는

대웅전 꽃살문 스치는 바람소리를 냅니다.

- 「무량사 한 채」

위 시는 아내와 있었던 실제의 대화를 진술한 것이 아닙니다. 가능한 이
야기를 재미있게 구성한 허구입니다. 고향 부근에 있는 무량사(충남 부여군
외산면 소재)라는 절을 여러 번째 가던 중 창작동기가 발화하여 쓴 것입니다.

제가 술을 먹거나 아이들 공부 문제로 아내가 잔소리하는 것은 집안에서 흔히 있는 일입니다.

대웅전 꽃살문이란 표현은 〈조계사회보〉에서 사진으로 본 것을 시 쓰는 과정에서 떠올린 것입니다. 꽃살문 스치는 바람소리는 무엇을 비유한 것인지 상상이 갈 겁니다. 저는 이 구절을 생각해 내고 사람들이 이 시를 읽으면서 웃을 것이라는 생각을 하였습니다.

아래 시 「걸림돌」은 시중에 떠도는 우스갯소리를 가져다가 재미있게 구성한 것입니다. 이 시를 본 독자들은 대부분 재미있다고 평가하였습니다. 이 이야기는 시중에 떠도는 우스갯소리를 제가 도둑질 한 것입니다. 떠도는 우스갯소리도 시를 쓰겠다는 자세^{관심과 애정}를 가지고 들으면 재미있는 시를 구성하는데 도움이 됩니다. 다른 과학이나 예술장르와 마찬가지로 역시 시는 일상에서 창조한다는 원리도 여기에 들어 있는 것입니다. 미국의 제32대 루즈벨트 대통령의 영부인 엘리너 루즈벨트는 '비관주의자에게 걸림돌은 낙관주의자에게는 디딤돌이 된다' 고 하였습니다.

저 역시 걸림돌이 없다면 세상을 제멋대로 살다가 스스로 망가져서 인생을 조기에 마쳤을지도 모릅니다. 아니면 시를 핑계로 술집과 카페에 들락거리느라 결혼도 못하고, 지금 형편없는 몰골을 하고 있을지도 모릅니다.

잘 아는 스님께 행자 하나를 들이라 했더니
지옥 하나를 더 두는 거라며 마다하신다
석가도 자신의 자식이 수행에 장애가 된다며
아들 이름을 아예 '장애' 라고 짓지 않았던가

우리 어머니는 또 어떻게 말씀하셨나

인생이 안 풀려 술 취한 아버지와 싸울 때 마다

"자식이 원수여! 원수여!" 소리치지 않으셨던가

밖에 애인을 두고 바람을 피우는 것도

중소기업 하나 경영하는 것만큼이나 어렵다고 한다

누구를 들이고 둔다는 것이 그럴 것 같다

오늘 저녁에 덜 돼먹은 후배 놈 하나가

처자식이 걸림돌이라고 푸념하며 돌아갔다

나는 "못난 놈! 못난 놈!" 훈계하며 술을 사주었다

걸림돌은 세상에 걸쳐 사는 좋은 핑곗거리일 것이다

걸림돌이 없다면 인생의 안주도 추억도 빈약하고

나도 이미 저 아래로 떠내려가고 말았을 것이다.

- 「걸림돌」

여섯째, 현실을 건드린다.

요즘 시가 지겹다고 합니다. 시에 현실감과 생동감이 없어서입니다. 시의 내용이 뜬구름 잡는 이야기입니다. 이것은 시인의 현실생활이 없기 때문입니다. 생활이 없으니 시인의 경험 세계가 박약할 수밖에 없습니다. 구체적 생활 경험이 없으니 글도 횡설수설이고 목표와 방향이 없는 것입니다. 그래서 현재 한국 문단의 시가 난해, 난잡의 함정에서 벗어나지 못하고 있는 것은 이런 사회적 분위기과 관련됩니다.

유몽인은 시는 사상과 감정을 표현하는 것인데, 시어를 아무리 잘 다듬어도 정작 사상적 내용과 그 지향성(志向性)이 결여되면 시를 알아보는 사람이 이를 읽지 않을 것이라고 하였습니다. 시는 시 속을 일깨우는 데 의의가 있는 것이지 풍물이나 경치만 읊는 게 아니라는 말입니다. 수백 년 전 선배가 요즘 시인들에게 하는 말입니다.

40여 년 간 조선시대 문단을 장악했던 서거정은 '여행과 현실에서 배우지 않은 문장은 곧 낡고 썩기 쉽다'고 하였습니다. 문장은 기백이 나타나는 것이기 때문이랍니다. 요즘 시들이 횡설수설에다 난해, 난잡 불통인 것은 시인이 현실과 접촉하지 않기 때문입니다. 우리 인간은 사회, 정치, 경제, 역사적 현실에 던져진 존재입니다. 시인 자신이 회사원, 학생, 주부이면서도 자기 존재와 무관한 시를 써대니, 이는 시를 잘 못 가르치고 배워서 그렇습니다. 아마추어 문예공모전 심사평에 실린 글을 보기로 합시다.

"흔히들 '문학'하면 비현실적이고 일상생활에서 일탈한 환상적인 것으로 생각하기 쉽다. 잘못된 문학교육의 영향 탓이다. 문학은 환상적인 것도 있지만 극히 평범한 보통사람들의 기쁨과 슬픔과 분노와 고뇌를 그린 것도 포함한다. 왜 이런 따분한 말을 하느냐 하면, 산문 부분 응모자들이 너무 규격화된 소재가 많은 대신 정작 기대했던 은행 안에서 전개되는, 혹은 될법한 온갖 재미있는 소재들은 드물다는 걸 지적하고 싶어서다. 가장 많은 소재가 가족(특히 어머니와 아버지), 그 다음이 여행기, 산행 등이다. 마치 은행 생활 이야기를 고의로 피하는 듯하다. 그 안에서 얼마나 많은 일들이 벌어지는데 그런 문학적인 소재의 황금 창고를 외면한 채 다

른 화두를 열심히 찾는 게 안타깝다. 물론 은행 이야기만 하라는 뜻이 아

니라 세상을 살아가는 땀 냄새가 스민 글이 진정한 문학이라는 것이다.

특히 산문을 읽노라면 은행원들은 세상과 담벽을 쌓고 업무가 끝나면 등

산이나 여행만 다니는 것 같다. 시야를 넓혀 보통사람들의 다양한 생각을

담아보기 바란다." (임헌영, 2009년 금융인문화제 산문 심사평).

바로 현실의 자기 경험이 시 소재의 황금 창고인 것입니다. 그러나 문학

교육의 잘못으로 대부분 황금 창고를 보지 못합니다. 시인은 현실 상황에

놓인 자기의 존재를 살피는 것에서부터 시 쓰기를 시작해야 자신의 이야기

이니 잘 쓸 수 있고, 그래야 현실감과 생동감 있는 시를 쓸 수 있습니다.

자기 자신의 존재, 즉 여성시인은 성차별 속에 사는 여성의 문제, 주부시

인은 가사와 육아 등에 대한 전담 문제, 교사시인은 교권에 대한 시비, 회사

원 시인은 임금이나 고용 등 노동권리, 문학청년은 실업이나 등록금(과거 소

1마리에서 현재 8마리 정도 팔아야 대학졸업)로부터 시를 시작해야 하는데 그렇지

않습니다.

현실감과 생동감 있는 시를 쓰기 위해서는 현실에 관심을 가지고 상상력

을 발휘해야 합니다. 올바른 지식인(시인 모두가 올바른 지식인은 아니지만)이라

면 도대체 세계가 어떻게 돌아가는지, 우리 인간을 살기 어렵게 하는 사회

의 문제가 무엇인지 밝히고 따져야 합니다. 아래 시 「얼굴반찬」은 핵가족

화 세태를 풍자한 시입니다.

옛날 밥상머리에는

할아버지 할머니 얼굴이 있었고

어머니 아버지 얼굴과 형과

동생과 누나의 얼굴이 맛있게 놓여있었습니다

가끔 이웃집 아저씨와 아주머니

먼 친척들이 와서 밥상머리에 간식처럼 앉아있었습니다

어떤 때는 외지에 나가 사는

고모와 삼촌이 외식처럼 앉아있기도 했습니다

이런 얼굴들이 풀잎 반찬과 잘 어울렸습니다

그러나 지금 내 새벽 밥상머리에는

고기반찬이 가득한 늦은 저녁 밥상머리에는

아들도 딸도 아내도 없습니다

모두 밥을 사료처럼 퍼 넣고

직장으로 학교로 동창회로 나간 것입니다

밥상머리에 얼굴반찬이 없으니

인생에 재미라는 영양가가 없습니다.

- 「얼굴반찬」

돈과 경쟁으로 요약되는 자본주의는 핵가족화를 넘어 가족의 해체를 낳고 있습니다.[12] 여럿이 모여 밥 먹을 기회도 거의 없고, 그래서 가족끼리 부딪히며 사는 재미도 없습니다.

〈워싱턴 포스트〉지가 얼마 전 대한민국을 '신경쇠약 직전의 대한민국' 이

라는 제하의 보도를 하였습니다. 치솟는 이혼율, 세계 최고의 자살률, 입시
에 짓눌린 학생, 폭음 등을 그 예로 들었습니다. [13]

한국 현실은 가족이 모두 흩어져 돈벌이를 하느라 정신없이 허덕이고 있
습니다. 거기다 학생들은 입시 경쟁에 몰려 어려서부터 사설학원에 돈을 퍼
주러 다닙니다. [14] 그러니 집안에 식구들이 모일 기회가 적고, 인생에 재미
가 없는 것은 당연합니다. 인생 최고의 문제는 바로 사는 재미이며, 재미있
어야 행복하고, 행복해야 성공하는 인생이기 때문입니다.

대개 가난할수록 결혼을 못하거나 결혼을 하더라도 주로 경제적인 문제

---

12) 기러기 아빠, 갈매기 아빠 문제. '나홀로 지방에…위기의 주말 아빠' "한국경제의 심장인 지방
의 산업단지에 갈수록 홀아비들이 늘고 있다. 자녀교육 때문에 홀로 지방에 머무는 이른바 '갈매
기 아빠'의 증가는 가정 해체와 기업 생산성 저하의 원인이 되는 동시에 사회기반의 붕괴라는 잠
재적 위험을 안고 있는 시한폭탄이라는 지적이 많다." "퇴근하면 갈 곳이 없어요. 불 꺼진 빈방에
열쇠로 문 따고 들어가는 것이 가끔은 끔찍하게 느껴질 때가 있습니다. 혼자 있다 보니까 잠도 잘
안와요. 그래서 술이 친구가 된 셈이죠." (당진군 송악 유흥가가 밀집한 선술집에서 만난 3년차 갈
매기). "취재 중 만난 갈매기 아빠들은 십중팔구는 자녀교육 문제 때문이라고 말했다." "대부분
갈매기 아빠들은 '오랜만에 집으로 돌아가면 특별한 것을 하지 않아도 가족들과 이야기를 나누고,
음식을 함께 먹는 것 자체에서 행복을 느낀다'고 말했다." (〈노컷뉴스〉2009.7.27).
'남편 딴짓 할까, 숙소 불신검문' '아내는 불륜 의심에 서울에서 지방까지 단속 원정길 - 자녀교육
때문에 시작했는데 비행청소년 된 사례도' "애들을 학원에 데려다주고 그 길로 경부고속도로를 타
곤 했죠. 술집 마담과 관계를 알아채고 난 다음부터 불시에 검문을 하는 거죠. 남편 옆에서 두세
시간 있다가 다시 서울로 오더라도 그렇게 해야 마음을 놓을 수 있어서…" "어떤 경우는 몇 달에
한 번씩 집에 들어가게 돼요. 그러면 남편이라는 나의 존재가 일상 속에서 잊히는 거죠. 친구 만나
러 간다거나 취미생활을 한다거나… 그렇게 되면 서로 무관심해지는 거죠." "지금은 정상이더라
도 이런 비정상적인 가정을 이어가다보면 비정상적인 삶이 정상이 될 수도 있다는 것이 이미 가족
과 가정을 잃은 갈매기들의 경고의 울음소리다." (〈노컷뉴스〉2009.7.28).
13) NYT "이혼·자살·입시·폭음… 한국은 신경쇠약 직전", "한국은 국가적으로 신경쇠약에 걸
리기 직전인 듯하다." 미국 〈뉴욕타임스〉가 진단한 한국 사회의 현주소다. 〈뉴욕타임스〉는 과도
한 노동과 스트레스 및 상시적인 걱정 때문이라고 분석했다. 치솟는 이혼율과 학업에 짓눌린 학
생들, 세계 최고 수준의 자살률 및 근무시간 뒤에도 폭음을 권유하는 남성 위주 기업문화 환경 등
을 한국인의 삶의 조건으로 예시했다. 〈뉴욕타임스〉는 '매일 30여명이 자살하고 있으며 연예인
과 정치인, 체육인은 물론 재계 지도자들의 자살도 거의 일상사가 됐다' 면서 특히 최근 카이스트
대학생 4명의 자살이 한국을 충격에 빠뜨렸다고 소개했다. 한국의 자살률은 미국에 비해 3배가 높
다. 1999년 이후 10년 동안 2배가 늘었다. "한국인들은 스마트폰에서 인터넷, 성형수술에 이르기

2장 열두 편의 시와 일곱 가지 이야기

로 이혼을 하고 독신으로 늙어죽는 게 우리 사회의 현실입니다. 특히 가정을 구성하지 못하고 혼자 사는 남자가 자살을 4배나 많이 한다고 합니다. 청춘남녀들이 돈과 직장 때문에 사랑을 포기하고, 따라서 당연히 출산율도 낮은 것입니다. 이런 사회에서는 성 소외자가 많기 때문에 성폭력도 더 많이 일어납니다.

핵가족화의 결과는 식탁에서 전승되는 전통문화와 가족공동체의 정신을 단절시킵니다. 오래가다보면 민족도 국가도 정체성을 잃어버릴 것이 뻔합니다. 한국이 중국이나 일본보다 더 영어화, 미국화가 되었다는 사실을 잘 아실 겁니다. 식탁문화가 없으니 아이들도 말씨부터 싸가지가 없어지는 것이 당연합니다.

우리나라 청소년은 부모에게 가장 오랫동안 붙어사는 캥거루족이면서도 부모 부양의식이 서양보다 훨씬 낮습니다.[15] 물론 부모를 모시는 것이[16] 최선이 아닐 수도 있겠지만, 서양보다 효[17]를 강조하는 동양 전통문화가 있는데도 이런 결과가 나타난 것은 뭔가 문제가 있다고 봅니다. 아직 잔존하는 유가 전통, 큰 절도 많고, 교회가 부동산 가게나 노래방보다 많은 우리나라

까지 서구 혁신기술을 강박적으로 받아들여 왔지만 정작 불안과 우울, 스트레스에 대한 심리치료를 대부분 거부하고 있다"고 〈뉴욕타임스〉지적했다. 또 조선대 심리학과 김형수 교수의 말을 인용, "한국에선 자신의 감정문제를 공개적으로 밝히는 게 금기시 되는 분위기여서 우울증이 오더라도 대개 참는다"면서 "정신과에 가면 평생 정신병자로 낙인찍힌다는 사실을 알고 있다"고 말했다. 연세대 의대 임상심리학과 오경자 박사는 "한국인들은 심리문제를 치유할 수 있는 자신들만의 방법을 찾고 있다"면서 "아직 좋은 모델이 없을 뿐"이라고 말했다(심혜리 기자 2011.7.7).
14) 우리나라 청소년들의 일주일 공부시간은 49.43시간, 경제협력개발기구 평균 33.9시간보다 15시간이나 많다고 합니다. 그러나 학업성취도는 별 차이가 없다고 합니다. 핀란드는 평일 학습시간이 4시간 22분으로 우리나라의 8시간 55분보다 절반이라고 합니다. 그러나 수학점수는 544점(한국 542점)으로 2점 높다.(〈헤럴드경제〉2009.8.6) 우리나라 2009년 사교육비 지출은 21조 600억이며, 학생 1인당 월평균 사교육비는 24만원으로 경제 위기와 관련 없이 계속 증가.

가 포르노에 가장 돈을 많이 쓰는 나라로 망가진 것도 이런 식탁문화와 관련이 있을 것입니다.[18]

그래서 '식탁권'을 회복은 중요한 문제입니다.[19] 지금은 식탁을 지배하는 자가 세계를 지배합니다. 우리 식탁은 재벌과 외국자본이 전부 차지하고 있습니다. 건강한 식탁은 건강한 가정과 건강한 사회, 건강한 국가, 건강한 세계인을 만드는 기초입니다.

가정에서 식탁 지키기는 매우 정치적인 실천입니다. 정치는 대단한 게 아닙니다. 일상을 행복하게 하는 것입니다. 공자는 효도를 하고 집안일을 잘하고 자기 직무를 잘하는 것 자체가 정치라고 하였습니다. 그렇다면 식탁을

---

15) '부모를 모시겠다' 응답; 영국 66%, 미국 64%, 프랑스 51%, 한국 35%(〈한국일보〉 2009.3.30).
16) 세계의 장수촌 다큐멘터리 취재차, 방문한 미국의 노인의학연구소장 레오나드 푼에 따르면 순창 장수촌의 비결을 전통적 대가족제도의 노인부양 체계로 듬. 노인을 직접 모시는 아들, 며느리와의 따뜻한 가족애 덕분으로 마음이 편안해서 장수하는 것이라고 함(〈서울신문〉 2009.6.27).
17) 한국을 대표하는 문화는 효이다. 유명한 사회학자 토인비는 "한국이 인류문명에 기여할 수 있는 것 중의 하나는 효사상"이라고 했다. 1996년 노벨경제학상 수상자인 게리 베커(미국 시카고대학)는 "한국인은 전통적인 대가족제도와 효사상으로 한강의 기적을 이루었다. 앞으로 이 두 가지 가치를 잃어버린다면 한국의 재도약은 어려울 것이다"라고 하였다(〈코리아브랜드〉 블로그).
18) "포르노에 가장 많이 돈을 쓰는 나라는 '한국'?" 영국의 한 잡지가 한국을 '정욕의 나라'로 꼽았다. 2010년 2월 2일 영국 BBC방송이 발행하는 잡지 〈포커스〉 2월호에 따르면 한국을 세계에서 가장 포르노에 돈을 많이 쓰는 나라로 꼽았다. 이 잡지는 영국 연구원들이 세계 35개국을 대상으로 단테의 『신곡』에 나오는 정욕, 탐식, 탐욕, 나태, 분노, 시기, 교만 등 6가지 죄악을 얼마나 많이 저지르고 있는지를 분석한 결과를 게재했다. 정욕은 포르노 산업에 대한 국민 1인당 연간 지출액을 기준으로 측정했다. 잡지가 지목한 '정욕의 나라'는 한국에 이어 일본, 호주, 핀란드, 중국, 브라질, 체코, 대만, 미국, 캐나다 등의 순. 한국은 또 탐식 부분에서도 6위, 7대 죄악의 종합 순위는 8번째(〈시티뉴스〉 2010.2.2).
19) "아이들은 책을 읽을 때보다 10배 가까운 어휘를 가족과 식사를 하면서 배운다."(하버드대 연구 결과) "가족과 식사 횟수는 흡연 경험률, 음주 및 마약 경험율과 반비례한다.(컬럼비아대학 연구 결과) 수많은 연구 결과는 가족과의 식사가 단순한 배만 채우는 자리가 아님을 입증하고 있다. 현대그룹의 고 정주영 회장은 새벽 5시 가족식사 시간에 경영수업을 했으며, 정치의 명가인 케네디 가는 지도자의 자질을 식탁에서 익혔다(〈한겨레〉 2009.7.25 , SBS 스페셜 〈밥상머리의 작은 기적〉 안내글).

잘 지키고, 집안 살림을 잘하는 것도 정치적 실천일 것입니다. 시도 때도 없이 멀쩡한 보도블록을 갈아 엎고, 토목공사를 잘하는 사람에게가 아니라 일상생활을 개선할 수 있는 사람에게 표를 주는, 선거를 잘하는 것이 정치활동인 것입니다.

현재 우리나라의 고질적 문제인 양극화, 빈곤층 증가, 중산층 감소, 실업률 상승, 과열 학교 경쟁 격화, 저출산과 고령화[20]로 가정에서 대화를 단절시킵니다. 식탁 주변으로 식구들을 모으지 못합니다. 결국 가족과 공동체 중시, 인간 중심의 경제를 설계하고 추진할 때 식탁에서 '얼굴반찬'을 먹을 수 있을 것입니다.

생태적이고 환경 친화적인 건강한 식탁을 지키려면 유통 혁명이 필요합니다. 이건 굉장한 어려운 혁명이면서 그만큼 중요합니다. 식료품점은 물론 학교급식 등 식품 유통을 통해 식단마저 재벌이 차지하고 있고, 다국적 자본인 외국계 식음료점이 난립하고 있습니다. 재벌 기업형 유통업체가 지역 상권까지 싹쓸이 하고 있습니다. 거기에 벌리는 돈은 지역에 기여하지 못하고 있고, 고용된 사람들의 노동 조건도 형편없습니다. 옛날처럼 도시나 지방 곳곳에 작은 상점이나 서점, 꽃집을 운영하면서 생계와 자녀 교육을 할 수 있는 유통 개혁이 필요합니다.

미국에 본점을 두고 있는 스타벅스 자본은 점포를 월가, 런던, 서울 순서

---

[20] 미국 인구학자인 듀크대 필립 모건 교수는 한국의 저출산 문제 해법 가운데 하나로 대가족제도의 강화를 제시했다. 세대 안의 동거를 강화하거나 권장하는 정책을 추진하면 저출산과 고령화를 동시에 해결할 수 있다는 것. 일본의 사례처럼 시부모와 사는 경우 양육을 도와주기 때문에 자녀 수가 많아진다. 그리고 현재 한국의 교육 체계가 부모의 집중 투자가 필요해 아이 낳기를 포기한다고 함(〈연합뉴스〉 2010.5.28).

로 많이 두고 있는데, 스타벅스 점포가 많이 들어가 있는 나라일수록 금융위기가 심각하다는 연구가 발표되기도 하였습니다.[21] 그만큼 우리나라에 잦은 야근과 격무에 시달리고 카페인 음료를 마시는 사람들이 많다는 것입니다. 아래 시는 이러한 우리나라 노동자의 슬픈 일상을 형상화한 것입니다.

"당신, 창의력이 너무 늙었어!"
사장의 반말을 뒤로 하고
뒷굽이 닳은 구두가 퇴근한다

살 부러진 우산에서 쏟아지는 빗물이
굴욕의 나이를 참아야 한다고
처진 어깨를 적시며 다독거린다

낡은 넥타이를 끌어당기는 비바람이
술집에서 술집으로
걸레처럼 끌고 다니는 밤

---

21) 스타벅스 매장이 미국 맨해튼에만 200여 곳, 영국 런던 256곳, 한국 수도권 209곳, 스페인 마드리드 48곳, 아랍에미레이트 두바이 48곳, 덴마크 2곳, 네덜란드 3곳(〈한겨레〉 2008.10.22).

빗물이 들이치는 포장마차 안에서

술에 젖은 몸이

악보도 연주자도 없이 운다.

- 「몸관악기」

위 시는 젊어서는 마구 부려먹다가, 임금이 높아지는 나이가 되면 임직원을 몰아내는 우리나라 자본의 행태를 서정화 하여 폭로한 것입니다. 그러니 서정화는 현실을 폭로하는 시인의 전략입니다. 물론 수익을 목표로 하는 자본가에게 도덕성을 기대한다는 것은 바보짓입니다. 자본주의는 인간을 부를 창출하는 수단, 상품으로만 봅니다. 그래서 국가의 적절한 조정과 규제와 감독이 필요하지만, 국가권력을 자본가들이 쥐락펴락하기 때문에 효과적인 규제와 감독이 어렵습니다.

지금 우리나라 사람들, 술집에서나 어디서나 노후를 걱정하지 않는 사람이 거의 없습니다. 중년의 제일 큰 걱정과 스트레스는 노후문제라고 합니다. 저임금과 고용불안에다 사회복지가 엉망이기 때문입니다. 우리나라 대기업의 평균 근속연수는 11.2년(2009.4)에 불과합니다.[22] 공장 정문 앞에 걸어놓은 '직원을 가족같이'라는 구호는 위선입니다.

근속년수는 그렇다 치고 우리나라 노동자들의 노동시간은 경제협력개발기구 가입 30개국 가운데 세계 1위입니다(연간 2,316시간, 회원국 평균은 1,787시간. 〈국민일보〉 2009.4.23). 그러면서도 직장인의 70퍼센트가 '난 근로빈곤층'이라고 느끼고 있습니다. 근로빈곤층이라고 느끼는 이유는 월급으로 생활비를 감당하기가 빠듯해서, 퇴직 시 생계곤란, 부채 감당이 어려워서, 고용

불안 등을 들고 있습니다. 이들은 근로빈곤층이 생기는 원인을 부익부 빈익 빈을 유도하는 사회적 구조(47.1%), 높은 생활비(46.3%), 불안정한 고용형 태(40.5%)라고 생각하고 있습니다(⟨Am 7⟩ 2009.8.6).

자살율도 세계 1위입니다(10만 명당 45.2명-남 32명, 여13.2명, 회원국 평균 24명. ⟨국민일보⟩ 2009.4.23). 국민의 대부분인 임금노동자들과 임금노동자에서 일찍 떨어져 나온 영세 자영업자들이 살기가 아주 어렵고 좋지 않은 사회라는 것을 말해주는 사례입니다.

일곱째, 쉽게 쓴다.

요즈음 시들은 횡설수설하고 난잡 난해해서 도저히 읽기가 불편합니다. 소통 불가인 불통 문학입니다. 어느 정도 시를 공부한 사람이 읽어도 도대체 무슨 얘기인지도 모릅니다. 이런 시는 현실을 헷갈리게 하고 몽롱하게 하고 지워버립니다. 이런 문학은 곧 꺼지는, 사라지는 거품입니다. 이러한 거품을 따라다녀서는 평생 올바른 시를 쓸 수 없으며, 자기 존재를 배반하

---

22) 국내 대기업의 직원 평균 근속년수는 11.2년이며, 5년 전보다 1.3년 늘어난 것으로 집계됐다. 취업 포털 커리어가 금융감독원에 사업보고서를 제출한 기업 중 매출액 기준 상위 100대 국내 기업의 '2008년 평균 근속년수' 분석 결과, 평균 11.2년으로 조사됐다. 기업별로 살펴보면 KT가 19.8년 ▲포스코 19.1년 ▲KT&G 18.9년 ▲현대중공업 18.3년 ▲여천NCC 18.2년 ▲국민은행 17.4년 ▲IBK기업은행 17.2년 ▲한국전력공사 16.7년 ▲한국외환은행 16.5년 ▲현대자동차 16년 순이었다 (2009.3.12). 월급쟁이가 인생을 안정적으로 설계하기가 불가능한 사회이고, 평생 노동시간도 엄청 많다. '한국男, 퇴직 후 11년 더 노동'OECD 국가 중 최고 - 실질 은퇴, 71.2세… 노후 연금 부족 때문' OECD 보고서에 따르면 한국 남성의 공식 은퇴 연령은 60세이지만, 실제로 노동시장에서 완전히 퇴장하는 실질 은퇴연령은 71.2세였다.… 반면 대다수 서구 선진국가 국민은 오히려 실질 은퇴연령이 공식 은퇴연령보다 낮아, 일찌감치 생계를 위한 노동에서 손을 떼는 것으로 나타났다.… 우리나라 국민의 퇴직 후 노동기간이 지나치게 긴 이유는 노후 생계유지에 필요한 연금이 충분하지 않기 때문이다. OECD 평균 실질 은퇴연령 63.5세(⟨노컷뉴스⟩ 2009.7.27).

고 정체성이 없는 시만 쓰다가 일생을 마칠 것입니다. 그래서 자기 삶과 무관한 언론과 문예지를 선호하는 것은 자기 삶을 배반하는 행위입니다. 이들 언론과 문예지 기득권자들이 가장 두려워하는 것은 사회, 정치, 경제적 상상력의 시들입니다. 현실에 놓인 인간 실상을 똑바로 보는 것을 두려워하는 시입니다.

삼류문인은 나이 먹어서 늦게 문학 공부를 하고, 사람들이 알아주지 않는 문예지로 등단을 하고, 지방에 거주하고, 문학상을 못 받는 작가가 아닙니다. 인간의 삶을 망가뜨리고 괴롭히는 자본과 권력에 아부하고, 순수를 가장한 문학권력에 끊임없이 추파를 보내고, 그들이 주는 상을 명예처럼 받는 작가인 것입니다. 그런 말이 있습니다. 국가에서 주는 상을 받는 사람이 삼류작가다.

언어는 소통을 목적으로 인류가 만든 최고의 발명품이라고 합니다. 그러니 문장은 소통이 우선입니다. 소통이 안 되는 글은 미숙한 표현 때문인 경우가 많습니다. 거기다가 인식까지 부족하면 최하급의 문학이 되는 것입니다. 그래서 초고를 쓰고 나서 무슨 얘기인지 전달이 잘 될 때까지 고쳐야합니다. 형상이 선명하게 드러날 때까지 퇴고를 반복하는 것입니다. 퇴고는 『논어』에 나오는 절차탁마의 원칙을 고수하는 것입니다. 절차탁마는 옥으로 그릇을 만들 때, 옥을 자르고 쓸고 쪼고 가는 것과 같이 정성을 들인다는 말입니다.

물론 시인의 서정적 충동을 문장으로 정확히 전달하기는 어렵습니다. 언어의 불충분성 때문입니다. 그렇기 때문에 작가는 끊임없이 말을 바꾸어가며 새롭게 표현을 시도하는 것입니다. 사랑을 주제로 한 시가 수 없이 많은 것은 '사랑'을 정확하게 표현할 수 없는 언어의 불충분성 때문입니다. 그래서 시 쓰기는 아무리 정확히 표현을 하려고 해도 안 되는 실패의 실현인 것입니다.

이미 원효는 진리를 정확하게 전달할 수 없는 언어의 한계에 대하여 고민했습니다. 그래서 그는 모든 언설은 가명假名에 지나지 않으며, 실상에 연결되지 않는다고 하였습니다. 말을 불신하면서도 말을 계속 늘어놓았습니다. 말이 아니면 이치를 드러낼 수 없었기 때문입니다. 성철 스님이 평생 공부하여 깨달았다는 진리가 '산은 산이요 물은 물이다'라는 언어로 밖에 표현하지 못했던 심정을 시인은 이해할 것입니다.

시는 의도의 전달입니다. 고려 후기의 문인이었던 이제현은 '시를 마음먹은 것을 표현하는 지향의 발현'이라고 했고, 한때 무의미시를 주창했던 시인 김춘수조차 '시는 관념, 정서, 욕망 등을 함축성 있게, 음영이 짙게, 미묘하게 실감을 가지도록 전달하는데 있다'고 하였습니다. 그러므로 시를 아무리 뜯어보아도 시가 무슨 내용인지 모르는 것은 독자의 잘못이 아니라 창작자의 표현 미숙에서 오는 것입니다. 물론 시는 자기 규정이 없어서, 일방적으로 시인만 아는 불통을 전제로 쓰는 시가 있기도 하겠지만, 이런 태도는 바람직하다고 생각하지 않습니다.

소위 유명하다는 시인, 유명 출판사에서 나온 시를 읽으면서 도저히 해독을 못하는 경우가 있습니다. 이러한 현상은 시인이 미숙하거나 잘못 쓴데서 오는 것이니 염려하지 않아도 됩니다. 소비자, 즉 감상자인 독자의 잘못이 아니라는 말입니다. 공장에서 주방용품인 고무장갑을 손가락이 붙게 만든 기술자와 똑같이 불량품을 만든 창작자의 잘못입니다.

어떤 글이든 읽기 어려운 것은 작가가 충분히 문장에 정성을 들여 절차탁마하는 방식으로 퇴고를 하지 않았기 때문입니다. 2008년 노벨경제학상 수상자인 미국의 폴 크루그먼Paul Krugman은 "나 역시 명망 높은 경제학자로서 아무나 읽지 못하는 어려운 글을 쓸 수 있는 능력은 충분하다"고 하였습니다. 대중이 알아먹는 쉬운 글쓰기를 강조한 사례입니다.

시도 마찬가지입니다. 주변에 횡설수설과 난해, 난잡 불통하는 시를 인정하고 독려하고 양산하는 평론가와 학자와 언론과 문예잡지들이 있습니다. 당장 이러한 허망한 것들을 용기 있게 쓰레기통에 버리고 쉽고 아름다운 시를 찾아 읽고 쓸 것을 권고합니다.

공광규 1960년 충남 청양에서 출생. 1986년 『동서문학』을 통해 등단. 시집으로 『대학일기』, 『마른 잎 다시 살아나』, 『지독한 불륜』, 『말똥 한 덩이』 등과 시론집 『이야기가 있는 시 창작 수업』, 『시 쓰기와 읽기의 방법』 등이 있음. 제1회 신라문학상, 제4회 윤동주상 문학상 등을 수상.

시에 쉽게 접근하는 요령

김영남

1. 상상하는 법을 익히자

초보자들이 시를 쓸 때 제일 먼저 봉착하는 것이 어떻게 시를 써야 하며, 또한 어떻게 쓰는 게 시적 표현이 되는 것일까 하는 점입니다. 나도 초보자 시절 이러한 문제에 부딪혀 이를 극복하는 데에 거의 10년이 걸렸습니다. 그동안 무수한 시행착오를 거듭했습니다.

1) 시에 대한 고정관념을 버리자.

내가 이와 같이 시행착오를 거듭했던 이유는 시란 '자기가 경험했고, 보고 느낀 것을 아름답게 표현하는 게 시다'라는 스스로의 고정관념에 사로잡혀 있었기 때문입니다. 물론 이런 생각이 틀린 것은 아니지만 좋은 시를 힘들이지 않고, 개성적으로, 재미있게 쓰는 데에는 이게 바로 함정이라는 걸 나중에야 깨달았습니다. 경험과 느낌은 모든 사람 대부분이 비슷하니다. 그러나 상상은 천차만별입니다.

2) 시를 개성적으로 잘 쓰려면, 상상으로 써야 한다.

상상으로 써야 발전이 빠르고 좋은 시를 계속 양산할 수 있습니다. 즉 시란 자기가 쓰고자 하는 소재를 두 눈 딱 감고 상상해서 쓰는 것에서부터 출발한다고 단순하게 생각하기 바랍니다. 특히 초보자 시절에는 보고, 느낀 걸 쓰는 게 시라는 고정관념에 빠지니깐 시를 한 줄도 제대로 전개하지 못하고 전전긍긍하게 됩니다. 즉, 보고 느낀 것이 다 떨어지면 그때부터 허둥대기 시작하게 됩니다. 기껏 돌파구를 마련한다는 게 자기 주변 친구, 부모, 어린 시절 이야기 등을 둘러대는 정도. 그리곤 스스로 훌륭한 시를 썼다고 자기도취에 빠지게 됩니다. 그러나 이것이 시가 되면 다행이지만 90퍼센트가 그렇고 그런 이야기, 누구나 다 보고 느끼는 형편없는 넋두리, 서사, 풍경 나열이 되기가 일쑤입니다.

지금까지 이런 방식으로 시를 써왔다면 이 순간부터 기존의 쓰는 방식을 잠시 접어두고 내가 설명한 대로 석 달만 같이 습작해 보도록 합시다. 글이 달라지는 걸 스스로 느낄 것입니다. 우선 상상하는 것부터 살펴봅시다. 그러면 어떻게 상상할 것인가?

3) 상상할 소재, 즉 상상할 대상의 구체적인 것 하나를 고르자.

자신이 있는 곳이 지금 사무실이라고 하면 주변에 있는 꽃병, 벽, 창, 하늘, 노을 등이 있을 겁니다. 이 중 어느 하나를 골라 봅시다.

내가 먼저 어떻게 상상하는지 예를 한 번 들어보겠습니다. 노을로 한번 해볼까요? 기존 방식대로 노을이란 소재로 시를 한번 써 보라고 하면 대다수가 노을을 쳐다보며 "피 빛 노을이 아름답구나 / 나는 저 노을 아래로 걸어간다 / 친구와 함께……." 아마 이런 식으로 글을 시작하리라 생각합니다. 그러나 이건 느낌을 적은 것이고 상상한 게 아닙니다.

4) 상상을 이렇게 해보자.

만약 자신이 현재 에로틱한 감정 상태에 있다면 노을을 바라보며, 또는 노을을 머릿속에 담고서 이렇게 눈부신 상상을 하지 않을까 싶습니다.

"한 여자가 옷을 벗고 있다 / 그녀가 옷을 벗으니까 눈부셔 눈물이 날 지경이다 / 나도 저렇게 발가벗고 그 곁으로 가고 싶다 / 아니다, 그녀를 데리고 여관으로 가고 싶다 / 가서 같이 포도주 한 잔을 건넨 다음 껴안고 뒹굴고 싶다……."

이렇게 노을을 발가벗고 있는 눈부신 여자로 여기고 계속 상상해 가는 겁니다. 이땐 순서를 생각하지 말고 앞 상상의 핵심어를 가지고 다음 상상을 유치하든 품위 있든 따지지 말고 계속해보는 겁니다. 그리고 이걸 나중에 논리적으로 순서를 다시 잡아 정리, 수정해 가면서 다듬는 겁니다. 그러고 나서 제목을 '북한산 노을'로 붙여본다고 생각해 봅시다. 근사한 한 편의 시가 탄생할 것입니다.

이번에는 노을을 보고 자신의 어린 시절이 생각났다면 빨간 노을을 머릿

속에 담고서 이렇게 상상하지 않을까 싶습니다.

"아이들이 모닥불을 피고 있다 / 그 모닥불은 연기가 없다 / 이글이글 타오르는 저 불에 나는 / 고구마를 구워 먹고 싶다 / 제일 잘 익은 것을 꺼내/ 이웃 동네 창수에게 건네주고 싶다 / …… 난 저 모닥불에 오줌을 갈겨 피식 소리가 나게 끄고 싶다……."

이렇게 노을을 모닥불로 여기고 모닥불과 관련된 온갖 경험, 추억, 익살스러운 행동, 우스꽝스러운 생각, 이야기들을 계속 꺼내 가면서 상상을 하는 겁니다. 이때 유의할 점은 노을을 모닥불로 치환했으면 모닥불을 멀리 떠나 상상하면 안 됩니다. 모닥불과 관련이 있는 내용으로 상상이 펼쳐지지 않으면 시의 초점이 흐려지고, 내용이 난해해지게 됩니다.

다른 소재들로 상상하는 것도 위와 같은 방식으로 하면 됩니다. 더 다양하고 구체적인 방법, 다듬는 법, 순서를 잡는 법, 제목을 붙이는 법 등은 다음에 설명하기로 하고 여기서는 상상하는 요령만 알아둡시다. 시를 쉽게 쓰는 가장 기본적인 방법은 상상하는 것에서부터 출발한다는 걸 다시 한번 강조하며 상상하는 요령에 도움이 될 만한 시를 한 번 감상해 봅시다.

밑, 모퉁이, 벽이란 낱말을 가지고 어떻게 끈덕지게 물고 늘어져 상상력을 발휘하였는지 유심히 살펴보기 바랍니다.

밑에 관하여

나는 위보다는 밑을 사랑한다.

밑이 큰 나무, 밑이 큰 그릇, 밑이 큰 여자……

그 탄탄한 밑동을 사랑한다.

위가 높다고 해서 반드시 밑동도 다 넓은 것은 아니지만

참나무처럼 튼튼한 사람,

그 사람 밑을 내려가 보면

넓은 뿌리가 바닥을

악착같이 끌어안고 있다.

밑을 잘 다지고 가꾸는 사람들……

우리도 밑을

논밭처럼 잘 일궈야 똑바로 설 수 있다.

가로수처럼 확실한 밑을 믿고

대로를 당당하게 걸을 수 있다.

거리에서 명물이 될 수 있다.

그러나 밑이 구린 것들, 밑이 썩은 것들은

내일로 얼굴을 내밀 수 없고

옆 사람에게도 가지를 칠 수 없다.

나는 밑을 사랑한다.

밑이 넓은 말, 밑이 넓은 행동, 밑이 넓은 일……

그 근본을 사랑한다.

근본이 없어도

근본을 이루려는 아랫도리를 사랑한다.

아름다운 모퉁이에 관하여

모퉁이가 아름다운 건물을 보면

사람도 모름지기 모퉁이가 아름다워야

아름다운

입체물이 될 수 있다는 생각이 든다.

향기로운

내부를 가질 수 있다는 생각이 든다.

모퉁이가 둥근 말, 모퉁이가 귀여운 사랑

이들에게는

한결같이 모난 부분을 둥그렇게 구부린 흔적이

바라보는 사람을 황홀하게 한다.

나는 이 아름다운 옆구리를 한번 돌아가보면서

모퉁이란 함부로 다루어서는 안 될

건물의 중요한 한 분야라는 생각을 하게 된다.

내부까지 품위 있게 해주는

의식의 요긴한 한 얼굴이라는 생각을 하게 된다.

모퉁이를 가꾸는 사람들……

경제학적으로 검토하면 비효율적 투자이겠지만

모두가 모퉁이를 가꾸지 않는다면

우리들은 또 어디를 돌아보고 살아야 하나?

향기로운 넓이와 높이를 가진 입체물들을

어디에서 찾아야 하나?

벽에 관하여

가려 보고 드러내 봐도 내 앞뒤 골목은 온통 벽이로구나. 한 발로 뻥 찼을 땐 여지없이 되 튕기며 발을 온몸으로 받아내는 벽.

야, 벽에도 이단 옆차기가 있고, 돌려차기가 있구나. 속이 훤히 드러난 유리벽이 있고, 보초를 세워야 하는 철조망 벽이 있구나

그러면 벽에도 나이가 있고 학벌이 있고 지위가 있다는 것인데, 맘에 안든 벽을 마구 감옥에 잡아넣는다면 누가 경쟁을 하나? 벽 없이도 세상을 이룰 수 있나? 우리들 마지막 버팀목이 벽이라면 벽 없이도 희망은 존재할까?

벽을 쌓으려면 스펀지를 넣거나 변경이 용이하도록 조립형으로 설계해

야 하리라. 그러지 않으면 아무리 견고하게 구축하더라도 잦은 발길질과 교묘한 철거 전략에 살아남기 어려우리라. 벽은 융통성 있게 존재해야 하리라.

지금 나의 말에 동조하지 않는 사람들이 사는 마을로 한 사나이가 망치를 들고 힘차게 걸어가고 있다.

2. 구체적으로 상상하는 방법

초보 시절에 일단 상상하는 요령을 알게 되면 어떤 소재를 고를 것인지를 고민하게 됩니다. 상상력이 일정 수준에 달한 사람은 그 어떤 소재를 갖다 놓더라도 즉각 상상력을 기발하게 발휘할 수 있지만 초보 시절에는 막막하기만 합니다. 그래서 처음에는 상상할 수 있는 내용이 많이 담긴 소재, 언어들을 고르는 법을 알아야 합니다.

우선 공간이 존재하는 소재들을 고르는 게 상상하기 쉽습니다. 구체적이지 않고 평면적이고 추상적인 소재들은 수준급의 상상력 소유자가 아니면 상상의 단서를 잡기가 매우 어렵습니다. 예를 들면 사랑, 미움, 과거, 미래, 종이 등의 이런 소재들로 시를 쓴다고 하면 그냥 숨이 콱 막힐 겁니다. 그러나 공간이 있는 것들 문, 벽, 창, 천장, 집 등으로 상상한다고 생각한다면 상상이 한결 쉬울 겁니다. 상상이란 기본적으로 이미지, 즉 머릿속에 그림을 그려보는 것이고 그 그림은 공간이 있는 것이 평면적인 것보다 훨씬 그리기 쉽고 선명하기 때문입니다.

1) 구체적인 소재로 상상하자.

예를 들어 봅시다. 문을 가지고 상상한다면 현실의 문(사립문, 철문, 미닫이 문, 파란 문, 빨간 문……), 추억의 문, 사랑의 문, 지식의 문 등 상상을 자유롭게 펼칠 수 있는 공간이 존재하지 않습니까? 가령 그 추억의 문 하나로만 상상을 해보더라도 그 추억의 문에 문고리를 달아보고, 자물통도 달아보고, 발로 한 번 뻥 차보고, 파란 페인트, 아니 빨간 페인트도 칠해보고 온갖 상상을 다 해볼 수 있습니다.

또 집이란 소재로 해볼까요? 추억의 문처럼 의미적 공간 말고, 이번에는 실제적 공간으로 집, 즉 어느 초가집을 그려본다고 해 봅시다. 두 눈 딱 감고 어릴 적에 보았던 초가집 하나를 머릿속에 담고.

"그 집에 들어가려면 사립문을 밀어야 하고 / 문 왼쪽에는 나팔꽃 화단 / 오른쪽에는 토끼장이 딸린 닭장 / 거기에는 줄을 잡고 변을 보는 화장실이 있다 / …… 뒤란에는 대나무 숲이 있고 / 앞마당에는 삽살개 한 마리 / ……신발을 벗고 방문을 열면 / 팬티 차림의 한 어린이가 / 만화책을 보고 있다."

이렇게 묘사해 놓고 제목을 '김영남의 집'으로 붙인다고 해 봅시다. 김영남의 어린 시절 집을 그린 훌륭한 시가 되지 않습니까?

2) 상상은 허구이고 가공이다.

여기서 유의할 점은 초가집을 그리는 데 자기가 실제로 본 초가집을 그린다고 생각하면 안 됩니다. 상상이 당장 막힙니다. 상상은 기본적으로 허구이고 가공입니다. 즉 그 초가집을 그리는 데 도움이 될 만한 것들을 기억 속에서 모두 불러와 한번 그럴싸하게 둘러대는 겁니다. 즉 상상 속에서 초가집을 새롭게 창조하는 것입니다. 이게 바로 참신한 그림이요, 참신한 이미지요, 참신한 시가 되는 겁니다.

지금까지 언급한 내용을 정리하면 초보 시절에는 가능한 한 공간이 존재하는 소재들을 골라 상상을 하여 시를 쓰도록 하고, 상상은 체험, 허구, 가공까지 드나들어야 합니다. 따라서 시란 실제로 존재하는 것을 그대로 재현하는 것이 아니라 허구, 가공까지 동원해 새롭게 창조하는 것이라는 걸 유념해 두기 바랍니다.

3. 초보의 시 습작법

초보 시절에는 시 창작 방법을 아무리 들어도 시작하려면 정작 막막하기이를 데 없는 건 마찬가지입니다. 그래서 내 경험을 토대로 좀 더 구체적인 방법, 두 가지를 설명하겠습니다.

1) 좋은 시를 모방하자.

첫째로, 초보 시절에는 기성 시인의 작품 중 구조적으로 잘 짜인 작품을 갖다놓고 그 작품 구조에 맞추어 자기 생각을 끼워보는 연습을 먼저 하기를 권장합니다. 즉, 그 시를 한 번 모방해보라는 것입니다. 아리스토텔레스는 시란 모방에서부터 출발한다고 했습니다. 사실 어느 시인이 누구의 영향을 받았다는 건 좋게 말해서 영향이지, 액면 그대로 표현하면 그 사람을 모방했다는 것을 의미하지 않나 싶습니다. 그래서 모든 창작은 모방에서부터 출발한다는 극단적인 표현까지 가능한지 모르겠습니다.

실제로 미술학도 지망생에게 제일 먼저 시키는 것이 석고 데생, 즉 모사 연습이고 외국어를 습득하는 데 어떤 이론, 문법 공부보다도 말을 실제로 따라 해보는 것이 가장 효과적인 방법이라는 것을 음미해보면 쉽게 이해가 될 것입니다. 그리고 우리나라가 이렇게 급속도로 선진국 대열에 올라설 수 있게 된 여러 이유 중에 외국, 특히 일본의 앞선 기술, 문화, 제도 등을 그대로 모방했기 때문에 가능했던 것입니다. 이제부터는 우리나라의 색깔과 독자성이 문제이지만…….

하여, 왕초보 시절에는 구조적으로(기, 승, 전, 결) 잘 짜인 작품이나, 독특한 표현이 많이 들어 있는 작품을 놓고 자기 생각을 끼워보는 연습을 많이 해보기 바랍니다. 내용과 감각을 모방하라는 것이 아니라, 구조와 전개 방법과 표현 기술을 따라서 해보라는 뜻입니다. 이걸 능수능란하게 하다 보면 나중에 자기도 모르게 표현을 뒤틀어보고 싶고 독특하게 펼치고 싶어져 자기 색깔이 선명하게 나오는 걸 보게 될 것입니다.

2) 시의 소재를 찾는 방법

둘째로는 자기가 생각하기에 어느 정도 감각은 있는데 될 만한 시의 소재를 못 찾아 시를 제대로 쓸 수 없는 사람은 특히 여성지, 패션 잡지, 디자인 잡지, 건축 잡지, 미술 잡지 등의 사진과 그림이 많이 담긴 잡지를 자주 보길 바랍니다. 시란 기본적으로 심상, 이미지 즉 언어로 그림을 그리는 것이니까 그림이 많은 잡지를 넘기다 보면 언뜻 시로 표현하고 싶은 소재가 스치게 됩니다. 잡지를 깊게 읽지 말고 눈요기 식으로 넘기고 광고 카피도 눈여겨보기 바랍니다. 문득 힌트를 얻게 됩니다.

광고장이들도 시를 많이 읽고 쓴다는 걸 참고해 가면서 말입니다. 나중에 언급하겠지만, 제목에 신경을 쓰지 말고 문득 얻은 힌트, 그 소재를 가지고 상상을 해 다듬어 보기 바랍니다. 상상을 자꾸 새롭게 하고 고치다가 보면 처음 의도했던 내용과 전혀 다른 내용의 시가 탄생합니다. 그래서 제목을 맨 나중에 붙이게 됩니다.

이상을 참고하여 습작 시절에는 가능한 한 이미지, 즉 글로 그림을 그리는 연습을 많이 하는 것이 바람직합니다. 이걸 잘하다 보면 나중에 의미 있는 말, 표현, 자기 철학 등도 요령 있게 양념 치듯 넣는 기술을 알게 됩니다. 아무튼 처음에는 거창한 자기의 말, 주장을 하지 말고 힘을 완전히 뺀 상태에서 감각과 상상으로 접근해 그림을 그리는 연습을 많이 하기 바랍니다.

방

그 방은 창을 통해 안이 훤히 드러난다. 연둣빛 레이스 커튼을 드리웠고 널린 브래지어가 한결같이 희망표이다. 고개를 들면 갤럭시 손목시계, 악어가죽 핸드백이 한눈에 확 들어온다. 바닥은 아담하고 천장은 유난히 높고 알록달록한 박달나무 숲속 같은 분위기가 달려오는 방. 저렇게 꾸미는 데는 몇 년이 걸렸을까. 그 방에 닿으려면 창동역에서 도봉산 쪽으로 날아가는 화살표를 두 번 따라가야 하고 909국 다이얼을 돌려야 한다.

속이 훤히 들여다보이는 것만큼 그 방 밖도 늘 매혹적이고 불안하다. 항상 불이 켜져 있는 것은 아니지만 불이 꺼져 있으면 그 방 밖은 가을이고 수상하다. 그리고 낙엽이 뒹굴고 바람이 불면 그 방은 사정없이 흔들린다. 방은 흔들릴 때가 아름답다. 흔들릴 때마다 굳게 잠긴 자물통이 침묵의 장식처럼 중심을 잡아주지만 한 발짝 뒤로 물러나서 돌아다보면 그 방은 다시 불이 켜진다.

참으로 이상한 방. 한 번 쑥 들어가 맘껏 뒹굴어보고 싶은 방. 브래지어가 창인 그녀.

4. 시의 길이는 20~30행 정도가 적당하다

초보 시절에 시의 퇴고와 관련하여 자주 고민하는 것이 연을 어떻게 나눌 것인가? 시의 길이는 어느 정도로 할 것인가? 입니다. 여기에는 내용에 따라 전개하는 형식에 따라 각각 다르겠지만 행갈이를 정상적으로 한다고 할 때 시의 길이는 대체적으로 20~30행 정도를 목표로 하고, 시의 연은 의미가 달라지는 부분에서 연을 구분하는 것이 바람직합니다.

우리가 시를 읽을 때 통상적으로 20~30행이 넘어 시가 길어지면 우선 시각적으로 질리게 되고, 특별한 경우가 아니면 그 시를 읽고 싶은 마음이 달아나게 됩니다. 시가 길어질 땐 길어지는 특별한 사유가 있어야 합니다. 우선 그 시가 아주 재미있거나, 아니면 호흡이 길어도 독자들이 지루함을 못 느끼도록 하는 특별한 기교와 내용이 있어야 합니다. 이젠 독자들도 영리해서 별로 의미 없고 독특한 내용도 없이 작가만의 생각으로 길게 쓴 시는 두 번 다시 읽지 않는다는 걸 명심해야 합니다.

시가 어느 문학 분야보다도 언어의 함축성과 경제성을 추구하는 예술이라는 걸 생각하기 바랍니다. 그러나 요즘 시 잡지에 발표되는 시들은 내가 말하는 내용과 너무나 다르다는 걸 느낄 겁니다. 좋은 시란 적당한 길이에 음악성과 함축성을 겸비하고 선명한 이미지의 시가 좋은 시입니다. 따라서 초보 시절에는 상상은 끝없이 해놓고 나중에 작품을 다듬어 퇴고할 때 이 정도의 길이로 지향하는 것이 바람직하다고 봅니다.

연을 나눌 때에는 대체적으로 의미가 달라질 때 나누게 됩니다. 그러니까 상상의 내용이 건너뛸 때에 변칙도 있습니다만 습작 시절에는 여하튼 기본에 충실히 하는 게 발전이 빠릅니다. 그리고 1, 2, 3등으로 구분하는 것은 내용이 거의 연작 시 수준이거나, 연을 구분하기에는 보폭이 너무 클 때 통상 사용하는 것으로 습작 시절에는 가능한 한 사용하지 않는 게 바람직합니다.

5. 이중 구조에 눈을 뜨자

이중 구조란 글자 그대로 두 가지 그림을 거느리는 구조를 말합니다. 예를 들자면 현실의 나와 의식 속의 나, 현재의 나와 과거·미래, 또는 추억 속의 나, 현실의 나와 거울 속의 나, 현실의 나와 그림 속의 나 등 이런 관계를 말합니다. 이런 관계의 시를 가장 선명하게 제일 먼저 제시한 시인이 바로 이상이 아닌가 생각합니다. 이상은 주로 거울을 매개체로 하여 현실의 나와 의식 속의 나를 잘 조응했습니다. 사실 이중 구조 이치만 잘 이해하고 소화한 사람이면 이런 유형의 시가 쓰기도 쉽고 참 재미있다는 걸 금방 느낄 수 있습니다.

남들은 난해하고 쓰기 어렵다고 하는데 그 논리는 의외로 쉽습니다. 현실의 나와 거울 속의 내가 대화를 계속 나누면서 온갖 장난과 행동을 다 해보는 것입니다.

현실의 나와 거울 속의 나로 예를 들면 "내가 눈빛을 시퍼렇게 뽑으니까 / 거울 속의 녀석도 눈빛을 시퍼렇게 뽑는다. / 내가 쫓아가니까 그 녀석은 도망간다. 화장실로 숨는다 / 내가 다시 돌아서니깐 녀석은 다시 기어 나온다……."

이런 식으로 이야기와 행동을 이 둘에만 초점을 맞추어 전개해 나가면 시적 공간이 나와 거울 속의 나로 한정되기 때문에 그 이미지가 아주 선명하게 되고 이야기도 풀어나가기가 한결 쉽게 됩니다. 나의 시집 『정동진역』에 실려 있는 '도둑놈을 잡자'라는 시를 참고로 읽어보기 바랍니다. 상상의 시작도 이런 데에서부터 시작하고, 고정관념을 벗어나 사고의 자유로움을 쉽게 느낄 수 있는 것도 바로 이런 데에서 시작합니다. 기본적으로 이런 마음 자세를 갖고 이상, 김기림, 김수영, 오규원 등의 시인들의 시를 한번 읽어보기 바랍니다. 그러면 시가 참 재미있다는 걸 다시금 느낄 수 있을 것입니다.

1) 소재의 이중 구조

위에서 예를 든 이중 구조에서 더 나아가 소재의 이중 구조가 있는데 이것을 이야기하겠습니다. 즉, 어떤 오브제를 갖다놓고 그 소재와 나의 관계 둘로 보고 시를 써 나가는 것입니다. 내가 생각하기에는 이때 시를 끌어내는 방식이 세 가지가 있습니다.

첫째는 내가 아예 그 소재가 되어 생각하고 행동하는 것이고, 둘째는 거꾸로 그 소재가 내가 되어 생각하고 행동하는 것이고, 셋째는 그 소재와 내가 서로 마주 보고서 떨어져 앉아 대화를 나누며 생각하는 방법입니다.

깡통이라는 소재를 가지고 예를 들어보겠습니다.

첫째 방법은 이렇습니다.

"나는 엉덩이에 찌그러진 상호를 붙였지만 / 발로 차면 크게 소리를 지른다 / 밟으면 시커먼 침을 뱉을 수도 있고 / 잘 돌봐주면 난 그대 책상을 꾸미는 꽃병이 될 수도……."

이런 식으로 내가 깡통이 되어 깡통의 속성으로 나를 소개하고 생각하고 행동한 다음에 제목을 '깡통'으로 붙이는 경우입니다. 이때 유의할 점은 본문 내용에 절대 깡통이라는 단어가 들어가면 안 됩니다. 깡통이란 말이 들어가면 깡통이란 단어를 보는 순간 내가 깡통이라는 환상이 갑자기 확 깨져버립니다. 이것만 잘 소화해도 현상문예 예선을 거뜬히 통과할 수 있을 정도로 감각적인 시가 될 것입니다.

둘째 방법은 거꾸로 깡통이 내가 되고 나의 속성으로 깡통을 소개하고 생각하고 행동하는 것입니다.

"이 깡통은 목소리가 크고 / 속에 든 것은 아무것도 없고 / 하루 종일 거리에서 빈둥거리며 놀고 / …… 그리하여 아무짝에도 쓸모없는 깡통 / 가끔 앞집 아저씨의 발에 채여 / 아프다고 소리치는 깡통……."

이렇게 깡통이 내가 되고 나의 속성으로 깡통을 소개하고 생각하고 행동한 다음에 제목을 '김영남'으로 붙이는 경우입니다. 이때는 또 반대로 나의라는 말이나 나라는 단어가 들어가면 절대 안 됩니다. 마찬가지로 이런 단어를 보는 순간 환상이 확 깨져버립니다.

셋째 방법은 설명이 길어 생략하고 첫째 방법에 충실한 시 한 편을 소개합니다. 첫째 방법만 잘 활용해도 독자의 눈에 들어오는 좋은 시를 쓸 수 있습니다.

나는 성질이

둥글둥글하다는 소리를 자주 듣는다

허리가 없는 나는 그래도

줄무늬 비단 옷만 골라 입는다

마음속은 언제나 뜨겁고

붉은 속살은 달콤하지만

책임져 주지 않는 사람에게는

절대로 배꼽을 보여주지 않는다

목말라 하는 사람을 보면

가슴이 아파 견딜 수가 없다

겉모양하고는 다르게

관능적이다

나를 알아주는 사람을 만나면

오장육부를 다 빼 주고도

살 속에 뼛속에 묻어 두었던

보석까지 내 놓는다

– 윤문자, 「수박」

6. 효과적인 제목을 붙이는 방법

시의 제목을 제대로 붙이려면 그 기법을 알아야 합니다. 실제로 제목을 어떻게 붙이느냐에 따라 한 편의 시가 성립하기도 하고 안 하기도 하고, 또 독자들이 이 시를 읽을 것인가 말 것인가 고민하게 하는 것도 바로 이 제목이 결정적인 역할을 합니다. 그러나 주변에 이 문제에 관하여 체계적으로 연구해 그동안 시 창작에 응용한 사람이 의외로 없는 것 같습니다. 따라서 이 문제에 대하여 내가 처음으로 의견을 제시하지 않나 생각해 봅니다.

그러면, 같은 제목을 붙이더라도 어떻게 하면 효과적인 제목이 되고, 더욱 생산적인 제목이 될 수 있을까? 내가 그 방법을 연구하여 그동안 작품에 실제로 구사한 경험을 바탕으로 효과적인 제목 붙이는 법, 세 가지를 소개합니다.

첫 번째, 화장실에 관한 내용으로 시를 써 놓고 제목을 화장실로 붙이는 경우입니다. 이 방법은 현재 가장 보편적으로 활용하고 있고 많은 사람이 쓰고 있습니다. 더욱이 시뿐만 아니라, 소설, 논문, 일반 문서에까지 광범위하게 활용하고 있는 제일 고전적인 방법입니다. 그러나 시에서는 이 방법을 제대로 쓰지 않으면 시의 역기능으로 작용해 여러 가지 측면에서 문제가 발생하게 됩니다.

많은 시의 대부분이 제목을 화장실로 해놓고 화장실에 관한 내용으로 시를 쓰거나, 서울역 해놓고 서울역에 관하여 온갖 수사와 기교를 동원해 시를 쓰려고 합니다. 그러나 독자들은(이미 나보다 더 많은 화장실과 서울역에 대한 정보가 많을 것임) 그 시를 쓴 사람과 특별한 경우가 아니면 그저 그렇고 그런 내용의 화장실과 서울역에 관한 시는 읽으려 하지 않고 쉽게 외면하려고 합니다. 작가는 열심히 최고로 좋은 시를 썼다고 여기고 있을지 모르지만 그건 어디까지나 그 작가 혼자만의 생각일 수 있습니다.

따라서 화장실에 관한 내용의 시를 쓰고 제목을 화장실로 붙여 효과적인 제목이 되려면, 다음의 요건에 해당해야 합니다. 즉, 그 화장실이 우리가 전에 거의 듣지도 보지도 못했던 특별한 모습의 화장실이거나, 아니면 그 화장실에 특별한 사연이 있거나 새롭게 의미가 창조된 화장실이어야 합니다. 다시 말해 독자들에게 새로운 정보를 제공하는 내용이어야 비로소 그 시를 읽을 이유가 생기는 것입니다.

실제로 이런 유형의 시로 성공한 대표적인 작품으로 김춘수의 「꽃」, 김수영의 「풀」, 곽재구의 「사평역에서」등을 들 수 있습니다. 내가 불러줄 때 내게로 와 핀 꽃을 본 적이 있습니까? 바람보다 먼저 눕고 바람보다 먼저 일어나는 풀을 본 적이 있습니까, 사평역이란 시를 보기 전에 사평역이란 말을 들어본 적이 있습니까? 만약 사평역을 목포역이라고 제목을 붙였다고 생각해 봅시다. 그때도 이 시의 감동이 사평역만큼 올까요?

그러므로 화장실에 관한 내용으로 시를 쓰고 화장실 제목이 효과적으로 되려면 위와 같이 우리가 전에 거의 듣지도 보지도 못했던 특별한 화장실이거나, 아니면 그 화장실에 특별한 사연이 있거나 새로운 의미가 창조된 화장실이어야 한다는 것입니다. 즉, 독자들에게 새로운 정보를 제공할 수 있을 때 효과적인 제목이 될 수 있습니다.

두 번째, 시 내용 중에서 가장 중심이 되는 문장, 핵심 문장을 제목으로 올리되 전체 내용을 아우를 수 있도록 약간 변용해서 붙이는 방법입니다.

이 방법은 내가 즐겨 사용했던 방법으로 내 시집 『정동진역』을 읽어보면 이해가 쉬울 것입니다. 이 방법을 개발하게 된 배경은 평소 광고 카피와 신문 기사의 헤드라인을 유심히 살피는 것에서 출발했습니다. 즉 기사와 광고 카피의 헤드라인은 시로 본다면 제목에 해당하는데 이걸 잘 뽑느냐 잘 못 뽑느냐에 따라 그 기사 또는 광고의 첫인상뿐만 아니라 여운까지 전혀 다르다는 데에 착안하게 된 것입니다. 그리고 헤드라인이 그 카피, 기사의 핵심을 이루고 있는 내용이라는 것도 주목하게 된 것입니다. 이것을 시에 적용해봤더니 제대로 맞아떨어졌습니다. 이때 붙이는 제목의 형식은 서술형이 되기 쉽고, 내용은 시 전체를 장악할 수 있도록 약간 변용해야 되지 않나 싶습니다.

세 번째, 시 내용 중 가장 근간이 되는 내용의 속성을 가진 전혀 엉뚱한 것으로 제목을 붙이는 방법입니다. 위의 내용으로 설명하자면 화장실 내용으로 시를 쓴 뒤에 제목을 '김영남'으로 붙이는 경우입니다. 그러면 시의 내용과 제목을 연관 지어 설명하자면 '김영남은 화장실이다'라는 시를 쓴 것이 됩니다. 좀 더 구체적으로 설명하면 어떤 글을 아름다운 여자에 대해서 그럴싸하게 묘사해놓고 제목을 아름다운 섬으로 붙이는 경우입니다.

만약 아름다운 여자에 대해 쭉 이야기해 놓고 제목을 '아름다운 여자'로 붙인다고 생각해 보세요. 그러면 이 글이 아름다운 여자를 설명한 글이지 어떻게 시가 되겠습니까? 그러나 제목을 아름다운 섬이라고 붙인다고 생각해 보세요. 그 순간 메타포가 형성되어 시로 떠오르지 않습니까?

이와 같이 제목을 어떻게 붙이느냐에 따라 시가 되고 안 되기도 합니다. 이 방법을 이해하는 데 도움이 될 만한 이 시는 1999년 현대문학 신인 작품 상 당선작이고 아주 하찮은 여울을 하나 묘사해놓고 제목을 엉뚱하게 붙여 성공한 시입니다. 만약 제목을 '×××여울'로 붙였을 경우 시가 될 수 있는 지 상상해 보기 바랍니다.

그 여울에는

밀어, 꼬치동자개, 버들매치, 버들치, 배가사리, 감돌고기, 가는 돌고기, 점
몰개, 참마자, 송사리, 갈문망둑, 눈동자개, 연준모치, 버들개, 모래주사,
새미, 누치, 흰수마자, 납자루, 열목어, 꺽저기, 수수미구리지, 금강모치,
돌상어, 왜매치, 꺽지, 쌀미구리, 점줄종개, 돌마자, 둑중개, 왕종개, 버들
가지, 꾸구리, 모샘치, 어름치, 돌고기, 부안종개, 자가사리 등이 살았다.

나는 가끔 물살이 빠른 그곳에 발을 담근다.

— 강순, 「사춘기」

7. 엉뚱하게 제목 붙이는 법

시 창작 강의와 관련하여 효과적인 제목 붙이는 법 중에 세 번째 엉뚱하 게 붙이는 방법에 관하여 더 자세한 설명을 보충합니다. 엉뚱하게 제목 붙

이는 법은 전통적인 방법보다 그 수준과 기교가 한결 세련됨을 요구하는 방법임은 틀림없습니다. 하지만 잘못 붙이면 시가 난해해져 무엇을 썼는지 독자가 잘 모르게 됩니다. 가끔 시 전문 잡지에도 본문과 관련지어 전혀 이해가 안 가는 이상한 제목의 시를 종종 볼 수 있습니다. 바로 이런 경우에 이에 해당합니다. 그러나 제목을 제대로 찾아 붙이면 매우 뛰어난 시로 둔갑하게 됩니다.

그 원리는 시의 제목과 본문이 기본적으로 메타포, 즉 은유 관계가 형성되어야 합니다. 시의 제목과 본문이 참신한 은유 관계가 형성될 때, 시는 그만큼 참신한 시로 거듭 태어납니다. 이때 방법이 두 가지가 있습니다.

첫 번째는 'A는 B이다'라는 은유 관계가 있는 문장을 가져와 A를 제목으로 올리고 B에 해당하는 내용을 창조해 시를 만드는 방법이고, 두 번째는 B에 해당하는 것을 먼저 써놓은 다음, 나중에 A에 해당하는 제목을 발견해 시를 만드는 방법입니다.

이중 첫 번째는 상당한 수준을 요구하는 방법이고, 두 번째가 쉽게 구사할 수 있는 방법이라 소개한 것입니다. 이해를 위해 강순의 「사춘기」로 설명해보겠습니다. 「사춘기」는 제목과 본문이 은유 관계가 잘 형성되어 있습니다. 즉 「사춘기」는 '물살 빠른 여울이다'는 훌륭한 메타포가 들어 있는 시입니다.

위에서 언급한 방법을 설명한다면 첫 번째 방법은 이렇습니다. 자신이 사춘기는 '물살 빠른 여울이다'라는 메타포가 눈에 번쩍 띄는 문장을 발견하고 이걸 갖다놓고 제목을 사춘기로 올리고 본문에 해당하는 여울에 관한 내용만 창조하는 방법입니다. 즉 사춘기를 특징지을 수 있는 물살 빠른 여울만 구체적으로 창조하는 것입니다. 그래서 이 방법은 상상력으로 B에 해당하는 내용을 창조해야 하니까 테크닉과 능력이 일정 수준에 달하지 않으면 매우 어렵습니다.

두 번째 방법은 눈에 번쩍 띄는 물살 빠른 여울을 묘사해 놓은 다음, 그 내용에 메타포가 잘 조응되는 제목을 찾아 올리는 방법입니다. 사춘기의 작자는 아마 자신의 기억 속에서 인상 깊은 여울을 먼저 상상으로 묘사한 다음에 그에 잘 조응하는 제목인「사춘기」를 붙이지 않았나 싶습니다. 이 시는 제목을 굳이「사춘기」로 하지 않더라도 물살 빠른 여울에 조응하는 제목이면 다 성립합니다. 즉, 제목을 나의 대학 시절, 80년대 고교 시절, 어린 시절 신혼기 등 과도기적 상황의 제목이면 다 잘 어울려 시로 훌륭하게 성립합니다.

그러므로 엉뚱하게 제목 붙이는 방법 중 내 경험에 의하면 두 번째 방법이 첫 번째 방법보다 좋은 시를 더 쉽게 많이 만들 수 있는 방법이라고 봅니다. 특히 퇴고 과정 중에 버리기 아까운 대목을 따로 떼어내어 보강한 다음에 이 방법을 활용해 보기 바랍니다. 의외로 좋은 시를 쉽게 건질 수 있을 것입니다. 나도 이 같은 방법으로 다음과 같은 작품을 쉽게 건진 바 있습니다.

가을 하늘

누가 쓴 편지일까?
거미가 소인을 찍고
능금나무가 저렇게 예쁜 우표를 붙인.

8. 효과적이고 매력적인 시적 표현을 얻는 방법

초보 시절은 시 쓰는 방법을 아무리 들어도 잘 모르겠고, 설사 알겠다 여겨지더라도 쓰려고 하면 또 막막하기 이를 데 없는 게 사실입니다. 그래서 이때는 되든지 안 되든지 간에 상관하지 않고 바로 무조건 끼적거려 보는 것이 최선의 방법이라고 봅니다. 그래서 바로 끼적거려도 남보다 몇 곱절 빠르게 시적 표현을 얻는 방법 두 가지만 공개합니다. 그 외에도 여러 방법이 있지만 우선 이 두 가지를 잘 활용해 보기 바랍니다.

어떻게 하면 남과 다른 표현을 새롭고 독특하게 효과적으로 구사할 수 있을까? 이론적으로 설명하려면 묘사라는 개념을 알아야 하는데 여기에서 나의 방식과 용어로 그 내용을 설명하겠습니다.

첫째, 뒤집어 생각하고 행동하기

시인을 포함하여 모든 사람의 사고와 인식 방향이 주로 한쪽으로 쏠려있습니다. 그러니까 먹고 마시고 행동하고 또 사물을 보고 느끼고 감탄하고 슬퍼하는 방식이 대동소이하고, 우리의 인식 구조도 주로 그 쪽으로 익숙해 있습니다. 따라서 그 쪽에서 새로운 표현을 구하려면 지금까지의 방식보다 몇 곱절 노력과 탐구로 새로운 표현을 발견하지 못하면 결코 효과적으로 다가오지 못합니다. 이때는 거꾸로 접근해 보는 것입니다. 남들의 시선이 다 한쪽으로 쏠려 있을 때 자기는 거꾸로 생각하고 행동하는 것입니다. 그러면 남들이 전에 자주 보지 못했던 사고와 행동이니깐 우선 시선을 끌게 되고 새롭게 느껴지게 됩니다.

다시 말해서 고스톱도 여태껏 쳐왔던 방식으로 쳐 잘 안풀릴 땐 거꾸로 치면 의외로 잘 풀리는 이치와 같은 맥락입니다. 예를 들면, 어떤 시인이 나는 낭만을 매고 정동진 바다를 보러 갔다로 표현했다고 합시다. 그러나 똑같은 내용이지만 이걸 거꾸로 표현하면 어떻게 될까요? 정동진 바다의 낭만이 나를 유혹했다, 또는 정동진 바다의 낭만이 나를 초대했다 이렇게 되는 것입니다. '나는 높은 하늘을 이고 간다'를 거꾸로 표현하면 '높은 하늘이 내 머리를 매달고 간다'. '나는 강물에서 발을 뺍니다'는 '강물이 내게서 발을 뺍니다' '나는 거울을 들여다본다'는 '거울이 나를 쳐다본다가 됩니다'. 똑같은 내용이지만 어떤 것이 우리에게 더 참신하게 다가옵니까? 후자입니다. 전자가 설명이라면, 후자는 묘사에 해당합니다. 따라서 묘사란 그동안 우리에게 익숙하지 않은 인식 체계로 대상에 접근해 그 표현이 도드라지게 하는 것을 말합니다.

그러나 이 방법을 구사할 때 유의할 점은 시 전편에 걸쳐서 다 이렇게 표현하면 안 됩니다. 전편에 걸쳐 구사하면 이것 또한 한쪽 체계의 인식 구조로 전락하고 굳어지기 때문에 군데군데 양념치 듯 구사해야 합니다. 특히 첫 연 첫 구절에 이 방법을 효과적으로 구사하면 독자들을 아주 매료시킬 수 있습니다. 문단에서 이 방법을 잘 구사했던 시인이 바로 오규원 시인이라고 생각합니다. 풀을 쓴 김수영 시인도 이 기법을 즐겨 구사했습니다.

둘째, 주변 소재로 생각하고 행동하기

이 방법은 내가 깊이 탐구해 작품에 실제로 많이 응용했고 현재도 즐겨 사용합니다. 즉, 자기가 표현하고자 하는 대상, 또는 풍경 내에 있는 주변 소재들로 생각하고 행동하는 방식입니다. 이 방법을 잘 활용하면 시가 그림처럼 아주 선명하게 되고 초점도 또렷하게 됨을 느끼게 됩니다. 특히 풍물, 풍경 시를 쓸 때 이 방법은 아주 효과적입니다.

예를 들어 가령 어떤 사람이 형광등, 침대, 커튼, 그림 등이 있는 방에 갇혀 한 여자를 그리워하며 책상에 골똘히 앉아 있는 모습을 그린다고 합시다. 그러면 이렇게 표현하는 겁니다.

"그는 책상과 함께 / 한 여자를 침대처럼 그리워한다 / 그의 얼굴은 형광등처럼 창백하지만 / 마음을 커튼처럼 열어젖히고 / 밤늦도록 간절함을 족자처럼 그녀를 향해 내걸고 있다."

이렇게 한 남자가 한 여자를 그리워하는 모습을 방 속에 있는 소재들로 생각하고 행동하는 것입니다. 이렇게 하면 그 이미지와 초점이 선명하게 되고 할 이야기도 많아지게 됩니다. 대부분이 이걸 잘 모르고 방을 벗어나 거창한 소재와 이야기를 자꾸 끌어오려 하다 보니 시의 초점이 흐려지고 난해해지게 됩니다. 이것만 잘해도 시가 아주 유창해집니다. 실제로 이 기법 하나만으로 신춘문예에 당선한 시를 살펴보겠습니다.

겨울이 다른 곳보다 일찍 도착하는 바닷가

그 마을에 가면

정동진이라는 억새꽃 같은 간이역이 있다.

계절마다 쓸쓸한 꽃들과 벤치를 내려놓고

가끔 두 칸 열차 가득

조개껍질이 되어버린 몸들을 싣고 떠나는 역.

여기에는 혼자 뒹굴기에 좋은 모래사장이 있고,

해안선을 잡아넣고 끓이는 라면집과

파도를 의자에 앉혀놓고

잔을 주고받기 좋은 소주집이 있다.

그리고 밤이 되면

외로운 방들 위에 영롱한 불빛을 다는

아름다운 천정도 볼 수 있다.

강릉에서 20분, 7번 국도를 따라가면

바닷바람에 철로 쪽으로 휘어진 소나무 한 그루와

푸른 깃발로 열차를 세우는 驛舍,

같은 그녀를 만날 수 있다.

　　　　　　　　　　　　　　　　　– 김영남, 「정동진역」

　나는 정동진역 풍경을 그리는 데 모두 정동진역 근처에 있는 소재들로 생각하고 행동했습니다. 여기에 나오는 소재들은 실제로 정동진역에 다 있던 것들입니다. 억새꽃, 벤치, 모래사장, 라면집, 소줏집, 소나무 등등……. 그래서 열차가 들어오는 역이니까 겨울이 오는 것도 겨울이…… 도착…으로 생각했고, 역도 … 억새꽃 같은 간이역으로 표현했고, 라면집도 삼양라면을 끓이는 라면집이 아니라 해안선을 잡아넣고 끓이는 라면집이고, 소주집도 파도를 의자에 앉혀놓고 / 잔을 주고받기 좋은 소줏집으로 표현한 것입니다.

내가 실제로 라면집을 묘사해야 하겠는데 구불구불한 주변 소재를 찾으니까 산 능선, 도로, 해안선 등이 보였습니다. 그런데 이 중에서 가장 주변 소재에 어울리는 게 바로 해안선이라 차용한 겁니다. 또한, 마주보고 술잔을 나누는 소줏집도 묘사해야하는데 쓸 만한 주변 소재들을 살펴봤더니 배, 수평선, 갈매기, 파도 등이 보였습니다. 그런데 이 소재들이 다 어울리지만 이 중에서 파도가 가장 운치 있는 소재로 생각되었습니다. 그래서 '파도를 의자에 앉혀놓고 / 잔을 주고받기 좋은 소줏집이 있다'. 이렇게 주변 소재로 둘러댔더니 읽는 사람마다 반하였습니다. 만약 이걸 '친구를 앉혀놓고 잔을 주고받기 좋은 소줏집이 있다'라고 표현했다고 가정해 봅시다. 얼마나 평범하고 싱거울까요?

위의 시는 시의 템포를 한 단계 높이기 위해서 의도적으로 삽입한 마지막 구절을 제외하곤 처음부터 끝까지 정동진역을 벗어나지 않고 철저하게 정동진역 주변 소재로만 생각하고 행동했습니다. 그래도 신춘문예에 당선한 시가 되었습니다.

9. 시어 선택 시 고려해야 할 점

나를 포함해 이 땅의 모든 시인은 대중들, 특히 문학 수요자의 환경 변화를 하루빨리 깊게 인식해야 합니다. 예전에 대중들의 문화적 욕구를 충족시키는 데는 문학이 중심 매체이었고 핵심이었을 뿐만 아니라 이를 대체할 만한 마땅한 대체 매체도 없어 늘 대중의 수요에 공급이 모자랐습니다. 따라서 그 당시는 공급만 하면 수요는 절로 보장된 상황이었습니다. 즉, 시라는 제품의 효용성, 편리성, 유익성 등을 크게 고려하지 않더라도 시라는 제품에 언제나 충분한 수요가 있던 시기입니다. 그러나 지금은 우리나라가 산업화로 치달으면서 대중들의 문화적 욕구를 충족할 만한 대체 매체가 많이 출현하게 되었고, 또한 대중들의 욕구도 다양해졌습니다. 이젠 특별한 흥미가 없고 독자들을 유인할 만한 내용이 아니면 독자들이 절로 찾아오리라는 건 기대하기 어려운 시대입니다. 다시 말해 기존의 방식대로는 이젠 통하지 않는다는 것입니다.

그런데 대다수 시인이 이런 환경 변화 심각하게 인식하지 못하고 아직도 기존 사고에 갇혀 시의 위기를 수요자인 독자 탓으로 돌리고 있는데 이건 번지수를 잘 못 짚고 하는 이야기입니다. 시인 스스로가 빨리 변해 독자의 환경 변화 적응해야합니다. 지금 정치, 경제, 행정, 교육, TV, 영화, 체육 등의 모든 것이 공급자 위주에서 수요자, 즉 독자 위주로 바뀐 지 오래인데 오직 시만큼은 권위주의 귀족주의 전통주의에 너무 깊게 빠져 독자를 고려하면 마치 삼류 시인인 양 취급하고 전문가가 읽어도 무슨 말인지 잘 이해가 가지 않는 시에 해설서를 곁에 놓고 감상하라는 식의 합리화에 급급하고 있는 실정이 아닌가 생각합니다.

이제는 달라진 독자들의 욕구 환경을 고려해 시도 하나의 상품이라는 생각을 하고 감상하기 좋고, 재미있고, 음악성 있고, 유익해서 독자들이 스스로 찾을 수 있을 만한 시를 써서 제공해 합니다. 그렇다고 품질이 형편없는 싸구려 제품을 만들라는 소리가 아닙니다. 싸구려 제품과 사용하기 편리한 제품은 그 기준이 전혀 다른 내용입니다. 그동안 이용자의 편의를 고려하지 않고 제작자의 일방적인 생각으로 시 쓰는 방식은 수요자 위주로 하루빨리 변해야 한다는 것입니다.

그러나 요즘 발표되는 시들을 생각해봅시다. 특별한 내용도, 흥미도 없으면서 작자의 일방적인 생각으로 한 장도 아닌 두 장 세 장으로 늘어놓는 경우가 다반사인데 일반 독자들이 읽어주리라는 걸 어디 상상이나 할 수 있을까요? 이제는 시를 생각하는 방식, 시를 만드는 방식이 종전과 하루빨리 달라져야 합니다. 그래야 시의 위기라는 말이 사라질 것입니다. 그러므로 초보들이 이상의 내용을 고려하고 기본적으로 유의할 점 두 가지만 소개합니다.

첫째, 초보 시절에는 젊은 언어를 사용하자.

특히 …하였나니, …노니 등의 혼자 술 취해 경탄하는 듯한 용어는 절대 쓰지 않아야 합니다. 이런 용어들을 보면 독자들이 바쁜 세상에 혼자 술 취해 경탄하고 돌아다니는 소리로 여겨 그런 시는 그냥 넘겨버리게 됩니다. 즉 독자들은 이런 용어를 보면 할 일 없고 배부른 소리로 생각할 수 있습니다. 그리고 …하라, …하지 마라 식의 명령 투도 지양하는 것이 좋습니다. 독자들은 기본적으로 자기보다 불행한 이야기, 슬픈 이야기, 즐겁게 하는 이야기, 유익한 이야기 등에 관심을 가지고 읽으면서 자신이 스스로 위로받게 됩니다. 그러나 자기보다 잘난 체 하는 이야기, 친구 가족 등 주변 자랑 이야기, 명령 투의 이야기 등을 들을 땐 아주 언짢아하게 됩니다.

실제로 젊은 시인들 중에도 이런 노티 나는 용어와 명령 투의 시를 자주 쓰는 걸 보았습니다. 그러나 이후로는 가급적이면 노티 나는 용어 대신 가능한 한 확신에 차 있고 박력 있고 싱싱한 용어를 구사하기 바라며, 명령 투의 문체는 피하고 청유형을 구사하기 바랍니다.

둘째, 고어, 사어, 상투어는 가능한 한 금지

시도 그 시대의 문화를 즐기는 하나의 매체입니다. 따라서 그 시대의 사용 언어와 무관하지 않습니다. 그런데 이 첨단 시대에 살면서 아직도 사랑, 신라의 달밤, 정읍사의 노래, 달구지, 신작로, 물레방아, 수틀, 바느질, 낮달, 이승, 저승 등등 그 옛날 시절의 풍경과 풍물, 남들이 지겨울 정도로 써먹는 낡은 시어를 들먹이는 경우를 자주 봅니다. 그러나 이 용어들에 특별한 관심이 있거나 사연이 있는 사람이 아니고는 대다수 독자는 이런 용어들을 보면 기본적으로 싫어하거나 거부하게 됩니다.

시 속에 나타나는 시간, 장소, 풍물들의 거리도 독자들에게는 현실의 거리만큼 멀고도 가깝게 느껴 특별한 이유도 없이 막연하게 먼 시간 속으로 끌고 가는 것을 귀찮게 여깁니다. 하늘에 우주선이 날아다니는 세상인데 아직도 낮달을 운운하면 독자들이 어떤 생각을 하겠습니까? 더군다나 남이 자주 쓰는 시어를 보면 이 사람 노력도 하지 않고 맨날 남이 쓴 시어나 갖다 쓰는 참 게으른 시인이구나! 하고 독자들이 판단하지 않을까요?

따라서 독자 중 이런 것에 그동안 관심이 있었다면 잠시 이를 접어두고 현재의 생활 속에서 매력적인 소재를 찾아 시를 써야 합니다. 그리고 독자들이 기본적으로 가능한 한 현재의 시간 속에 울고 웃고 놀기를 좋아한다는 걸 명심하기 바랍니다. 아울러 사투리를 쓰더라도 옛것보다는 현재의 것을 쓰기 바랍니다. 이런 것들이 공급자 위주가 아닌 수요자, 즉 독자를 고려한 전략적인 시 쓰기 방법의 한 예입니다.

10. 퇴고는 어떻게 해야 할까?

누가 나에게 시 창작 과정 중에서 가장 중요시하는 요소 두 가지만 들라고 한다면 '상상력과 퇴고력'이라고 말하고 싶습니다. 그 이유는 시의 내용은 상상력이 좌우하고, 작품의 완성도는 퇴고력이 좌우하기 때문입니다. 상상력이 조금 떨어지더라도 퇴고를 잘하면 그 시는 크게 흠이 드러나지 않고, 또한 퇴고가 좀 어설프더라도 상상력이 특출하면 또한 큰 문제점이 노출되지 않고 넘어갈 수 있습니다.

그러나 두 가지 요소에 문제가 있을 땐 정말 작품이 형편없이 추락하게 됩니다. 따라서 가장 바람직한 것은 상상력과 퇴고력을 겸비하는 것입니다. 이 두 가지 능력을 겸비하면 작품성이 크게 상승하리라 생각합니다. 그러면 퇴고는 어떻게 하는 것이 좋을까요?

상상은 뜨겁게, 퇴고를 할 때는 냉정하게

상상을 할 때 마음의 자세는 기본적으로 뜨겁고 깊게 해야 하지만, 퇴고를 할 때 마음의 자세는 이와 정반대 자세인 냉정하고 넓게 해야 합니다. 작품을 쓸 때와 작품을 고칠 때에는 정반대의 심성이 필요한 이유는 작품을 바로 써서 완성하면 흥분된 감정 상태에 있기 때문에 시도 흥분되어서 좋은 시를 건지기가 어렵기 때문입니다. 초보 시절에는 시를 써서 곧바로 완성하고 누구에게 자랑하고 보여주고 싶은 조급함에 사로잡히게 됩니다. 이것이 초보 시절에 자주 빠지게 되는 함정입니다. 힘들여 퇴고를 해보지 않으면 그만큼 발전이 더디고 아집에 사로잡히기에 십상입니다. 그러면 퇴고 기간은 어느 정도 가지는 것이 바람직할까요?

　내 경험에 의하면 퇴고는 되도록 오래 할수록 좋습니다. 나는 아무리 짧은 시라도 곧바로 써 바로 완성한 경우는 한 번도 없습니다. 현재도 시 한 편을 구상하여 남에게 보여줄 정도까지는 아무리 빨라도 최소한 보름 이상의 퇴고 기간을 갖습니다. 그러니깐 상상은 한두 시간에 깊고 뜨겁게 해서 서랍에 두었다가 2, 3일이 지난 다음에 다시 꺼내 이 시에 새로운 상상을 조금씩 덧붙이고 삭제하는 것을 반복하면서 작품을 완성해 나갑니다. 그래야 내용이 흥분되는 것을 예방할 수 있고, 시에 침착성과 보편성도 확보할 수 있기 때문입니다. 퇴고와 관련해 시를 효과적으로 다듬는 구체적인 방법을 소개합니다.

퇴고는 정신이 가장 맑은 시간에 하자.

　나는 퇴고를 위해 정신이 가장 맑은 상태를 잠시 아주 자주 가졌습니다. 정신이 맑은 상태를 잠시 자주 가진 이유는 아무리 맑은 정신 상태라 하더라도 그 분위기에 또 오랫동안 잠기게 되면 이 또한 마음이 흥분되기 쉽기 때문입니다. 그래서 나는 아침에 맨 처음 가는 화장실을 시 퇴고 장소로 자주 이용하였습니다. 2, 3일 전에 쓴 시 초고를 가지고 네모난 밀실에 앉아 반복해서 읽으면 정말 시의 어수룩한 부분, 미흡한 부분, 참신하지 못한 부분 등이 눈에 잘 들어옵니다. 그 상태에서 지적된 단어, 문장 등의 부분을 과감하게 버리고, 고쳤습니다. 여러분도 이번 기회에 자신의 정신이 가장 맑고 평온한 상태가 어느 순간인지를 확인해 퇴고를 할 때 이를 자주 활용해 보기 바랍니다.

작품을 볼 줄 아는 사람에게 시를 보이자.

마지막 퇴고와 관련해 작품을 볼 줄 아는 사람에게 보여주고, 상대의 지적을 빨리 받아들일 줄 알며, 자신이 아끼는 작품도 과감하게 버릴 줄 아는 마음의 자세가 필요합니다. 특히 초보 시절에 자기 동료의 작품평과 훈수를 귀담아들으면 망하는 길로 가는데 첩경이라는 걸 명심해둘 필요가 있습니다. 작품을 보여줄 땐 가능한 한 어느 정도 수준에 있는 사람이거나, 아니면 시를 쓴 경력이 충분한 사람에게 보여주는 것이 바람직합니다. 경력이 어느 정도 있는 사람은 시를 잘 쓸 줄 모른다 하더라도 기본적으로 시를 볼 줄 아는 안목은 있게 마련이기 때문입니다. 끝으로 많은 퇴고는 곧 '시 창작력의 향상이다'라는 것을 명심하고 비록 한 줄의 시를 쓸 때에도 최선을 다하여 쓰기 바랍니다.

김영남 1957년 전남 장흥에서 출생. 중앙대학교 경제학과 및 동 대학교 예술대학원 졸업. 1997년 『세계일보』신춘문예에 시 부문 「정동진역」이 당선되어 등단. 시집으로 『정동진역』, 『모슬포 사랑』, 『푸른 밤의 여로』, 『가을 파로호』가 있음. 제7회 현대시 작품상 수상.

시를 잘 쓰는 16가지 방법

송수권

시적 표현과 진실에 이르는 길 - 상상력이란 것은 인지능력, 즉 경험을 통과했을 때 더욱 빛을 발하게 된다. 산골에서 태어나 자란 아이는 해가 산에서 뜬다고 생각한다. 그러나 갯가에서 자란 아이는 해가 바다에서 뜬다고 여긴다. 어린이는 돌을 단단한 장난감으로 여기나, 성숙한 어른은 돌을 용암이 굳어져서 풍상에 깨어진 인내, 감내, 인고의 표상으로 본다. 이것이 인식의 눈이며 표상능력이다.

나의 경험으로도 유형화되고 유통 언어에 걸린 시들을 몰아내는 데는 오랜 시간이 걸렸음을 고백한다. 진지한 시작詩作 과정의 극기훈련 없이는 대중화에 물든 저속성의 시를 찾을 수밖에 없는 것이다. 그러므로 호우처럼 쏟아지는 정보매체의 언어에 시인은 헌신하는 것이 아니라 칩거하면서 부정하거나, 이를 극복하는 그 반대편에 서 있는 것이 시인인 것이다.

시란, 시인이란 아니 시를 쓰려고 작심한 자는 『로미오와 줄리엣』을 탄생시킨 셰익스피어가 아니라, 무릇 고생물학자의 고행을 먼저 배우고 진진한 감성의 논리로서 진지한 어법을 먼저 배울 일이다. 진지한 어법이란 한 시대의 이념에 종속되어 굳어진 말버릇이 아니라 오히려 아이러니나 위트, 해학, 풍자 등의 언어 본래의 정신을 폭넓고 다양하게 구사하는 어법을 말한다, 다시 말하면 시어가 가진 자율성을 말하며, 이 자율성의 정신이 풍만했을 때 상상력은 그만큼 넓어진다는 뜻이다.

탤런트나 거리의 화제를 뿌리고 사는 인기 있는 사람이 시집을 내면 '떴다방'이 되고 전문 코드를 가진 시인이 시집을 내면 외면당하는 수가 허다하다. 수위가 시를 못 쓰고 교수가 시를 잘 쓴다는 얘기가 아니라 독자층의 70퍼센트는 정보 언어나 유통 언어로 쓰인 소비적인 시를 좋아한다는 얘기다. 이것이 다름 아닌 쇼비즘속물주의 근성이며 달갑잖은 포퓰리즘대중성으로 바깥세상을 떠들썩하게 하는 시인 것이다. 인문학적 지식이 없이는 현대시를 지을 수도 이해하고 감상할 수도 없는 현실에서 시인이 독자보다 많다거나 천 명의 독자보다 깊이 있는 한 명의 독자가 참다운 독자라는 말이 생긴 것이다.

문명이 발달하고 시에 대한 독자의 안목이 높아짐에 따라 시인들은 단순한 감정의 표출로 독자를 감동시키는 것에 한계를 느끼고 새로운 기교와 방법을 개척하기에 이르렀다. 현대시의 기법은 바로 이러한 결과로 나오게 된 것이다. '계속 아름다운 것은 우리를 질리게 한다. 새로운 충격요법이 필요하다'는 전제 아래 러시아 형식주의자들이 말하는 '낯설게 하기'와 모순어법 등은 현대시를 더욱 어렵게 만들고 시적 애매성을 초래했다.

시란 결국 '발상과 표현'의 문제다. 발상에 있어서는 '상상력의 코드번호 찾기'이고, 표현의 문제에 있어서는 경구나 광고 문구로고송 또는 속담류의 직설로는 시가 되지 않으니 반드시 비유와 상징의 하나의 은유체계가 완성되어야 한다고 정의했다. 인문학적 바탕이 없이는 고도한 지적능력^{상상력을}발산할 수도 없으며 설사 이 능력^{직관력}을 갖추었다고 할지라도 표현기법 없이는 한 편의 시를 완성할 수가 없다.

이제 구체적으로 시를 잘 쓰는 16가지 방법을 소개한다.

1. 사물을 깊이 보고 해석하는 능력을 기른다. 지식이나 관찰이 아닌 지혜(지식+경험)의 눈으로 보고 통찰하는 직관력이 필요하다.

2. 새로운 의미depayment를 발견하고 그 가치에 대한 '의미부여'가 있을 때 소재를 붙잡아야 한다. 단순한 회상이나 추억, 사랑 등 퇴행적인 관습에서 벗어나야 한다.

3. 머릿속에 떠오른 추상적 관념을 구체화할 수 있는 이미지가 선행되어야 한다. '시중유화詩中有畵 화중유시畵中有詩', 이것이 종자 받기^{루이스} Cecil Day Lewis(1904. 4.27 ~1972. 5. 22) 다(이미지+이미지=이미지저리 → 주제(가치와 정신) 확정).

4. 이미지와 이미지를 연결하기 위하여 구체적인 정서의 구조화가 필요하다. 즉, 추상적 관념을 이미지로 만들고 정서를 체계화하기 위하여 '객관적 상관물'을 찾아내야 한다. 또한 1차적 정서를 2차적 정서로 만들어내는 과정이 필요하고 그러기 위하여 '객관적 상관물'을 쓴다. 이것을 '정서적 객관화' '감수성의 통일' 등으로 부른다.

5. 현대시는 '노래의 단절에서 비평의 체계'로 넘어와 있다는 옥타비오 파스의 말을 상기하라. '-네' '-오리다' '-구나' 등의 봉건적 리듬을 탈피하라. 연과 행의 구분을 무시하고 산문 형태로 시도해 보는 것도 시

쓰기매너리즘에서 탈피하는 방법형식이다. 이것이 불가능하면 형식은 그대로 두고, 앞의 1 ~ 4번의 항목에다 적어도 '인지적 충격 +정서적 충격'이 새로워져야 함은 물론이다.

6. 초월적이고 달관적인 시는 깊이는 있어도 새로움이 약화되기 쉬우니 프로의 근성을 버리고 아마추어의 패기와 도전적인 시의 정신을 붙잡아라. 이는 '시 쓰기'를 익히기 위한 방법이며, 늙은 시가 아니라 젊은 시를 쓰는 방법이다.

7. 단편적인 작품보다는 항상 길게 쓰는 습관을 길러라.

8. 지금까지의 전통적 상징이나 기법이 아닌 개인 상징이 나오지 않으면 신인의 자격이 없다. 완숙한 노련미보다는 젊은 패기의 표현기법이 필요하다. 실험정신이 없는 시는 죄악에 가깝다.

9. 좋은 시(언어+정신+리듬=3합의 정신)보다는 서툴고 거친 문제시현대의 삶에 먼저 눈을 돌려라.

10. 현대시는 낭송을 하거나 읽기 위한 시가 아니라 독자로 하여금 상상하도록 만드는 시이니 엉뚱한 제목진술적 제목, 엉뚱한 발상, 내용 시상 등이 필요하다. 이를 위해서는 주제를 깊이 감추고, 모든 것을 다 말하지 말고 절반은 비워둬라. 나머지 상상력은 독자와 평론가의 몫이다.

11. 일상적인 친근 어법을 쓰되, 가끔은 상투어로 박력 있는 호흡을 유지하라.

12. 리듬을 감추고 시어의 의미가 위로 뜨지 않게 의미망 안에서 느끼도록 하라. 이해 행간을 읽어가는 상상력의 즐거움을 제공한다. 그러나 애매모호ambiguity성이 전체 의미망에서 크게 벗어나지 않도록 심충심

리 복합현상^{원형상징}과 교묘한 시어들의 울림에 의한 콘텍스트를 적용하라.

13. 시의 주제는 겉 뜻^{문맥}이 아니라 읽고 나서 독자의 머릿속에서 떠오르게 감추어라. 아니마^{Anima}를 읽고 그 반대 항인 아니무스^{Animus}의 세계를 떠올릴 수 있도록 하라. ▪

14. 현대가 희극성/비극성의 세계로 해석될 때 비극성의 긴장미(슬픔, 우울, 고독, 권태, 무기력, 복수, 비애) 등의 정서를 표출하라. 이것이 독자를 붙잡는 구원의식이다. 이는 치유능력, 즉 주술성에 헌신한다.

15. 유형화된 기성품이나 유통 언어를 철저히 배격하라. 개성이 살아남는 일―이것이 시의 세계다.

16. '정서의 구조화'가 되어 있지 못한 시는 실패작이다. 왜냐하면 '감수성의 통일'이 이루어지지 않았기 때문이다. 주제에 의한 의미구조의 통일만이라도 꿈꾸어라. *『시 창작 실기론』송수권, 문학사상사, 2010년, 본문 인용.

▪ 아니마, 아니무스 : 정신분석학자 융이 분석심리학에서 사용한 용어로, '아니마'는 남성의 정신에 내재되어 있는 여성성의 원형적 심상을, '아니무스'는 아니마의 남성형으로 여성의 정신에 내재된 남성성의 원형적 심상을 가리킨다.

송수권 1940년 전남 고흥에서 출생. 서라벌예술대학 문예창작과 졸업. 1975년『문학사상』의 신인상「山門에 기대어」로 등단. 시집으로『山門에 기대어』,『꿈꾸는 섬』,『아도』,『수저통에 비치는 저녁노을』,『파천무』등이 있으며, 시선집『지리산 뻐꾹새』,『들꽃세상(토속꽃)』,『여승』, 육필시선집『초록의 감옥』, 산문집『만다라의 바다』,『태산풍류와 섬진강』,『남도기행』,『남도의 맛과 멋』,『시인 송수권의 풍류맛 기행』등이 있음. 소월시문학상, 정지용문학상, 제1회 영랑시문학상, 김달진문학상, 서라벌문학상 등을 수상.

시 창작 레시피

양애경

요즘은 인터넷 때문에 정보를 얻기가 쉽습니다. 요리를 못하는 저도 인터넷에서 요리 레시피를 퍼 와서 따라 하다 보면, 비교적 비슷하게 요리를 해냈던 경험이 있습니다. 또, 그림 그리기에도 레시피 같은 강의가 있습니다. 붓질이나 색채 넣기 같은 그림 그리기 동영상을 보면 저절로 감탄이 나옵니다. 그런 걸 보면서, 시 쓰기에도 레시피가 있어서 따라 하다 보면 그럴 듯하게 시를 써낼 수는 없을까 라는 생각이 듭니다.

사실 시 쓰기를 레시피화 하기는 어렵지만, 오랫동안 시를 쓰고 시 쓰기를 가르치면서 몇 가지의 중요한 요령은 터득했습니다. 시를 빠르게 잘 쓸 수 있는 그 몇 가지의 요령을 알려드리도록 하겠습니다.

1. 발상 – 새로운 눈을 가져라

시를 쓰려면 우선 아이디어를 찾아야 합니다. 시를 위한 발상 단계입니다. 무엇에 대해 시를 쓸까? 하고 궁리할 때는 먼저 새로운 눈을 가지면 좋겠습니다. 그런데 그게 쉽게 안 되지요. 백일장에 가면 시제詩題를 내주고 그 제목으로 시를 지으라고 합니다. 그럴 때, 아직 시 쓰기의 초보인 사람은 자꾸만 전에 그 제목의 시를 보았던 구절을 떠올리게 됩니다.

예를 들어 '비 오는 날'이라는 제목이 나왔다고 합시다. 그러면, 저절로 머릿속으로 '우산 셋이…검정 우산 파란 우산, 찢어진…'하고 생각하다가 '아차, 이건 동요지?'한 적은 없나요? '봄'이라는 제목이 나오면 '봄이 오면 산에 들에 진달래 피네…'하다가 '아차! 이것도 노래에 나왔던 거지?' 하고 탄식하게 될 지도 모릅니다.

어디선가 본 듯한 문장, 어디선가 본 듯한 비유법…. 이런 것들은 철저히 배제시켜야 합니다. 무릇, 예술의 제일 중요한 속성 중 하나가 참신함입니다. 사물을 새롭게 보는 것, 새롭게 표현하는 것이 중요합니다. 이것을 현대 예술에서는 '낯설게 하기'란 이름으로 부릅니다. '낯설게 하기'의 뜻은, 무조건 처음 보는 새로움이 아니라(긴 인류의 역사 속에 완전히 새로운 것이란 없다는 말도 있지요), '평범해 보이던 일상을 새롭게 보이게끔 하는 새로운 시각'을 준다는 의미가 됩니다. 쉬운 예를 들어봅시다.

'소녀는 장미 꽃봉오리처럼 아름답네'라는 구절은 쉽게 이해되지만 특별해 보이지 않습니다. 소녀들은 대부분 꽃봉오리처럼 아름다우니까요. 하지만, 다음은 어떨까요?

'칠순의 외할머니가 장미 꽃봉오리처럼 아름답네.'

칠순의 노인이 장미 꽃봉오리에 비견될 만한 경우는 흔하지 않기 때문에, 독자들은 아마, '어, 뭐지?'하고 시 속으로 끌려 들어올 것입니다.

그렇다고 해서 억지로 새롭게 꾸며 맞추라는 뜻은 아닙니다. 독자에게 놀라움을 주려고 억지 표현을 자주 쓰다 보면, 독자는 더욱 시와 멀어지게 되겠지요? 여기서 중요한 일은 우리의 삶 속의 새로움을 발견해내는 참신하고 진정한 시각을 갖는 일입니다. 그것이 '낯설게 하기'를 현대 예술의 중요한 특성으로 찾아낸 문학인들의 의도입니다.

새로운 눈으로 사물을 바라보면 좋은 시의 제재를 찾아낼 수 있을 겁니다. 표현 면에서도 어디선가 본 듯한 예쁜 표현은 과감히 버리기 바랍니다. 평범하고 건조한 일상어가, 많이 보아 식상해진 화려한 문학적 수사修辭보다 참신합니다. 자, 이제 어떤 일을 시로 쓸 것인지 결정했습니까? 그러면 소재와 주제를 생각할 단계입니다.

2. 소재 잡기

1) 구체적인 이름을 사용하라.

소재는 글감입니다. 시의 소재는 시에 들어갈 글감입니다. 시의 내용에 들어갈 다양하고 적합한 소재들을 선택해서 시를 풍부하게 만들어야 합니다. 그런데, 소재는 구체적인 이름을 쓰는 것이 좋다는 것을 기억하세요. 그럼 다음 시의 예를 봅시다.

이름 모를 꽃들이 피어 있는 산기슭으로 접어들자

이름 모를 산새들이 지저귀기 시작했다.

왠지 마음에 들지 않지요? 그렇다면 다음과 같이 고쳐 써 봅시다.

보랏빛 자운영이 우거진 산기슭으로 접어들자
머리가 붉은 박새가 울기 시작했다.

느낌이 훨씬 풍부하고 읽는 사람의 상상력을 자극하지 않습니까? 작가와 시인 중에는 나무 이름, 꽃 이름, 풀 이름, 새 이름, 물고기 이름 등을 아주 잘 아는 사람이 많습니다. 저절로 알게 되었다기 보다는 글을 쓰기 위한 노력으로 공부를 한 것입니다. 식물도감, 곤충 도감 등을 곁에 두고 늘 읽는 자세가 필요합니다. 또, 자연물만이 아니라 인공물이나 지명地名 등 모든 사물에 대해서 세심한 관찰이 필요합니다. 평소에 가져 온 그러한 관찰과 탐구심이 시를 쓸 때 자연스럽게 표현되기 마련입니다.

어느 대학의 문예창작과에서 주최한 백일장에서 시를 심사한 적이 있습니다. 제목이 「거미」였는데, 한 명의 학생만이 '무당거미'라는 구체적인 이름을 사용해서 작품을 썼습니다. 거미의 생태에 대해서도 잘 알고 있더군요. 거미에 대해 막연한 이미지만을 가지고 쓴 시들 속에서 그 작품은 단연 돋보일 수밖에 없었습니다. 그 점만 가지고 평가한 것은 아니지만, 결국 관찰력이 뛰어나고 어휘를 풍부하게 사용할 줄 알았던 그 학생의 작품이 최우수 작품으로 뽑혔습니다. 구체적인 이름들은 독자에게 상상력의 날개를 마음껏 펼칠 수 있도록 합니다. 구체적인 소재들을 사용합시다.

2) 작품에 맞는 풍부한 소재를 사용하라.

미술 작품에 풍부한 색감과 적절한 소재의 배치가 중요한 것처럼, 시 속에도 풍부한 소재들이 들어가는 것이 좋습니다.

예를 들어 거미에 대한 시를 쓴다면, 거미줄에 걸린 매미, 하루살이, 잠자리, 파리 등이 등장하고, 거미줄이 위치한 장소의 풍경과 그러한 장소에 있음직한 여러 소재들이 등장하게 됩니다. 문학작품의 기술에는 묘사와 서사가 많이 쓰이는데, 시에서는 특히 묘사가 주가 되는 작품이 많습니다. 그 묘사에 있어서 적절하고 풍부한 소재가 사용되는 것은 매우 좋은 느낌을 줍니다. 그렇다고 해서 잡다한 소재들을 많이 늘어놓기만 한다고 좋은 것은 아니지요. 이미지 형성과 주제 부각에 도움이 될 만한 소재들의 선택이 필요한 것이죠. 다양성과 통일성의 조화가 시 쓰기에서도 필요합니다.

3. 주제의 선정(내가 말하고 싶은 것은 무엇인가?)과 그 배치

주제는 시의 내용이며, 시인이 말하고자 하는 바이고, 시 자체가 전달하려는 메시지입니다. 시인은 주제를 시 속에 확실하게 써 놓지는 않습니다. 하지만 독자에게는 분명히 전달되어야 합니다. 시가 주제를 분명히 전달해야 한다는 말에는 반대하는 이도 있을 법합니다. 시는 고도의 언어 기법이라서 읽는 사람에 따라 다르게 주제가 읽혀질 수 있는데, 이를 '시의 복합성'이라고 합니다. 일상의 말로 정확하게 전달할 수 없는 미묘한 내용을 시는 비유와 상징을 사용하여 표현하기 때문입니다.

하지만 그렇다고 해서, 시가 무엇을 말하려 하는지 분명하지 않아도 된다는 뜻은 아닙니다. 어떤 선생님은 시 창작을 가르치면서 '시에는 애매모호한 부분이 많아야 더 좋은 평가를 받는다'는 말로 난해한 시를 쓰도록 부추기기도 합니다. 이것은 틀렸다고 저는 생각합니다. 돋보이고 신비하게 보이게 하기 위하여, 무슨 말을 하고 있는지 본인도 모르는 시를 쓰는 것은 올바른 자세가 아닙니다.

그리고, 주제를 표현하는 방법에서 좋은 요령 한 가지를 가르쳐 드리겠습니다. 앞서, 거미에 관해 시를 썼던 학생들을 예로 들었는데요. 거미에 대해 쓰든, 고층 빌딩에 대해 쓰든, 결국 주제는 '인간'의 문제를, 그 중에서도 시 쓰는 사람 자신의 문제를 말하게 된다는 것입니다. 영화를 찍을 때를 생각하면 이해가 빨리 될 것입니다. 원거리의 배경부터 잡던 카메라가 점점 가까워져서 마침내는 주인공의 표정을 클로즈업하듯이, 시 또한 소재로부터 이야기를 시작하여 시 쓴 사람 자신의 인생 이야기, 그 의미 문제로 돌아오게 된다는 것입니다.

앞서 예를 들었던 학생은 '거미'에서부터 이야기를 시작하여 빌딩 유리창 밖에 매달려 일하는 '빌딩 청소부'의 이야기로 왔고, 그렇게 힘들게 살아가는 우리 시대의 가장家長들 이야기로, 그리고 마침내는 가족을 부양하기 위해 힘겨운 삶을 계속해 온 자신의 아버지의 이야기를 합니다.

그리고, 아버지와 그의 딸인 자신의 관계를 주제로 놓는 것이죠. 원거리 → 중거리 → 근거리 → 자기 자신으로 초점을 맞춰 오는 구조인데, 시인들이 가장 많이 쓰는 구성 중의 하나라고 할 수 있습니다. 물론 순서는 역으로 자신 → 중거리 → 원거리 의 구성으로 할 수도 있고, 왔다 갔다 교차하는 경우도 있습니다.

4. 표현의 기법

시는 언어 예술인 문학 중에서도 가장 고도의 언어 기술을 사용할 수 있는 장르입니다. 표현의 기법도 다양합니다. 은유, 직유, 의인, 활유, 의성 등 다양한 비유법 외에도, 이미지의 사용과 아이러니, 풍자, 역설, 상징, 패러디, 반복, 언어유희 등등 시인들이 사용할 수 있는 기법은 셀 수 없이 많습니다.

습작을 열심히 하려는 분들께 다음과 같은 훈련법을 제안하고 싶습니다. 시론 책을 한 권 사서, 표현 기법을 소개하는 항목들을 읽으면서 위의 각 항목의 기법들을 연습해 보는 겁니다. 자기 나름의 표현 훈련이 되겠지요. 조금 더 쉬운 방법도 있습니다. 시창작론 책에는 친절하게 연습 문제까지 내준 것들이 있습니다. 나름대로 연습도 하고 작품 양도 늘릴 수 있는 기회가 될 것입니다.

다른 공부할 것도 많고 해서 어렵다면 아주 기초만 연습해 봅시다. 제일 기본인 '비유'의 경우, 원관념의 이미지와 의미를 풍부히 하기 위하여, 보조관념을 결합시킵니다. 서로 이질적인 대상이지만 어떤 유사성으로 두 관념이 묶일 수 있음이 비유 성립의 전통적인 방식입니다.

내 마음은 호수요　 * 내 마음(원관념) = 호수(보조관념)

그대 노 저어 오오 　 * 내 마음을 알아주오(원관념) = 노 저어 오오(보조관념)

마음과 마음의 만남을 원하는 김동명의 이 시구는, 마음과 호수의 유사성을 독자들이 쉽게 납득할 수 있는 원관념과 보조관념의 결합입니다. 하지만, 요즘에는 유사성보다는 거의 유사성이 없는 대상들의 이른바 '이미지의 폭력적 결합'을 꾀하는 비유도 많습니다. 앞서도 말했지만 예술에 있어 참신성은 매우 중요한 덕목이기 때문이죠. 요즘은 이러한 폭력적 결합 쪽이 더 인기가 있기도 합니다. 그렇다고 해서 억지스러운 조합이 되어서는 곤란합니다. 자연스럽게, 적절할 때 적당히 참신한 비유를 사용하는 것이 효과가 좋습니다. 또한, 시는 비유 등의 표현 기교를 많이 사용한다고 해서 좋아지지는 않습니다. 유효 적절히, 최소화해서 사용하는 것이 좋습니다.

그러면 비유를 잘 사용하기 위한 요령은 없을까요? 여기서 습작을 위한 한 가지 좋은 요령을 알려 드립니다. 이것은 시론에서 '근본 비교'라고 부르는 기법입니다. 근본 비교란 한 가지의 사물과 대상이 중요한 비유로 묶이면, 그것에 준해서 자동으로 다른 소재들이 묶이는 것입니다. 이것은 어렵지 않으면서도 시 전체를 짜임새 있고 통일성 있게 만드는 좋은 전략입니다.

김동명의 시 한 편을 더 예를 들어 근본 비교를 설명해 보기로 합시다.

소낙비를 그리는 너는 정열의 여인
나는 샘물을 길어 네 발등에 붓는다.

이제 밤이 차다.
나는 또 너를 내 머리맡에 있게 하마.

나는 즐겨 너를 위해 종이 되리니

너의 그 드리운 치맛자락으로 우리의 겨울을 가리우자.

– 김동명, 「파초」

이 시의 근본 비교는 '파초 = 남쪽 나라에서 온 여인'이라는 비유입니다. 일단 이 근본 비교가 성립되면, 파초^{바나나 나무}의 뿌리는 '발등'이 되고, 잎은 '드리운 치맛자락'이 됩니다. 여러 가지 비유들이 연속으로 성립할 것입니다. 근본 비교를 사용하여 시를 써 보기 바랍니다. 비교적 쉽게, 짜임새 있고 통일성 있는 작품이라는 인상을 줄 수 있을 것입니다.

5. 솔직하고 금기에서 자유로워라

마지막이자 가장 중요한 충고는 솔직하라는 것입니다. 자신과 주변 사람을 미화하려 한다든지, 말을 화려하게 쓰려고 한다면 작품은 실패할 수밖에 없습니다. 또한, 우리에게는 보이지 않는 마음 속 금기禁忌가 아주 많습니다. '이런 이야기는 차마 할 수가 없어'라든지 '이렇게 하찮은 것을 이야기해도 될까? 시는 좀 더 고상한 이야기라야 하잖아?' 하는 여러 가지의 망설임 말입니다. 그런 것에서 놓여나지 않는다면 여러분의 창작은 한 걸음도 앞으로 나아가지 못할 것입니다. 솔직한 것이야말로 글 쓰는 사람의 무기이며, 솔직하게 쓸 때 문학의 최종 목표인 감동에 한 걸음 더 다가갈 수 있기 때문입니다.

양애경 1982년 중앙일보 신춘문예 시 당선. 시집으로 『내가 암늑대라면』, 『맛을 보다』, 『바닥이 나를 받아 주네』등과 『한국 퇴폐적 낭만주의 시 연구』가 있음. 제10회 애지문학상 수상, 시힘 동인, 현재 한국영상대학교 방송영상스피치과 교수.

시 창작법

이문재

1. 글쓰기는 말 걸기다

누구에겐가 말을 건다는 것은 첫 마디를 던진다는 것이다. 처음 몇 마디가 뒤엉켜 버리면 끝장이다. 가까운 후배 중에 다음과 같이 말을 꺼내는 사람이 있다. "저어, 있잖아요, 제가, 며칠 전부터 생각한 것인데요, 선배에게도 전에 한 번 말씀을 드린 사항인데……." 그래서 그 후배가 다가오면 나는 이렇게 쐐기부터 박는다. "말하려는 결론부터 말해."

글도 마찬가지로 모든 글쓰기는 첫 문장 쓰기다. 나는 후배 기자들에게, 기사의 첫 문장은 '호객 행위'라고 말한다. 단편소설은 물론이고, 영화나 드라마, 다큐멘터리 필름도 도입부를 매우 중시한다. 리모컨이 등장한 이후, 텔레비전 프로그램, CF 제작자들은 강박증이 생겼다. 첫 장면에 승부를 걸어라. 처음 몇 초 안에 시청자를 잡지 못하면 채널을 바꾸기 때문이다. 모든 글은 첫 문장이다!

이제부터 글 잘 쓰는 비결을 공개한다. 내가 잘 아는(독자가 대부분 알고 있는) 시인은 시를 한 편 완성하고 나면, 첫 문장을 백 번 이상 소리내어 읽는다. 그리고 며칠 있다가 다시 읽어 본다. 첫 문장이 흡족해야 시를 발표하는 것이다. 거듭 반복한다. 첫 문장에 목숨을 어떻지 몰라도 '나'는 이러이러한 이유 때문에 시(쓰기)가 필요하다고 말할 수 있다면, 그의 시(쓰기)는 누가 뭐라고 해도 절실한 것이며, 절실하기 때문에 생명력이 있을 것으로 생각한 것이다.

문예창작과 학생들, 그러니까 본격적으로 글을 쓰기 위해 대학에 들어간 학생들도 시(쓰기)가 자신에게 왜 필요한 것인지 명쾌하게 정돈하지 못하고 있었다. 열에 일고여덟은 '나 자신과 대화하기 위해서' '소설이나 시나리오를 쓰는 데 도움이 될 것 같아서' '가까운 이들과 좋은 느낌을 공유하고 싶어서'라고 말한다. 시를 쓰지 않으면 살 수 없기 때문이라고 대답한 학생은 거의 없었다.

상대적으로 글쓰기와는 무관한 젊은이들에게 두 번째 질문(꿈이 있다면, 그걸 한 문장으로 말해 보라)을 던졌다가 낭패를 당한 적이 있다. 출판사에 다니는 젊은 편집자들과 술을 마시다가 꿈을 물어보았더니, 몇몇은 당혹스러워했고, 몇몇은 '있는데 말할 수 없다'고 했으며, 한둘은 개인의 사생활을 침해당했다고 여기는 기색이었다. 한 문장으로 만들 수 없는 꿈은 절대 이루어질 수 없다는 내 지론을 강요했다간 싸움이 날 판이었다. 나는 '우리는 꿈꾼 것만을 이룰 수 있다'는 무하마드 유누스(『가난한 사람들을 위한 은행가』의 저자. 방글라데시의 대안 운동가)의 잠언을 들려주고 싶었지만, 꾹 참을 수밖에 없었다.

그렇다면 나에게 시는 왜 필요한가? 나는 '마지막 개인'으로서의 나를 확인하고 그걸 증명하기 위해 시(쓰기)가 필요하다. 시(쓰기)를 벗어나는 순간, 나는 단독자가 아니다. 완전한 포로다. 나는 이 거대 도시가 요구하는 온갖 제도와 가치로부터 이탈해 자립, 자존, 자족할 수 없다. 나는 이 반인간적인 문명과 팽팽한 긴장 관계를 유지하기 위해, 다시 말해 늘 깨어 있기 위해 시(쓰기)를 필요로 한다. 시를 쓰는 순간, 시를 읽고 시를 생각하는 시간만큼, 나는 이 우주 안에서 자립, 자존, 자족할 수 있는 것이다. 악기이기를 지향하면서도 나의 시는 아직, 수시로 무기이다.

그렇다면 내가 바라마지 않는, 한 문장의 꿈은 무엇인가? 그것은 '기쁘게 가난을 선택할 수 있게 하소서'이다. 산업 문명으로부터 완벽하게 이탈하기란 거의 불가능하다. 도시에서 스스로 아무것도 생산할 수 없는 '기생의 존재'가 도시를 떠나 흙으로 돌아간다고 해서 생산자가 되는 것은 아니다 (쌀 한 톨을 일궈내는 데도 삼라만상이 참여해야 한다). 야생조차도 인간 문명의 영향을 받고 있다는 과학적 보고서가 있기에, 함부로 도시의 바깥을 상정하는 것도 유아적으로 보인다.

시를 통해 자기 삶과 존재를 확인하고 그것을 증명하는 동시에, 도시적 삶의 그늘로부터 한 뼘씩이나마 벗어나고 싶은 독자가 '아직도' 있다면, 감히 한 권의 책을 권한다. 나탈리 골드버그가 쓴 『뼛속까지 내려가서 써라』(권진욱 옮김, 한문화) 책을 읽어 봐야겠다는 결심이 섰다면, 당신은 이미 이전의 당신이 아니다. 미국의 글쓰기 지도 전문가인 나탈리는 자신의 책에서 이렇게 권하고 있다. '여러분의 가장 깊은 곳에 있는 꿈에 대해서 5분 동안 써 보십시오.'

2. 문제는 감각이다

텔레비전 앞에 앉아 축구 경기를 보면, 간혹 '감각적인 플레이'라는 멘트가 나온다. '동물적인 감각을 가진 선수'라는 표현도 자주 접한다. 최상의 기량이라는 찬사다. 2002년 6월, 월드컵 축구대회 때 폴란드전에서 황선홍 선수가 이을용 선수의 패스를 받아 성공시킨 골 같은 경우가 이에 해당할 것이다. 황선홍은 골대를 보지 않고 슛을 날렸다.

스포츠에서는 '감각적'이라는 수사가 극찬이지만, 시에서는 그 의미가 조금 달라진다. 시에서 감각적이라는 평가 앞에는 대개 '지나치게'라는 부사가 붙는다. 감각이 승한 시는 깊이가 없다는 전통적인 잣대가 있는 것이다. 하지만 나는 이 같은 '비평'에 동의하지 않는다. 지나치면 그르치는 것이 어디 감각뿐이랴. 상상력에서부터 이미지, 리듬, 관념어, 주제의식 등 시를 구성하는 모든 요소 가운데 지나침이 허용되는 것은 없다.

나는 감각적인 시를 옹호하는 편이다. 감각 없는 축구 선수가 드리블이 좋지 않듯이, 감각적 형상화가 서툰 시는 생생하지 않다. 감각은 결코 가벼운 것이 아니다. 가벼운 감각이 가벼울 따름이다. 감각에는 깊이가 없다는 지적도 마찬가지다. 감각은 몸과 마음의 경계다. 감각은 자아와 타자 사이에 있는 가교다. 시인은 감각을 통해 자아를 포함한 세계와 만나고, 독자는 감각을 통해 시와 교감한다.

실존은 감각의 실존이다. 감각의 실존 가운데 가장 앞서 가 있거나 높이 있는 것, 그러니까 감각의 극단이 시다('잠수함 속의 토끼'라는 비유가 있다). 감각의 제국 안에서 제왕은 단연 시각이다. 인간이 외부 세계를 인지할 때 사용하는 감각은 시각이 대부분이다. 그런데 시인은 여기서 한 발 더 앞으로 나아가거나 혹은 비켜선다. 보통의 눈이 보지 못하는 것을 보아야 하기 때문이다. 시 쓰기는 단순한 보기見가 아니라 꿰뚫어보기觀이다.

"북쪽은 고향 / 그 북쪽은 여인이 팔려간 나라 / 머언 산맥에 바람이 얼어붙을 때 / 다시 풀릴 때 / 시름 많은 북쪽 하늘에 / 마음은 눈 감을 줄 모른다."

위의 시는 일제 강점기에 활동한 시인 이용악(1914~1971)의 초기 시「북쪽」전문이다. 시 속에 국경 근처 고향을 그리워하는, 국경 너머 팔려간 여인을 염려하는 시인의 눈은 마음의 눈이다. 그 마음의 눈은 '머언 산맥에 바람이 얼어붙'는 지경까지 꿰뚫어보는 놀라운 시력을 가지고 있다. 시인은 육체의 눈이 아니라 이처럼 언제나 깨어 있는 마음의 눈으로 보는 존재다.

그러나 시각이 감각의 전부는 아니다. 시각은 오히려 흘러넘치고 있다. 이용악 시대의 시각과 21세기 후기 산업 시대의 시각은 크게 달라져 있다. 시각은 대량 소비 시대, 대중문화 시대의 한가운데에서 혹사당하고 있다. 자본주의는 광고와 매체를 통해 인간의 눈을 포섭해 인간을 소비자로 전락시키고 있다. '시각 패권주의' 시대다.

시는 시각으로부터 출발했지만 이제 시는 저 왜곡돼 있는 시각과 맞서 싸워야 한다. 소비자의 눈을 인간의 눈으로 돌려놓아야 한다. 주로 시각에 의한, 시각을 위한 인지와 소통은 청각, 후각, 미각, 촉각을 배제하거나 왜곡한다. 시각 과잉은 인간을 인간 자신과 자연으로부터 분리시킨다.

정현종의 시처럼 사람과 사람 사이에 섬이 있던, 그리하여 그 섬에 가고 싶어 하던 시대는 행복했다. 인간과 인간 사이에 인터넷과 휴대전화가 있는 이 시대에 인간을 시각 과잉으로부터 '구원'하는 여러 방법 가운데 하나가, 시각 패권주의에 희생당하고 있는 나머지 다른 감각을 복원하는 것이다.

시각을 제외한 나머지 감각들은 시각이 활동하지 않을 때에라야 활발해진다. 깊은 어둠 속에 누워 있어 보라, 얼마나 많은 소리가 들리는가. 제대로 맛을 낸 음식을 음미하는 미식가의 얼굴을 보라, 미식가는 눈을 감고 '음~' 하는 탄성을 내지른다. 손가락도 촉감에 충실하고자 할 때는 지그시 눈을 감는다.

최근 젊은 시인들이 발표하는 시에는 소리와 향기가 자주 등장한다. 나는 이 같은 변화를 시각 패권주의에 대한 시의 저항이라고 이해하고 싶다. 차창룡 시인의 『나무 물고기』시집에 「트리베니 가트에서 누는 똥」이라는 시에 '똥은 꽃처럼 향기로워'라는 놀라운 구절이 나온다.

이 시는 꽃을 똥의 차원으로 추락시킨다. 아름다운 꽃이 상승이라면 추한 똥은 하강의 이미지인데, 이 상승과 하강을 똥의 형상(하강하면서도 결국은 상승을 의미하는 생김새)으로 일치시켰다가, 급기야 똥의 냄새를 꽃의 향기로 격상시킨다. 얼마나 통쾌한가. 시각 패권주의의 대표적인 아이콘인 꽃에서 똥의 향기를 '맡는' 시인의 감각을 엿볼 수 있다.

3. 짧은 시를 많이 읽어라

여기저기서 보내오는 시집 중에는 시사주간지에서 오랫동안 문학 담당

기자를 했기 때문에 출판사에서 '보도자료'로 보내오는 경우가 많다. 여기에다 동료, 선후배 시인들이 '부채의식' 때문에 보내는 시집들도 제법 있다. 시인들은 시집 받는 것을 '빚'으로 여긴다. 그래서 새 시집을 펴낸 시인들은 그동안 시집을 보내온 시인들의 명단을 놓고 한나절 넘게 주소를 쓴다. 그동안 밀린 '시집 빚'을 갚는 것이다. 우편으로 시집을 받다 보니 몇 가지 요령이 생겼다. 출판사와 시집 장정을 보는 것은 가장 기본적이고, 시집 맨 처음에 실린 시를 먼저 보게 된다. 그리고 나서 시집 맨 뒤에 자리 잡은 시를 본다. 그다음에 눈여겨보는 시가 짧은 시들이다.

시집 맨 처음과 맨 나중에 있는 시에 신경을 쓰지 않는 시인은 거의 없다. 첫 번째 실린 시는 시집 전체의 성격과 무관하지 않고(서시 분위기가 많이 난다), 마지막 시는 이른바 '앞으로의 계획'쯤에 해당한다. 이렇게 두 편의 시를 읽고 나서, 짧은 시들을 골라 읽는다. 그러니까 서너 편 정도 일별하면 시집의 높낮이를 웬만큼 측정할 수 있다.

왜 짧은 시인가?

짧은 시 쓰기가 어렵기 때문이다. 짧은 시에는 시인의 시력과 시야가 압축되어 있다. 사물과 사태, 삶과 세계의 핵심을 치고 들어가는 직관력은 물론이고 직관한 내용을 최소한의 어휘로 형상화하는 솜씨, 장악력이라고도 말할 수 있겠다.

흔히 장시를 쓰는 데 시간과 공력이 많이 들어가는 줄 알고 있는데, 모든 장시가 그런 것은 아니다. 서너 문장으로 이루어진 짧은 시를 쓰는 데 평생이 걸리기도 한다(일본의 전통적인 정형시 하이쿠를 쓰는 시인들은 수도승 못지않은 삶을 살면서 2행짜리 하이쿠를 쓰기 위해 엄격한 규율을 지켰다).

봄이여 눈을 감아라

꽃보다

우울한 것은 없다

– 김초혜, 「병상일기 5」

보름달은

어둠을 깨울 수 있지만

초승달은 어둠의 벗이 되어 줍니다.

–최종수, 「달처럼」

위의 두 편의 시는 3행으로 이루어진 지극히 짧은 시다. 「병상일기 5」는 김초혜 시인이 계간 『시와 시학』 2002년 겨울호에 발표한 작품이고, 「달처럼」은 최종수 시인의 첫 시집 『지독한 갈증』에 실린 시다. 짧은 시는 비수라기보다는 번개에 가깝다. 하지만 사람들은 번개와 천둥이라고 하지 않고, 천둥과 번개라고 말한다. 번개와 천둥은 사실 동시에 발생하는데, 빛보다는 소리를 두려워하는 모양이다. 짧은 시는 번개다. 번갯불에 벼락을 맞기도 하지만, 한참 뒤에야 세상을 뒤흔드는 '소리'가 들려오는 것이다.

「병상일기 5」를 보자. 봄은 꽃의 계절인데, 봄으로 하여금 꽃을 보지 말라고 한다. 생명의 한 절정인 꽃에서 '우울'을 보았기 때문이다. 절정인 꽃은 곧 시들게 마련이고 만개한 꽃 속에서 꽃의 죽음을 본 것이다. 짧은 시는 이처럼 우리의 뒤통수를 후려친다. 온갖 고정관념^{선입견}에 길들여져 있는 우리의 의식을 뒤흔드는 것이다. 살아 있는 것꽃, 기쁨에서 죽음우울을 발견하는 눈! 시의 위력은 그 눈에서 나오는 것이다.

「달처럼」의 시는 달을 빛의 양둥그런 정도으로만 규정하고, 어둠을 빛으로 물리쳐야 할 악으로만 이해해 오던 우리에게 시인은 아주 새로운 견해를 제시한다. 어둠을 깨우는 것도 중요하지만, 그 어둠과 함께하는 벗 또한 절실하다는 것이다. 이 순간 어둠은 빛의 반대 진영에 있는 악이 아니라, 빛과 더불어 존재하는 동반자로 거듭난다. 어둠의 입장이 되어 보자. 자신에게 위압적인 큰 빛보름달보다는 자신의 존재를 인정하는 작은 빛초승달이 훨씬 더 애틋하지 않을까. 보름달이 혁명이라면 초승달은 연민공감의, 혹은 연대의 은유이다.

짧은 시를 되도록 많이 읽자. 짧은 시는 서너 번 읽으면 외어진다. 그렇게 외운 시는 삶의 여러 국면과 구체적인 삶의 문제와 접점을 가지면, 시의 의미가 부풀어 오른다. 이룰 수 없는 사랑 앞에서 고통스러워하는 친구가 있다면 '꽃보다 우울한 것은 없다'라고 말해 보자. 큰 것, 힘센 것만을 추구하는 선배가 있다면 어둠과 벗이 되어 주는 초승달 이야기를 꺼내 보자. 좋은 시는 짧은 시이고, 짧은 시는 구체적인 우리 삶의 안쪽에 들어와 있다. 문자 메시지를 보낼 때, 이메일을 보낼 때, 외우고 있는 한 편의 짧은 시를 전송해 보자. 보내는 이나 받는 이의 일상 속에 아름다운 스파크가 일어날 것이다.

4. 관찰과 상상으로 은유를 구사하라

지중해가 맑은 이유가 그 청년 때문인 것 같았다. 몇 년 전, 영화 〈일 포스티노)를 보고 나왔을 때, 주인공 마리오에 대한 기억이 평생 지워지지 않을 것 같았다. 말라 터진 바게트를 연상시켰던 마리오는 너무 섬약하고 또 너무 순수했다. 그가 지중해의 청정함을 지키는 정수기처럼 보였다.

마리오가 잠시 섬에 체류하게 된 세계적 시인 파블로 네루다의 '전속 우체부'가 되면서 시인으로 변모하는 과정이 네루다를 영웅화했다면, 네루다가 떠난 이후, 마리오가 네루다에게 보낸 별이 반짝이는 소리까지 담은 '녹음 편지'는 전통적인 시활자의 시대를 마감하는 징후로 보였다. 시위 현장에서 마리오가 쓰러져가는 장면은, 네루다 혹은 시의 시대에 대한 비판처럼 보이기도 했다.

오래전에 본 영화라 몇몇 장면만 남아 있다. 그 중 가장 선명하게 남아 있는 것 가운데 하나가, 마리오가 네루다에게 '시란 무엇인가?'라고 묻자, 네루다가 거두절미하고 '메타포'라고 답하는 대목이다. 메타포, 은유. 그렇다. 은유가 시의 전부는 아니지만, 은유를 빼놓고서는 시를 쓸 수도, 읽어내기도 쉽지가 않다. 은유는 시와 시 쓰기, 시 읽기에서 가장 핵심적인 동력전달 장치이다. 작가나 독자가 작품을 통해 직유를 거쳐 은유를 구사·해독할 수 있다면, 매우 훌륭한 시인이고 독자일 것이다.

직유는 주종 관계다. '그는 바람처럼 달렸다'라고 쓸 때(결코, 좋은 비유라고는 할 수 없지만), 바람은 그가 달리는 상태를 구체화하는 보조 역할에 머문다. 하지만 '비가 쇠못처럼 내렸다'라는 표현에서는 약간 달라진다. '그'와 '바람' 사이도 그렇게 가까운 것은 아니지만, '비'와 '쇠못' 사이처럼 스파크를 일으키지는 않는다. 비와 쇠못 사이는 매우 먼 거리다. 일상적 차원에서 비와 쇠못은 거의 무관한 관계다.

'비둘기는 평화다'와 같은 상징은 아예 주종 관계에서 종이 사라진다. 비둘기가 평화의 상징으로 쓰이는 순간, 비둘기 고유의 정체성은 지워져 버린다. 상징은 상징에 동원되는 수단을 지워 버리는 매우 폭력적인 비유법이다. 비둘기를 평화의 상징으로 내세울 때, 비둘기는 사실상 아무런 의미도 없다. 상징이 종교와 신화 분야에서 자주 사용되는 이유가 여기에 있다고 나는 생각한다. 상징은 권력의 도구다.

직유에서 주종 관계가 희박해질 때 나는 그것이 바로 은유라고 생각한다. 다시 말해 직유가 술어^{동사}를 거부할 때, 예컨대 '비가 쇠못처럼 달렸다'가 아니고, '비는 쇠못이다'로 변화할 때, 직유는 은유로 한 차원 승격한다. 그래서 나는 비유법을 자주 은유법이라고 이해한다.

'그대는 꽃이다'라고 쓸 때, 그대는 꽃을 지배하려 들지 않는다. 그대가 꽃을, 또는 꽃이 그대를 없애려고 하지도 않는다. 은유의 차원에서 그대와 꽃은 그대도 아니고, 꽃도 아닌 전혀 다른 존재로 다시 태어난다. 이것이 은유의 위력이다. 내가 지지하는 은유는 다원주의에 바탕을 둔 은유다. 즉, 하나의 절대적 중심을 인정하지 않는 대신 모든 존재와 의미가 각자 하나의 중심이 될 수 있다는 은유다. 직유가 수직의 상상력이라면, 은유는 수평의 상상력이다. 직유 혹은 상징이 과거의 세계관이라면, 은유는 미래의 세계관이라 할 수 있다. 이는 공존, 상생의 세계관이기 때문이다.

직유도 그렇지만 은유의 생명력은 비유되는 두 이미지 사이의 거리에서 나온다. 앞에서 예로 든 문장을 다시 보면 '그는 바람처럼 달렸다' 혹은 '그는 바람이다'라고 했을 때, '그'의 이미지가 선명해지지 않는 것은 바람이 갖고 있는 모호성 때문이다. 여기서 바람은 주어를 도와주지도 못하고 동사에 기여하지도 못한다. 참신하거나 구체적이지 않은 직유는 구사하지 않는 것이 훨씬 낫다. 상투성을 경계하라는 뜻이다.

'비가 쇠못처럼 내렸다' 혹은 '비는 쇠못이었다'라는 표현이 위의 경우보다 조금 산뜻한 까닭은 쇠못이 갖고 있는 구체성 덕분이다. 은유를 'A는 B이다'라고 흔히 말하는데, A와 B의 사이가 너무 가까울 때 상투성으로 전락하고, A와 B 사이가 너무 멀면 난해함으로 빠지기 쉽다.

네루다와 마리오 사이의 대화를 흉내 낸다면, 시란 A와 B 사이의 아슬아슬한 긴장이다. 그리고 서로 아무런 관련이 없는 A와 B를 결합시키는 비결은 평소의 관찰력과 상상력에서 나온다. A와 B를 난데없이 연결시켜 강한 스파크를 일으키는 직관력은 갑자기 나오지 않는다. 관찰과 상상의 누적이 없다면 은유의 직관은 불가능하다.

끝으로 한 마디만 덧붙이면 팽팽하게 부풀어 있는 풍선을 바늘로 찔러야 풍선은 강렬하게 터진다. 팽팽하게 부풀어 있는 풍선, 그것이 관찰과 상상의 상태이다. 그것이 깨어 있는 정신이다. 그렇게 깨어 있다면, 바늘^{직관}은 얼마든지 있다. 불지 않은 풍선은 풍선이 아니다. 탄생 이전이거나 죽음 이후다.

이문재 1959년 경기도 김포에서 출생. 경희대 국문과 졸업. 1982년 『시운동』 4집에 시를 발표하며 작품 활동 시작. 시집으로 『내 젖은 구두 벗어 해에게 보여줄 때』, 『산책시편』, 『마음의 오지』와 산문집 『내가 만난 시와 시인』이 있음. 김달진문학상, 『시와시학』 젊은시인상, 소월시문학상 등을 수상. 현재 경희사이버대학교 미디어문예창작학과 교수.

시는 어디서 오는가?
—시적 발상을 중심으로

장옥관

시는 어디에서 오는가. 이 오묘한 비밀을 한국 시사에서 맨 처음 언급한 이가 박용철이다. 그에 따르면 한 편의 시는 시인의 생리적 요구에 의해 필연적으로 탄생하는데 생리란 육체·지성·감정·감각 등의 총합을 일컫는다. 한편 정현종은 시의 발생 지점을 시인의 역동적인 내면공간에서 찾으려고 했다. 그는 시인의 상상력·의식·지성·감정과 정서·무의식·몽상 등이 통합되는 극적인 순간에 시가 빚어진다고 보았다. 어느 쪽이든 시는 머리로 쓰는 것이 아니라 보다 근원적인 차원에서 신비로운 과정을 통해 생성되는 것이라는 점에서 견해가 일치한다. 기실 시는 낳는 것이지 만드는 것이 아니다. 어머니가 아기를 낳을지언정 만들 수는 없는 일 아닌가. 이 미묘한 시 창작의 비밀을 이론화하여 이해한다는 것은 사실상 불가능한 일에 가깝다. 하지만 시를 배우고 가르치기 위해서는 어쩔 수 없이 이론화가 이루어져야 한다. 주어진 틀에 억지로 끼워 맞춘 이론을 위한 이론이라는 비

119
7장 시는 어디서 오는가?

판이 예상되지만 그럼에도 이 글을 쓸 수밖에 없는 사정이 여기에 있다.

시 창작 과정을 쉽게 이해하기 위해 범주화하면 다음과 같다. 원천적 단계와 의미화 단계, 형상화 단계가 그것이다. 원천적 단계는 시 쓰기에 앞서 갖춰야 할 기본 자질이나 준비 사항 등을 말한다. 이는 선천적·후천적 차원으로 나눌 수 있는데, 시 창작 방법론에서 다룰 수 있는 부분은 교육에 의해 계발될 수 있는 후천적 차원에 한정된다. 독서와 체험, 사색 등이 이 범주에서 다룰 내용이다.

의미화 단계를 다른 말로 하면 시적 발상, 혹은 시적 인식 갖기 과정이라고 할 수 있다. 시의 알맹이를 이루는 것이 시적 인식이다. 발견, 깨달음, 절실한 감정 따위가 그 주된 내용이다. 알맹이가 있어야 시를 쓸 수 있지 않겠는가. 하긴 알맹이 없는 시가 시중에 많이 나돌고 있다. 그럴듯한 말로 곱게 치장하거나, 생경한 관념을 날것으로 가져오거나, 아이디어 그 자체로 만든 시를 좋은 시라고 여기는 풍토가 퍼져 있다. 몰가치적인 사적 감정을 세련된 방법으로 교묘하게 포장하는 경우도 적지 않게 발견된다. 이런 병폐에서 벗어나기 위해서는 무엇보다 시적 인식의 개념을 명료하게 가져야 한다.

형상화 단계는 시적 인식을 언어 표현을 통해 실현화하는 경우를 일컫는다. 시적 언술 방법과 구성 및 시상 전개 방식 등이 여기에 해당한다. 어쩌면 형상화가 시의 핵심이라고 할 수도 있다. 발상이 언어의 옷을 입고 구체적인 작품으로 구현되기 때문이다. 하지만 아무리 뛰어난 솜씨를 지녔다 하더라도 시적 인식이 충실하지 않으면 좋은 시를 얻기가 어렵다.

한정된 지면 관계로 원천적 단계나 형상화 단계는 다른 기회로 미루고 여기에서는 의미화 단계의 시적 인식에 관해 알아보려고 한다. 식물로 치면

종자이고 사람의 얼굴로 치면 눈동자에 해당하는 것이 시적 인식이다. 시적 인식의 핵심은 감수성, 관찰, 상상력이다.

1. 감수성 기르는 방법

우리가 시 쓰고 싶은 욕구를 느끼는 경우는 대개 인상적인 느낌을 가질 때이다. 인상적인 느낌이란 아름다운 자연, 극적인 사건, 감동적인 장면 등에서 갖게 되는 심리적 충격을 일컫는다. 하지만 이런 충격이 자주 주어지는 것이 아니라는 점이 문제다. 그렇지만 어떤 사람들은 대수롭잖은 장면에서도 깊이 느낀다. 감수성이 풍부하기 때문이다. 감수성은 말 그대로 느끼는 능력이다. 감수성은 천부적이라 할 수 있으나 훈련에 의해서도 길러질 수 있다.

감수성을 기르는 방법은 느낌을 강화하는 데서부터 시작된다. 우선 일상에서 다가오는 수많은 느낌 중 자신을 사로잡는 한순간을 포착해보자. '햇살이 눈부시다'라는 느낌이 드는 순간, 오감을 통해 그것을 음미해본다. 그러면 햇빛의 찬란함이 더욱 강하게 느껴질 것이다. 그 다음 햇살이 어떻게 환한지 느낌을 구체화해 본다. '햇살 속에 유리 종소리가 들리는 것 같아', '찌푸린 미간 때문에 눈썹이 다 없어질 것 같네'와 같이 비유적으로 그 느낌을 되새겨 본다. 이런 행동은 대뇌에 느낌을 각인시키는 결과를 가져온다. 이러한 감각적 체험을 자주 하다 보면 자연스레 감각에 깊이가 생기고 남들보다 예민한 감수성을 가질 수 있을 것이다. 시인들의 감각은 아주 예민하다. 작품을 통해 감각의 촉수를 직접 느껴보자.

가. 시각을 통한 대상 파악

광명에도 초박의 암흑이 발려 있는 것 같다.

전깃불 환한 실내에서 다시

탁상용 전등을 켜야 하는 경우가 있는데

그럴 때 분명, 한 꺼풀 얇게 훔쳐 감추는 휘발성분 같은 것

책이나 손등, 백지 위에서 일어나는

광속의 투명한 박피현상을 볼 수 있다.

사랑한다,는 말이 때로 한순간 살짝 벗겨내는

그대 이마의 어디 미명 같은 그늘,

그런 아픔이 있다. 오래 함께한 행복이여.

— 문인수, 「그늘이 있다」

시인은 "전깃불 환한 실내에서" 탁상용 전등을 켤 때 일어나는 미세한 빛의 변화를 놓치지 않고 붙잡았다. '광명'이라는 환한 빛에 발려져 있는 '초박'의 '암흑'을 발견하는 날카로운 감각. 시인은 이 놀라운 발견을 인간의 문제로 옮겨놓는데, "광명에도 초박의 암흑이 발려 있다"란 구절을 음미해 보면 남부러울 것 없이 다 갖춘 사람의 표정에 깃든 엷은 우수를 떠올리게 된다. 시인은 한 걸음 더 나아가 "한 꺼풀 얇게 날아가는 휘발 성분"이나 "광속의 투명한 박피현상"을 수심이 늘 가득한 아내 이마의 '그늘'을 "사랑한다,는 말"로 벗겨내는 에피소드로 연결한다.

나. 청각을 통한 대상 파악

꿩은 목구멍에 무엇이 걸렸는지

꿔엉 꿔엉

야단이다

미련하긴 작년 봄에도 그래 놓곤

토해

붉은 진달래

노란 민들레

등 밀어주는 봄바람 믿고

상습적이라니까

— 함민복, 「꿩」

유종인 시인은 「팝콘」이라는 시에서 "뜨거움을 감출 수 없는 곳에서" 속을 뒤집은 게 꽃이라고 말했다. 위 시에서 '꿩'이 "목구멍에 무엇이 걸"린 것처럼 '꿔엉 꿔엉' 우는 것도 같은 까닭이 아닐까. 그렇다, 꿩들이 '꿔엉 꿔엉' 울어대는 것은 속에서 치밀어오는 뜨거움이 있기 때문일 것이다. 봄에 꽃들이 마구 피어오르는 것도 대지의 속이 뜨겁게 끓어오르기 때문이겠다. 적막한 봄 들판에 쩡쩡 울려 퍼지는 꿩 울음소리. 그 인상적인 느낌을 시인은 이토록 예민한 청각으로 포착했다. 꿩들이 울음 토하듯 붉고 노란 꽃들이 다투어 피어오르는 '야단'법석의 봄날. 그 미친 불길의 정서를 이토록 적실하게 그려내기란 결코 쉽지 않은 일이다.

다. 후각을 통한 대상 파악

월경 때가 가까워오면
내 몸에서 바다 냄새가 나네

깊은 우물 속에서 계수나무가 흘러나오고
사랑을 나눈 달팽이 한 쌍이 흘러나오고
재 될 날개 굽이치며 불새가 흘러나오고
내 속에서 흘러나온 것들의 발등엔
늘 조금씩 바다 비린내가 묻어 있네

무릎베개를 괴어주던 엄마의 몸냄새가
유독 물큰한 갯내음이던 밤마다
왜 그토록 조갈증을 내며 뒷산 아카시아
희디흰 꽃타래들이 흔들리곤 했는지
푸른 등을 반짝이던 사막의 물고기떼가
폭풍처럼 밤하늘로 헤엄쳐 오곤 했는지
알 것 같네 어머니는 물로 빚은 사람
가뭄이 심한 해가 오면 흰 무명에 붉은,
월경 자국 선명한 개짐으로 깃발을 만들어

기우제를 올렸다는 옛이야기를 알 것 같네

저의 몸에서 퍼올린 즙으로 비를 만든

어머니의 어머니의 어머니들의 이야기

월경 때가 가까워오면

바다 냄새로 달이 가득해지네

– 김선우, 「물로 빚어진 사람」

　인간의 오감 중에서 가장 먼저 생성된 게 후각이라고 한다. 그만큼 후각은 원초적인 감각이다. 시인은 월경에서 맡는 비릿한 냄새를 긍정적인 의미로 해석한다. 모든 생명체가 바다에서 왔다는 점을 생각한다면 비릿함을 신성하게 받아들이는 것에 대해 수긍할 수밖에 없을 것이다. 실제로 여성은 몸속에 바다를 담고 사는 존재들이다. 자궁의 양수와 바닷물의 성분이 크게 다르지 않다는 사실은 무엇을 의미하는가. 인간의 몸에서 '궁宮' 자를 붙인 기관은 자궁 말고는 달리 없다. 월경이란 말도 괜히 붙여진 게 아니다. 지구 위 모든 생명 현상을 주재하는 달의 주기에 따라 여성들의 몸도 부풀고 꺼지니 말이다.

라. 미각을 통한 대상 파악

횟집 주인이 비닐 씌운 그릇을 가져온다

머리 한 번 들이밀다 옆으로 꼬부라지는 새우

비닐을 벗겨내자

한 대접의 갯내음이 풍긴다

엄지와 검지로 몸통을 꽉 잡고

파닥거리는 머리 뜯어내고 돌려가며 껍질을 깐다

새우 등에 있는 내장이 이쑤시개에 한 줄로 따라온다

무지갯빛 감도는 살덩어리

초장 찍어 한입에 넣는다

입 안 가득

새우가 헤엄쳐 온 바다가 푸들푸들 살아 있다

날것에서는 씹을수록 단내가 난다

아파트의 삼층 여자는

순하다고 소문난 남편에게 매를 맞았다

악을 쓰며 대드는 여자는 짐승처럼 울었다

이틀 후 여자는 시퍼런 눈을 가리고

남편의 팔짱 끼고 시장엘 다녀오곤 했다

갈고 다듬지도, 조미료를 치지도 않은

그들의 뒷모습엔 서로 할퀸 발톱 자국이

어느새 희미해져 가고 있었다

하루에도 몇 번씩

말갈기처럼 쓰러졌다 일어나는 날것의 생 속엔

배추 풋비린내가 난다

고무통 속 부대끼는 미꾸라지들 살 냄새가 난다

　　　　　　　　　　　　　　　– 정선, 「날 것 그대로」

　이 시는 "날것에서는 씹을수록 단내가 난다"가 중심 문장이다. 화자는 푸들푸들 살아 있는 새우를 초장에 찍어 먹으며 입 안 가득 단맛을 느낀다. "엄지와 검지로 몸통을 꽉 잡고 / 파당거리는 머리 뜯어내고 돌려가며 껍질을" 까서 먹을 정도로 싱싱한 살점이 식욕을 자극한다. 그러다가 문득 이웃집 여자를 떠올린다. "순하다고 소문난 남편"에게 매를 맞고 대들다 "짐승처럼 울"던 여자, 이틀 뒤에는 시퍼런 눈 가리고 남편 팔짱끼고 시장을 다녀오는 이웃집 여자. 고무통 속 부대끼는 미꾸라지들처럼 살 냄새 풍기며 살아가는 그 '날것의 생'에서 '씹을수록' 배어 나오는 단맛을 느끼는 것이다.

마. 촉각을 통한 대상 파악

짚을 만졌던 느낌은

뱀을 만졌던 느낌과는 달라서

차갑지가 않지 매끄럽지가 않지 꺼끌꺼끌하고 까칠까칠하지

나를 낳고 동생을 낳고

금줄을 칠 때, 아버지 그 새끼를 꼬던 느낌은 어떠했을까

낫으로 발바닥을 깎아도 꿈쩍도 않던 소는

달구지를 끌던 옛날 옛적 소는

짚으로 만든 그 신발을 신었을 때의 감촉이 또 어떠했을까

짚을 만졌던 느낌은

옷이나 책이나 그릇을 만졌던 느낌과는 달라서 한참을 달라서

옛다, 너도 한번 꼬아보아라

아직 어린 나에게도 짚 한 단이 던져졌을 때

특별히 잘못한 것이 없는데도 나의 손바닥은 그것을 싹싹 비벼 꼬았네

요만큼 새끼줄을 꼬면

꼬리처럼 또 엉덩이 뒤로 밀어내며

동그랗게 사리던 새끼줄의 즐거움을 알았다네

짚을 만졌던 느낌은

여자의 몸을 만졌던 느낌과는 달라서

꺼끌꺼끌하고 까칠까칠하고 아직도 나는 그 느낌을 좋아한다네

자주 밤길을 오갔던 나는

짚단에 불을 붙이면 어디만큼 갈 수 있는지 그것까지를 다 알고 있다네

겉은 꺼끌꺼끌하고 까칠까칠한 짚의 느낌을

속은 발갛고 재는 유난히 더 검은 짚의 육체를

– 유홍준, 「짚을 만졌던 느낌」

"짚을 만졌던 느낌"과 "뱀을 만졌던 느낌"은 어떻게 다를까. '옷', '책', '그릇', '여자의 몸'을 만졌던 감촉과는 또 어떻게 다를까. '꺼끌꺼끌하고

까칠까칠'한 느낌과 차갑고 매끄러운 느낌은 어떤 의미를 내포할까. "짚을 만졌던 느낌"을 통해 시인은 무엇을 말하고 싶은 것일까. 한 생명이 탄생하는 신성한 순간에 함께 하는 것이 짚이다. 고단한 삶의 노역을 일깨워주는 것이 짚의 감촉이다. 짚의 '꺼끌꺼끌하고 까칠까칠'한 감촉을 통해 이 삶이 결코 호락호락하지 않다는 것을 시인은 말하고 싶은 걸까. 그러나 그런 가운데서도 "동그랗게 사리던 새끼줄의 즐거움"을 누릴 수 있다는 것일까.

바. 근육 감각을 통한 대상 파악

모시 반바지를 걸쳐 입은 금은방 김씨가 도로 위로 호스질을 하고 있다.

아지랑이가 김씨의 장딴지를 거웃처럼 감아 오르며 일렁인다. 호스의 괄약근을 밀어내며 투둑투둑 흩뿌려지는 幻의 알약들

아 아 숨이 막혀, 미칠 것만 같아

뻐끔뻐끔 아스팔트가 더운 입김을 토하며 몸을 뒤튼다. 장딴지를 감아 올린 거웃이 빳빳하게 일어서며 일제히 용두질을 시작한다. 한바탕 대로와 아지랑이의 질펀한 정사가 치러진다. 금은방 김씨가 잠시 호스질을 멈추고 이마에 손을 가져가 짚는다. 아 아 정말 살인적이군, 살인적이야

금은방 안, 정오를 가리키는 뻐꾸기시계의 추가 축 늘어져 있다.

— 김지혜, 「이층에서 본 거리」 부분

근육 감각적 이미지는 근육의 긴장과 움직임이 두드러진 이미지를 말한다. 이 시는 무더운 한여름 아스팔트 도로에 호스질 하는 '금은방 김씨'의 움직임을 실감나게 그리고 있다. 그 실감을 더욱 생생하게 만드는 게 근육

감각적 이미지다. '흩뿌려지는' 물방울은 '호스의 괄약근'을 통과하고 아지랑이는 '거웃'처럼 '장딴지를 감아' 오르며 일렁인다. '아스팔트'는 "더운 입김을 토하며 몸을 뒤"틀고, '뻐꾸기시계의 추'는 '모시 반바지' 속에 감춰졌을 '김씨'의 고환처럼 "축 늘어져 있다". 시의 문면에 넘쳐나는 에로스의 물결, 몽롱하고 환상적인 분위기가 강렬한 이미지를 형성한다. 여기에서 보듯 근육 감각적 이미지는 시에 강한 탄력성을 부여한다.

시에서 관념과 사물은 이미지를 통해 만난다. 이미지는 감각과 밀접한 관련을 맺고 있는데, 시각 · 청각 · 미각 · 후각 · 촉각 등 오감에 관련된 이미지와 기관 · 근육 감각적 이미지로 나누는 것이 일반적이다. 감각은 크게 두 가지로 구분된다. 근접감각과 원격감각이 그것이다. 근접감각이란 촉각 · 미각 · 후각 등 신체의 반응과 결부된 감각이고, 원격감각은 시각 · 청각 등 이성적 정신작용에 관련된 감각이다. 몸과의 거리에 따라 이를 근접감각과 원격감각으로 나눠 부른다. 근접감각이 자연적이라면 원격감각은 문명적이라고 할 수 있다. 생생한 감각을 풍부하게 내장한 몸의 감각, 곧 근접감각이 이성의 통제 아래 있는 원격감각보다 정서적으로 강렬한 느낌을 주는 것은 당연한 일이다.

2. 관찰하는 방법

모든 예술의 바탕이 관찰이다. 시 쓰는 일에 자신의 전 생애를 바친 릴케이 젊은 시절 로댕을 찾아가 무급 비서를 자청하면서까지 배운 것이 관찰하는 법이었다. 릴케는 로댕으로부터 사물의 본질을 꿰뚫어보는 눈을 얻었다. 일상의 범상한 눈을 벗어나기 위해서는 무엇보다 예리한 관찰이 필요하다. 순간순간 변하는 햇빛에 몸을 바꾸는 사물들, 계절의 변화에 반응하는 나무의 섬세한 변화를 놓치지 않는 정확하고 날카로운 눈을 가져야 한다. 관찰을 잘하기 위해서는 마음의 눈을 활짝 열고 사물들이 항복할 때까지 대상을 관찰하는 집요함이 필요하다. 이를 통해 사소하고 하찮은 것들 속에 숨은 가치 있는 인식을 이끌어낼 수 있을 것이다. 황동규 시인은 성냥개비만 한 작은 달개비 꽃에서 코끼리를 발견했다.

> 달개비 떼 앞에서 쭈그리고 앉아
> 꽃 하나하나를 들여다본다.
> 이 세상 어느 코끼리 이보다도 하얗고
> 이쁘게 끝이 살짝 말린 수술
> 둘이 상아처럼 뻗쳐 있다.
>
> — 황동규, 「풍장 58」 부분

사람들은 대부분 사물을 건성으로 바라본다. 그러나 시를 쓰려는 사람은 '보이는 것을 보는 것'에서 '보지 않으면 안 될 것을 보는' 단계에까지 나아가야 한다. 평소 우리가 어떤 시각으로 사물을 바라보는지 살펴보자. 이토 게이치의 '사물을 보는 시각의 차이'라는 널리 알려진 구분법을 빌린다.

□ 사물을 보는 시각의 차이
(1) 나무를 그냥 나무로 본다.

(2) 나무의 종류와 모양을 본다.

(3) 나무가 어떻게 흔들리고 있는가를 본다.

(4) 나무의 잎사귀들이 움직이는 모양을 세밀하게 살펴본다.

(5) 나무속에 승화되어 있는 생명력을 본다.

(6) 나무의 모양과 생명력의 상관관계를 본다.

(7) 나무의 생명력이 뜻하는 그 의미와 사상을 읽어본다.

(8) 나무를 통해 나무 그늘에 쉬고 간 사람들을 본다.

(9) 나무를 매개로 하여 나무 저쪽에 있는 세계를 본다.

(1)~(4)는 외형적 관찰이다. 그나마 일상적·상식적 차원에서는 (1)~
(2)의 눈으로만 본다. (3)~(4)는 한 걸음 앞선 태도이긴 하지만 외형적인
관찰이며 따라서 그다지 깊은 관찰이라 하기 어렵다. 그러나 (5)~(7)은 그
렇지 않다. 일상적이고 상식적 차원을 벗어나 보이지 않는 나무의 모습이
우리 앞에 드러나는 것이다. 나무의 생명력이나 그 의미, 사상 같은 것은 보
이지 않는 대상이다. 즉 그 내면을 보는 시각이다. 하지만 다소 아쉬움이 남
는다. 상상력의 소산으로 나무가 변용되고 있으나 그 자리를 크게 벗어나지
못했기 때문이다. (8)~(9)에 이르러 비로소 눈부신 비약적 변용으로 나무
는 자리를 옮긴다. 상상력에 의해 시간과 공간의 확장이 이루어져 나무 아
래 쉬고 간 사람들의 갖가지 삶의 사연까지 떠올리게 된다. 특히 (9)단계에
서는 상상력의 극대화로 인생 만사와 우주의 삼라만상을 포괄할 수 있다.
한 나무를 통해 이처럼 광대한 다른 세계를 볼 수 있다는 것은 기적이다. 그
기적을 낳는 원동력이 상상력이며 뉴턴의 만유인력은 이런 과정에서 탄생

했다. 아래 시에서 의인화된 나무가 어떤 이미지로 나타나 있는가를 살펴보자.

그 잎 위에 흘러내리는 햇빛과 입 맞추며
나무는 그의 힘을 꿈꾸고
그 위에 내리는 비와 뺨 비비며 나무는
소리내어 그의 피를 꿈꾸고
가지에 부는 바람의 푸른 힘으로 나무는
자기의 생이 흔들리는 소리를 듣는다.

– 정현종, 「사물의 꿈 1– 나무의 꿈」

한 문장으로 되어 있는 이 시를 과학의 언어로 표현한다면 '광합성'이란 한 단어로 집약될 뿐이다. 그러나 '햇빛'과 '비'와 공기와 한 몸이 되려는 나무의 생명력, 곧 나무의 꿈인 에로티시즘을 과학의 언어로 어찌 다 담아낼 것인가. 바람에 흔들리는 나무의 움직임이 자신의 생을 들여다보기 위한 몸짓이라는 사실을 어떻게 밝힐 것인가. 이를 위해서는 사물에 대한 각별한 애정이 무엇보다 전제되어야 할 것이다.

저 꽃의 영혼은
추워서 방으로 들어갔단다

추운 집밖을 나서다 보니
시든 꽃 한송이

영혼이 저만 따뜻한 곳 찾아 들어가버린

아니면 시들어가면서 꽃이

영혼 먼저 들여보냈나?

영혼이 놓아두고 간

시든 꽃잎들은

이제 아무데로나 떨어져내릴 것이다

추위를 견딜 마지막 힘조차 잃었는가

방 안에서 잠시 쉬었다

봄이 되면

다른 꽃을 찾아들리

꽃들은 끝내 시들고

시들지 않는 영혼만이 천년만년 새로운 꽃으로 옮겨 다닌다

                                        − 이선영, 「시든 꽃」

  시인은 추운 겨울날 집을 나서다 시든 꽃 한 송이를 우연히 발견한다. 아
마 꽃 타래가 큰 국화꽃 쯤 되리라. 간밤에 자신이 따뜻한 방에서 지내는 동
안 꽃은 밤새 추위에 떨다가 시들어갔으리라. 그 사실을 떠올리는 순간 시

인은 무척 미안한 마음이 들었을 것이다. 그 연민의 감정이 '시든 꽃'에서 '천년만년' 시들지 않는 꽃의 영혼을 발견하게 만들었을 것이다.

이와 같이 시인들은 깊은 관찰을 통해 우리가 미처 보지 못하고 스쳐 지나갔던 사물들 속에서 그 본질을 발견해낸다. 다음 시들을 통해 이를 직접 확인해보자.

가. 익숙한 것에서 낯선 것을 발견하는 정확하고 선명한 눈

수박을 우적우적 씹어 삼키고 난 그의 입에서
대여섯 개의 수박씨가 차례로 튀어나왔다.
벙어리장갑처럼 뭉툭한 혀는
이빨 사이에서 힘차게 으깨지는 수박 속에서
정확하게 씨를 골라내고 있었던 것이다.
수박을 먹으며 그는 하던 말을 계속 이었다.
그가 수박씨 다음으로 내뱉는 말들이
수박 파편들을 피해가며 정확한 발음을 내도록
혀는 쉴 새 없이 빠르게 움직이고 있었다.
저 작은 집으로 갈비와 맥주와 냉면이 들어가고
수박까지 남김없이 다 들어간 것은
입구멍 안에 어둡게 숨어 있는 혀 탓일 것이다.
먹을 만큼 먹어 더 먹을 마음이 없어진 혀는
수고했다고 등 두드려주는 두툼한 손바닥처럼

이와 입술을 오랫동안 정성껏 핥아주었다.

실컷 먹고 마시고 떠들고 난 그는

개고기 끝내주는 집이 있는데 다음엔 거기 가자고

차만 안 막히면 한 시간에 충분히 갈 수 있다고

중복 점심에는 다른 약속 하지 말라고

혀로 입맛을 다시며 내게 다짐을 받아두었다.

- 김기택, 「혀」

범상한 일상인의 시각에서 벗어난 시인은 시간을 정지하여 대상을 해체한다. 이는 왕가위 감독의 장기인 스텝 프린팅 기법을 연상시킨다. 정상적인 속도보다 저속으로 촬영하는 기법이 스텝 프린팅 기법인데, 왕가위는 장면에 역동성을 부여하기 위해 이 기법을 즐겨 활용했다고 한다. 시인은 일상적인 평범한 장면을 저속으로 돌아가는 카메라처럼 세밀하게 묘사함으로써 대상을 낯설게 만들어 버린다. 이를 통해 우리는 흔히 마주치는 익숙한 장면에서 익숙하기 때문에 더 충격적인 삶의 진실을 목도하게 된다. 이를 가능케 하는 것이 정확하고 선명한 눈이다.

나. 사물의 빈자리를 보는 웅숭깊은 눈

사과를 손에 들고 꽃이 있던 자리, 향을 맡는다

꽃이 피던 자리에는 벌이 와서 울던 소리가 남아있다

아내에겐 미안한 일이다 꽃이 얼마간 피어있던

꽃받침을 아내는 기억 못한 것 같다 벼껍질로 남은

몇개 꽃받침은 사과의 배꼽, 오목한 상흔, 낙화보다

슬픈 시간이 갔다 꽃은 자신을 얼마나 애지중지했는가

한입에 쪽이 지는 홍옥 소년의 향긋함, 해숙씨

사과 엄마는 그 연분홍 어린 꽃이 아니었겠니 그리고

어린 그 꽃은 과수의 아이가 아니었겠니

— 고형렬, 「꽃자리」

우리는 그동안 얼마나 많은 사과를 먹어치웠는가. 하지만 오목한 부분에 자리한 초록 흔적이 봄날에 얼마간 피어있던 꽃받침 자리였다는 사실을 간과했다. 알았다 하더라도 그 자리에 머물렀던 향기와 잉잉대던 벌의 날갯짓까지 생각할 사람은 드물 것이다. 눈앞의 현상 너머를 바라볼 줄 아는 눈, 이는 상상의 도움을 입어 비로소 가능해진다. 이것이 진정한 관찰의 힘이다.

다. 사물과 사물을 연결하는 비유적 연상의 눈

진달래는 고혈압이다

굶주림에 눈멀어

우글우글 쏟아져 나오는 빨치산처럼

산기슭 여기저기서

정맥 터질 듯 총질하는 꽃

진달래 난장질에

온 산은 주리가 틀려

서둘러 푸르러지고

겨우내 식은 세상의 이마가

불쑥 뜨거워진다

도화선 같은 물줄기 따라

마구 터지는 폭약, 진달래

진달래가 다 지고 말면

風病든 봄은 비틀비틀

여름으로 가리라

　　　　　　　　　　　　 - 강윤후, 「진달래」

　쉽게 말해 상상력은 두 대상을 연결하는 힘이다. 시인은 비유의 힘을 빌
어 두 대상을 하나로 연결한다. 비유의 핵심은 동질성과 이질성, 이를 통
해 두 대상은 유추관계를 맺는데 두 대상의 거리가 멀면 멀수록 비유의 힘
은 커진다. 이 시에서 '진달래'는 '고혈압'과 '빨치산'으로 연결되어 있다.
「진달래 산천」이라는 신동엽의 시도 있지만 '진달래'와 '빨치산'은 거리가
아주 먼 대상이다. 게다가 '고혈압'이란 심상은 더욱 이질적이다. 이 대상
들이 시인의 참신한 눈에 의해 하나로 통합됨으로써 그만큼 역동적인 느낌
을 자아내는 것이다.

3. 상상력을 키우는 방법

상상력을 키우기 위해서는 첫째, 어떤 현상, 사물을 어린아이의 눈으로 난생처음 보는 것처럼 바라봐야 한다. 아무것도 모르는 어린아이의 순수한 마음으로 되도록 새롭게 보려고 노력해야 한다는 것이다. 일상인들은 반복적인 생활에 길들어 있다. 그래서 특별한 체험 외에 일상적 체험에 대해서는 상투적으로 인식한다. 반면 어린이에게는 눈에 들어오는 것, 귀에 들리는 것, 혀에 닿는 사물들이 다 호기심의 대상이 된다. 따라서 자신의 감각을 최대한 동원해서 대상을 파악하고 이해하려고 한다. 이런 어린아이 같은 태도가 상투적인 인식의 낡은 옷을 벗는 한 방법이 된다.

둘째, 상식과 통념을 뒤집어 거꾸로 볼 줄 알아야 한다. 아무리 훌륭한 발견이라고 하더라도 남들이 알아낸 것은 이미 관념이 되어버려 빈껍데기가 되고 만다. 창의성은 나만의 생각, 나만의 체험을 바탕으로 해야 한다. 남들과 다른 나만의 시각을 갖기 위해서는 고정관념을 뒤엎는 질문을 할 줄 알아야 한다. 꽃이 아름답다는 고정관념, 똥이 더럽다는 고정관념, 섹스는 추하다는 고정관념, 밤이 어둡다는 고정관념, 모성애가 숭고하다는 고정관념, 윤리적인 삶이 바람직하다는 고정관념 따위를 뒤집어야 한다. 미추와 선악, 몸과 정신을 뒤바꿔 생각해야 한다. 거기에 인생의 진실이 숨어 있다.

셋째, 대상 · 사물 · 사건에 내 생각의 초점을 맞추지 말고 그것들이 그 자체로 존재할 수 있도록 해야 한다. 우리는 늘 인간의 관점으로만 세상을 본다. 그러나 이런 방법으로는 사물 속에 숨겨진 의미를 찾아낼 수 없다. 무릎을 꺾고 앉아 무거운 몸무게를 받아내는 의자들은 얼마나 힘이 들까. 가만히 있어도 땀이 줄줄 흐르는 한여름에 온종일 고개 흔드는 선풍기는 얼마나 고단할까. 죽은 사물들에게 생명을 부여하면 삼라만상이 다 내게 말을 걸어온다. 그때 우리는 그것을 다만 받아 적으면 된다.

넷째, 자신이 숨기고 싶은 일을 가감 없이 드러낼 줄 알아야 한다. 단적으로 말해 감동이 없는 시는 시가 아니다. 감동은 어디에서 오는가. 자신의 삶을 솔직하게, 적나라하게 드러내는 데서 비로소 감동이 자아지게 된다. 숨기고 싶은 부끄러운 일, 인간이기에 저지르게 되는 잘못, 용기 없음과 우유부단함, 계속 억눌러도 치솟는 욕망의 모습들을 진술하게 드러내야 독자의 공감을 얻을 수 있다. 독자들이 교훈을 얻기 위해서 시를 읽는 건 아니다. 교훈을 얻기 위한 글은 세상에 널렸다. 시가 아니라도 쓸 수 있는 글을 굳이 시로 써야 할 까닭이 어디 있겠는가.

다섯째, 가까운 곳에서 시를 찾는 눈이 필요하다. 시는 우리의 삶과 동떨어진 먼 곳에 있는 게 아니다. 아주 사소한 일상, 주변의 자잘한 사건들에서 시는 찾아온다. 밥하고 빨래하는 일, 부부싸움 하고 자식을 꾸짖는 일. 시장 보는 일과 잔치와 상가를 찾는 일, 다투고 시기하고 증오하는 이웃과 친구들의 이야기. 이런 것들이 우리의 공감을 자아낸다. 시인들이 상상을 어떤 방법으로 이끌어내는지 작품을 통해 살펴보자.

가. 동화적 발상

흰 목련꽃을
엄마, 여기 조개꽃이 피었어!
밥물이 끓어 넘친 자국을

엄마, 여기 눈이 내렸어!

벚꽃이 지는 걸

엄마, 바람이 꽃을 아프게 하는 거야?

좋은 냄새를

엄마, 이게 꽃이 피는 냄새야?

겁도 없이

5년

10년

일생이 걸려도

내가 못 가는 거리를

단숨에!

– 양선희, 「어린 것들」

　사람에게 호기심이 가장 왕성한 시기가 어린 시절이다. 지식이 축적되면 호기심이 사라지고 누구나 아는 상식으로 세상을 보게 된다. 지식의 본질이 상투적이기 때문이다. 상투적 인식에 빠지면 있는 그대로 보고 느끼는 능력을 잃어버리게 된다. 상투성에 빠지지 않은 어린이의 생각은 그 자체로 참신하기 짝이 없다. 관습적 인식, 고정관념을 벗어나기 위해서는 자명한 사실이나 현상에도 의심을 해보는 버릇을 가져야 한다.

나. 뒤집기

사각의 공간에 구더기들은

활자처럼 꼬물거린다

화장실은

작고 촘촘한 글씨로 가득 찬

불경 같다

살아 꿈틀대는 말씀들을

나는 본다

　　　　　　　　　　　　　　　　　- 이대흠, 「이동식 화장실에서 2」

　범박하게 말해 불교 교리의 핵심은 윤회사상이다. 곧 만상이 생멸의 순환 고리 속에 놓여있다는 가르침이다. 채소는 똥을 만들고 똥은 거름이 되어 푸성귀를 길러 낸다. 이 자연의 법칙을 가르쳐주는 구더기야말로 "살아 꿈틀대는" 부처님의 말씀이라고 시인은 말한다. 일상은 관심과 호기심을 빼앗아 낯익음의 세계로 내몰고 사물을 바라보는 눈을 고정시킨다. 시를 쓰려는 사람은 고정관념과 상식을 버리고 무조건 뒤집어 생각해야 한다. 보편적 진리나 생각, 신념까지도 거꾸로 뒤집어서 바라보는 태도가 필요하다. 즉, 선/악, 미/추, 대/소, 고/저, 장/단, 청/탁 따위의 개념을 반대로 규정해보는 훈련이 그것이다. 역발상은 시적 긴장을 얻는데 가장 효과적인 방법이다. 시의 중요한 구성 원리인 역설이나 아이러니도 따지고 보면 모두 역발상에 기초하고 있다.

다. 관점 바꾸기

저 빗물 따라 흘러가봤으면,

빗방울에 젖은 작은 벚꽃 잎이

그렇게 속삭이다가, 시멘트 보도

블록에 엉겨 붙고 말았다 시멘트

보도블록에 연한 생채기가 났다

그렇게 작은 벚꽃 잎 때문에 시멘트

보도블록이 아플 줄 알게 되었다

저 빗물 따라 흘러가봤으면,

비 그치고 햇빛 날 때까지 작은

벚꽃 잎은 그렇게 중얼거렸다

고운 상처를 알게 된 보도블록에서

낮은 신음 소리 새어나올 때까지

— 이성복, 「그렇게 속삭이다가」

　의인법 혹은 활유법은 시적 장치의 기본이다. 비정하고 차가운 마음으로는 사물과 깊이 교감할 수 없다. 누구는 나락을 벨 때 벼들이 아프다고 울부짖는 소리를 들을 수 있어야 시인이라고 말했다. 지극한 사랑의 눈을 가진 시인은 "작은 벚꽃 잎 때문에" 생긴 '시멘트 보도블록'의 '연한 생채기'를 발견한다. 차갑고 딱딱한 보도블록조차 감정을 지닌 존재로 인식하는 눈, 그것은 사랑의 마음에서 비롯된다. 인간의 관점을 버리고 대상의 입장에서 세계를 바라볼 때 이 모든 일들이 가능해진다.

라. 부끄러움에서 시작하기

한 번은 옆 침대에 입원한

환자의 오줌을 받아 주어야 했다

환자는 소변기를 갖다대기도 전에 얼굴이 뻘개졌다

덮은 이불 속에서 바지를 내리자

빳빳하게 솟구쳐 있는 그것,

나도 얼굴이 빨개졌다

이불 속에서 소변기를 걸쳐놓고

그것을 잡고 오줌을 눌 때까지 기다려야 하나,

말아야 하나…. 무안한 눈은

창 밖 벚나무 가지 위로 오르는데

벚나무도 뜨겁게 솟구치는 제 속을 받아내는지

펑펑 눈부신 소리로 꽃을 뿜어냈다

그리고 한참 동안, 조용하게

벌어진 꽃나무의 상처를 핥아주고 있던 햇빛이

후딱 일어나 수천 개의 혀를 내밀더니

내 눈을 휘감아 가버렸다

놀란 나는 캄캄해져 아무것도 보이지 않고

벚나무 아래에서 와와, 숨 멎는 소리만

내 눈에 고였다가 넘쳐흘렀다

그날 옆 침대에 입원한 환자는 내내 돌아누워

밥도 먹지 않았다

— 강미정 「벚나무」

'시를 쓰되 시작 노트처럼 써야 한다'는 말이 있다. 시 쓰기의 자연스러움을 강조하는 말이다. 나 자신에게 이야기하듯이 시를 써야 한다는 말도 같은 맥락이다. 오로지 자신이 살아낸 삶의 몫으로 시를 써야 공감을 이끌어낼 수 있을 것이다. 자신을 희생하지 않고 쓴 시가 어찌 공감을 얻을 수 있을까. 시의 진실을 찾기 위해서는 남에게 숨기고 싶은 부끄러운 일에서 출발해야 한다. 옆자리 환자의 오줌을 받아줘야 할 난감한 순간, 그처럼 생의 가장 긴요한 순간에는 말이 사라지고 몸만 남는다. 그런 순간에는 말이 거둬지고 체면이 사라지며 관습이 뒷전으로 물러앉는다. 그럴 때 비로소 얼굴을 가렸던 삶의 진실이 오롯이 드러나는 것이다.

마. 하찮은 것에서 소중한 것을 길어내기

작은누나가 엄마 보고

엄마 런닝구 다 떨어졌다

한 개 사라 한다.

엄마는 옷 입으마 안 보인다고

떨어졌는 걸 그대로 입는다.

런닝구 구멍이 콩 만하게

뚫어져 있는 줄 알았는데

대지비만 하게 뚫어져 있다.

아버지는 그걸 보고

런닝구를 쭉 쭉 쨌다.

엄마는

와 이카노.

너무 째마 걸레도 못한다 한다.

엄마는 새 걸로 갈아입고

째진 런닝구를 보시더니

두 번 더 입을 수 있을 낀데 한다.

– 배한권, 「엄마의 런닝구」

이 시에서 공감을 자아내는 요소는 생활의 실감이다. 공감은 실감에서 비롯된다. 시인과 독자의 상상이 만나는 지점에서 공감이 이루어지기 때문이다. 시에서 세부 묘사가 중요한 까닭도 여기에 있다. 이 시에는 사투리의 실감이 살아있고 생활의 실감이 묻어 있다. 우리가 흔히 접하는 장면을 구어체, 생활어가 실감 나게 환기하는 것이다. 시적인 순간은 멀리 초월적인 곳에 있는 게 아니라 일상의 가장 가까운 곳에 자리하고 있다.

좋은 시를 쓰기 위해서는 평소 사물을 새롭게 보려는 노력을 해야 한다. 그러기 위해서는 정신이 여간 부지런하지 않으면 안 된다. 자유로운 영혼으로 살며 사랑의 눈으로 대상을 대할 수 있어야 한다. 새롭게 본다는 것은 '연상한다', '비유적으로 본다'라는 말과 통한다. 어떤 사물을 보는 순간 또 다른 사물이나 정황을 즉각 떠올릴 수 있어야 한다는 것이다. 사물과 사물, 정황과 정황을 맺어주고 여기에 인간의 마음을 더하는 것이 시인의 연상력이다. 그를 통해 우리는 이 세상 모든 것이 고립되지 않고 상호 교감되고 있다는 것을 깨닫게 된다.

좋은 시인이 되기 위해서는 대상을 논리적으로 따지려 하지 않고, 있는 그대로를 받아들여야 한다. 그것은 순진무구한 마음이 되어야 가능한 일이다. 그러기 위해서는 일상에서 지나쳐 버리는 보잘것없고 하찮은 것들을 관심 있게 들여다보고, 그것을 다른 방식으로 바꾸어 생각해 봐야 한다. 스스로 어리석은 질문을 해보고 스스로 답을 찾다 보면 신선한 대답을 얻을 수 있을 것이다. 그런 가운데 새로운 시를 만날 수 있을 것이다.

장옥관 1955년 경북 선산에서 출생. 계명대학교 국문학과와 단국대 대학원 박사 과정 졸업. 1987년 『세계의 문학』으로 등단. 주요 시집으로 『황금 연못』, 『바퀴 소리를 듣는다』, 『하늘 우물』, 『달과 뱀과 짧은 이야기』, 『그 겨울 나는 북벽에서 살았다』와 동시집 『내 배꼽을 만져보았다』 등이 있음. 제15회 김달진 문학상, 제3회 일연문학상 수상. 현재 계명대학교 문예창작학과 교수.

시 창작의 비법은 없다

조태일

　'인간은 노력하면 노력할수록 방황하는 것'이라고 괴테는 말했다. 언뜻 들으면 모순된 말 같지만, 결코 모순된 표현이 아니다. 방황한다는 의미는 쓸데없이 헤매며 돌아다니는 것이 아니라 더 나은 것을 찾아서 모색하는 것이며, 어느 한 곳에 안주하지 않고 끊임없이 탐구하는 자세를 말하기 때문이다.

　일생 시 창작의 길을 걸어와 그쪽 분야에선 제법 달인의 경지에 섰을 법한 시인들도 한결같이 "시는 쓰면 쓸수록 어렵다"고 말한다. 지나친 겸손 같기도 하고 엄살을 떠는 것 같기도 하지만 이 말은 괴테의 말과 같은 의미로써 시 쓰기 역시 죽을 때까지 부단한 자기 노력이 필요하다는 점을 강조하는 말일 것이다. 따라서 우리가 성급하게 시 창작의 비법을 묻은 것은 어리석은 짓일 수밖에 없다. 왜냐하면, 그 물음에 대한 해답이 없음을 알기 때문이다. 그러나 비법은 없다 하더라도 좋은 그림을 그리기 위해서 데생 연습을 쉴 새 없이 하는 것처럼 시를 쓰기 위한 기초 닦기나 준비 운동쯤은 있을 것이다. 시 창작 지망생들은 창작의 비법을 알아서 지름길로 가려는 생각을 버리고 소와 같은 우직한 걸음으로 자기의 모든 생활습관에서부터 시 창작을 위한 기초를 닦아 가야 할 것이다.

1. 문학 체험을 많이 하라

좋은 글을 쓰기 위하여 구양수가 말한 삼다三多가 필요하다. 그 중의 첫째가 다독인데 풍부한 독서가 시 창작에서도 예외가 될 리 없다. 좋은 시를 쓰기 위한 기초로써 독서 체험을 풍부하게 가져야 하는 것은 시 창작의 필수조건이다. 독서 체험은 실제의 체험에 못지않게 중요한 의미를 지닌다.

그것은 단순히 다른 사람의 글을 읽는 행위가 아니라 글쓴이의 체험, 사고, 감정, 인격, 사상 등의 총체적인 것과의 만남이 되며 새로운 세계를 접해 볼 수 있는 계기가 된다. 실제로 우리가 부딪치는 세계의 폭은 좁고 한정되어 있다. 당연히 경험도 거기에 비례해서 비좁을 수밖에 없다.

이러한 우물 안의 개구리 식의 자기 생각이나 세계를 뛰어넘어서 더 넓은 세계로 우리의 사고와 정신을 이끌어갈 수 있는 것이 바로 독서이다. 그러므로 독서는 우리의 정신 세계를 살찌우고 삶을 풍요롭게 한다. 또는 사물을 보는 방법이나 시각을 다양하게 만들고 사고를 깊게 한다. 동시에 자기의 직접적인 체험을 새롭게 인식할 수 있는 계기를 마련해준다. 흔히 독서를 마음의 양식이라고 하는 것도 다 이러한 이유 때문이다. 특히 문학 경험은 시 창작에서 매우 중요한 것이다. 우리는 어떤 소설이나 시를 읽고 감동을 하였을 때 자신도 그와 같은 작품을 쓰고 싶다는 강한 충동을 느낀다. 이러한 충동이 창작의 씨앗을 만들기도 한다. 또 작품을 읽는 동안 자기의 내면에 감추어져 있거나 잊혔던 무수한 생각과 감정들이 이끌려 나와서 해후하게 되고 거기에서 자신만의 새로운 것을 탄생시킬 수가 있다. 나도 글을 쓰다가 생각이 막히면 그만 손을 떼고 다른 사람의 시나 소설, 수필 등을 읽는다. 그러다 보면 막혔던 생각들이 자연스럽게 솟아나는 경우가 있다. 이것은 다른 사람의 글을 모방해서가 아니라 글을 읽는 동안 잠재해 있던 그무엇들은 글을 낳고, 좋은 시가 좋은 시를 낳는다는 말처럼 문학 경험은 창작의 훌륭한 활력소가 될 수 있다. 또 무수한 작품을 접해 봄으로써 훌륭한 작품을 볼 줄 아는 안목을 기르고 지금 쓰고 있는 자기 작품에 대해서 객관적인 잣대를 갖다 댈 능력도 키우게 된다.

19세기 영국의 비평가 헤즐리트^{W.Hazlitt}는 "시는 오직 상상의 언어"라고 했다. 이 말은 상상력 없이는 쓸 수 없는 것이 시라는 의미이며 실제적으로도 시는 어떠한 글보다 상상력이 필요한 문학이다. 따라서 시를 쓰는 지망생들은 상상력을 풍부하게 키워야 하는데, 문학 체험이야말로 이것을 위한 좋은 방법이다. 수많은 상상이 집약되어 나타난 것들이 문학작품이기 때문에 무수히 문학작품을 접해 봄으로써 자신의 상상력을 키울 수가 있다.

특히 시야말로 상상의 산물이므로 부지런히 시를 읽어야 한다. 나무를 다루는 목수는 그 나무의 재질을 알아야 하고, 돌을 다루는 석공은 그 돌의 성질을 잘 파악해야 하는 것처럼 시를 쓰려는 사람은 우리말에 능통해야 한다. 시는 극도의 예술이며, 언어의 정수라는 말이 보여주듯이 어떠한 문학보다도 언어에 대한 감각과 언어를 다루는 솜씨가 필요하다. 처음부터 이것을 타고난 사람도 있겠지만, 후천적인 자기 노력이 뒤따라야 한다. 문학 체험은 이 언어에 대한 감각을 키우고 언어에 대한 속성이나 특징을 파악할 수 있는 좋은 방법이다.

수많은 작품을 읽는 과정에서 우리말이 지닌 섬세하고 미묘한 부분까지 몸으로 느껴봐야 한다. 그리고 숱한 어휘까지 자기 것으로 만들어서 그것들이 어느 자리에서 생생하게 살아 움직일 수 있는지를 스스로 감지할 수 있어야 한다. 좋은 창작은 기존의 것을 바탕으로 해서 이루어진다.

창작은 무엇보다도 새로움을 찾아서 나아가는 것이지만 선배들이 쌓아올렸던 기존의 작품들을 밟아 본 후에 자신의 새로운 발자국을 낼 수 있을 것이다. 늘 한결같으면서도 새롭고 새로우면서도 한결같다는 뜻으로, 즉 "옛 것을 모범 삼아 새로운 것을 창조한다"는 말을 기억하길 바란다. 따라서 풍부한 문학 체험은 자신의 시를 창작하고 새로운 세계를 만들어가는 데 반드시 필요한 통과의례와 같은 것이라고 할 수 있다.

2. 사고를 깊고 풍부하게 하라

'사고'는 창작의 바탕이며 밑천이다. 텅 비어 있는 돼지 저금통에서 돈을 꺼낼 쓸 수 없는 것처럼 자기 생각이 들어 있지 않고서는 시를 쓸 수가 없다. 시 창작은 어떠한 것보다도 자신을 표현하는 일이며, 개성과 독창성을 발휘하는 창조적인 예술이다. 그런데 이 창조성과 개성의 근원은 다름 아닌 자신의 '사고'로부터 흘러나오는 것이다. 사람들이 똑같은 사물을 보더라도 각자가 보는 것이 틀리며, 느끼는 것이 다른 까닭은 품고 있는 생각이 다르기 때문이다.

이렇게 남과 구별되는 자기만의 고유한 생각이 한 인간의 개성을 만들어 내고 창조적인 글쓰기의 핵심을 형성해내는 것이다. 우리는 흔히 "글은 그 사람의 인격을 반영한다"라든지 "글은 곧 그 사람이다"라는 말을 주위에서 듣는다. 이 말은 글에 들어가 살고 있는 글쓴이의 '사고'가 그 사람의 정신과 인격 등의 총체적인 모습을 드러나게 해준다는 뜻일 것이다. 이러한 사실은 시 창작에서도 마찬가지다. 시의 차이는 '사고'의 차이에 따라서 결정된다고 할 수 있다. 사물과 세계에 대한 통찰이 달라지고 시의 성패가 좌우된다.

자, 그럼

하는 손을 짙은 안개가 잡는다

넌 남으로 천리

난 동으로 사십리

산을 넘는 저수지 마을

삭지 않는 시간, 산은 산천을 돈다

燈은, 덴막의 여인처럼

푸른 눈 긴 다리

안개 속에 초조히

떨어져 서 있고

허허들판 작별을 하면

말도 무용해진다

어느새 이곳

자, 그럼

넌 남으로 천리

난 동으로 사십리

— 조병화, 「오산 인터체인지」

어떠한 만남이든지 그 만남은 이별을 동반하게 마련이다. 친구 간의 만남이든, 사랑하는 사람과의 인연이든, 혹은 부모와 자식 간의 인연이든 영원한 만남은 존재하지 않는다. 이러한 이별의 운명을 알기 때문에 사람들은 오히려 영원히 함께 있기를 맹세하고 갈망하는 것인지도 모른다.

그러나 이 안타까운 소망에도 불구하고 태어나면 언젠가는 죽어가야 하는 것이 우리의 운명인 것처럼 이별 역시 받아들일 수밖에는 없는 것이다. 그래서 불가佛家에서는 우리들의 삶의 모습을 '회자정리會者定離'라는 말로 표현했던 것이다.

더구나 무수한 만남으로 얽힌 인간들의 관계는 제아무리 절친하고 가까운 관계에 놓일지라도 인간은 하나의 개체일 뿐이며 엄밀한 의미에서는 단독자이다. 그것은 마치 서로 알아보기 힘든 짙은 안개 속에 각기 떨어져 있는 사물과 같아서 자신의 외로움을 혼자서 짊어질 수밖에 없는 존재들이다.

위의 인용한 시는 이러한 우리의 운명과 고독을 담담하고도 편안하게 노래하고 있다. 안개와 서로 교차되는 오산 인터체인지라는 일상의 사물을 여유롭게 응시하며 시인은 그 사물을 통해서 인간이 지닌 고독을 짚어 보고 그것을 넉넉히 수용하고 있는 것이다.

이 시의 깊이는 시인의 이러한 통찰, 즉 '사고'의 깊이에서 우러나오고 있다. 시 창작에서 사고란 어떤 심오하고 거창한 사상을 의미하는 것은 결코 아니다. 그것은 위에서 인용한 시를 통해서도 알 수 있듯이 자기 삶과 주변의 사물들을 함부로 보아 넘기지 않고 거기에서 새로운 깨달음과 진실을 발견하도록 하는 생각의 힘을 의미하는 것이다.

지난 여름 내

땡볕 불볕 놀아 밤에는 어둠 놀아

여기 새빨간 찔레 열매 몇 개 이룩함이여.

옳거니! 새벽까지 시린 귀뚜라미 울음소리

들으며 여물었나니.

— 고은, 「열매 몇 개」

위의 시 역시 하나의 사물에 다다른 사고의 깊이가 얼마나 중요한지를 잘 보여주는 작품이다. 아무리 작고 보잘것없는 찔레 열매지만 한 생명체가 탄생하고 성숙하기까지는 숱한 고난과 인내가 필요하다는 것을 시인은 작은 열매 몇 개를 통해 새삼 발견하고 있다. 더 나아가서는 그 열매가 환기하는 모든 생명체에 대해 경이로움과 소중함을 느끼고 우리의 삶 또한 이와 다를 바 없다는 자연의 섭리마저 깨닫도록 한다.

이러한 사실들을 보더라도 시 창작에서 요구하는 '사고'는 한 사물의 개념을 파악하는 수박 겉핥기식의 사고가 아니란 것을 다시 한번 느끼게 된다. 그것은 사물마다 지닌 진실과 그 속에 갖고 있는 아름다움과 가치를 찾아내어 관습적이고 기계적인 우리의 삶에 새로운 충격과 깨달음을 주도록 하는 '사고'인 것이다. 따라서 어떤 틀에 박힌 생각, 사물의 거죽만을 보는 피상적인 생각에서 벗어나 사물을 넓고 깊게 보는 것이 시 창작에서 중요한 것이다.

3. 쓰고 또 써라

쓰는 일은 시 창작의 처음이자 끝이다. 시 창작의 실제는 쓰는 일에서 시작되고 쓰는 일로 끝이 나기 때문이다. 지금도 어딘가에서는 수많은 시인 지망생들이 습작에 몰두하고 있을 것이다. 이러한 치열한 습작의 과정을 거치지 않고서는 좋은 시가 창작될 리가 없다. 시 창작은 철저한 연습이 필요하고 문장과의 싸움을 원한다.

워즈워드의 말처럼 "최상의 언어를 최상의 순서로 늘어놓은 것이 시"이기에 어떠한 문학보다도 준엄하고 치열한 언어의식을 요구하는 것이다. 써보는 일에 부단한 노력 없이는 제대로 된 문장, 제대로 된 표현을 거쳐 제대로 된 시가 태어날 수가 없다. 이러한 노력은 비단, 시 창작에만 국한되는 것은 아니다. 어떠한 분야이든 거기에서 프로가 되려면 자기와의 싸움과 수련은 필수적이다.

나는 어쩌다가 텔레비전에서 신기에 가까울 정도로 고난도의 기술을 완벽하게 소화해 내는 피겨스케이팅, 리듬체조, 기계체조, 서커스의 묘기를 보고 놀라기도 하는데, 내가 더욱더 감탄하는 것은 그런 묘기 뒤에 숨어 있는 그들의 피나는 수련이다. 도대체 얼마만큼이나 수련을 쌓았기에 저런 신기가 몸에 배었을지를 생각하면 가슴마저 서늘해지고 숙연해진다.

모든 사람에게는 저마다 타고난 재능이 있다고 한다. 그 무엇이든 한 가지씩은 신이 주었기 때문이다. 지금 시를 써 보려고 하고 거기에 뜻을 둔 지망생들은 분명 시에 대한 재능을 갖고 있다. 시에 관심이 있고, 또 그것을 좋아하고 자기 스스로 써 보려고 한다는 것은 재능의 싹을 갖고 있다는 표시이다. 그러나 자기 안에 무궁무진한 능력이 잠재되어 있더라도 각고의 노력 없이는 그것들은 스스로 솟아나지 않는다. 그냥 묻혀 버리기에 십상이다. 거듭 써 보는 일이야말로 자신의 잠재된 능력을 개발할 수 있는 가장 좋은 방법이다.

이런 수련 과정에서 자기만의 개성과 독창성도 발견할 수 있을 것이다. 실제로 위대한 예술적 성취를 이루고 이름을 빛낸 사람들이 남다른 자기 노력을 기울인 일화들을 우리는 쉽게 찾아볼 수 있다.

중국에서 동진 때 서예가로 이름을 떨친 사람이 왕희지王羲之다. 그의 필체는 신기에 가까울 만큼 힘차고 살아 있는 듯 생동했다고 한다. 이런 왕희지에게 서예의 비결을 묻는 한 젊은이가 찾아왔다. 왕희지는 아무 말 없이 그를 자기 집 후원으로 데리고 갔다. 그 후원에는 엄청나게 큰 물독이 18개나 있었는데 왕희지는 그 물독을 가리키며 말했다.

"저 물독 속에 내 서예의 비법이 있네."

젊은이는 조심스럽게 모든 물독을 들여다보고는 아무것도 찾아낼 수 없다고 하자 그는 빙긋이 웃으며 이렇게 말했다. "자네가 저 18개의 물독에 든 물을 다 쓴 다음이면 내 말의 뜻을 알게 될 거네."

우리는 왕희지의 이 말 속에는 그의 탁월한 서예 솜씨가 부단한 수련에서 나온 것임을 알 수 있다. 심지어는 그의 붓과 벼루를 닦았던 연못이 검게 변해 버렸다고 하니 그가 얼마나 붓글씨를 연습했는지 짐작할 수 있다.

또한, 프랑스의 사실주의 작가로 유명한 에밀 졸라Emile Zola도 그의 습작 시절 파지가 자기 키를 훨씬 넘었다고 한다. 그래서 위대한 예술가는 "태어나는 것이 아니라 만들어진다"고 하는 것이다. 그만큼 수련이 중요하다는 이야기다. 수영선수가 최고의 수영 실력을 쌓기 위해서는 물속에 뛰어들어 온몸을 놀려야 하고 소리꾼이 득음하기 위해서는 목구멍에서 피가 나도록 연습하는 것처럼 좋은 시를 창작하는 것도 다른 수가 없다. 오직 쓰고 또 쓰는 수련만이 있을 뿐이다.

4. 관찰하는 눈을 가져라

조지훈 시인은 글을 잘 쓰려면 눈은 과학자를 닮으라고 했다. 이 말은 사물을 관찰하는 데 치밀하고 날카로운 눈을 가지라는 뜻이다. 우리는 평범하고 예사롭기만 한 사물이나 현상도 예리한 관찰을 통해서 전에는 알지 못했던 뜻밖의 사실이나 모습을 발견하는 경우가 종종 있다. 이때 새로움과 기쁨이란 우리의 삶에 얼마나 큰 활력소가 되는지 그것을 체험해 본 사람만이 알 수가 있을 것이다.

실상 우리는 주변의 모든 것에 익숙해져 있고 낯이 익어서 별반 새로움을 느끼지 못한다. 이것을 봐도 무덤덤하고 저것을 봐도 시큰둥하다. 그러나 이러한 태도는 타성에 길든 우리의 고정적인 생각일 뿐, 세상의 모든 사물은 어느 한순간도 멈추지 않고 변화한다. 끊임없이 새로운 모습으로 형성되

157

8장 시 창작의 비법은 없다

고 있는 것이다. 아침에 본 꽃의 모양과 빛깔이 다르고 점심때와 저녁때도 각각 다르다. 또 빛의 각도, 세기, 밝기 등에 따라서 꽃은 시시각각 변한다.

그러나 우리는 그것을 똑같은 것으로 여기기 때문에 그들의 섬세한 변화를 무심하게 지나쳐 버리는 것이다. 적어도 시를 쓰려고 하는 사람들은 사물 하나를, 그리고 자기 주변의 현상들을 주의 깊게 볼 줄 아는 섬세한 눈을 갖고 있어야 한다. 여느 사람들 모양으로 사물을 대하는 태도가 무덤덤하고 무신경해서는 절대 좋은 시를 창작할 수가 없다. 정확하고 예리한 관찰을 통하여 자기의 눈으로 본 사물들의 의미를 붙잡을 수 있어야만 시가 우러나올 수 있기 때문이다.

이러한 관찰의 중요성을 강조한 작가가 플로베르Flaubert다. 그는 한 개의 모래알도 똑같지 않을 정도로 묘사하라고 했는데, 이 말은 그만큼 사물을 정확하게 관찰하라는 이야기다. 이런 플로베르를 스승으로 모시고 글쓰기를 배운 사람이 바로 19세기 프랑스의 사실주의자 모파상이다. 그는 자신의 표현력이 시원치 못함을 느끼고 플로베르에게 표현의 비법을 물었다. 그러나 그의 대답은 간단했다.

"날마다 자네 집 앞을 지나가는 마차를 관찰하고 그것을 기록하게나. 글쓰기의 가장 좋은 연습이라네."

모파상은 스승의 말에 따라 이틀 동안을 관찰하였지만 별다른 변화가 없었다. 그것은 너무나 단조롭고 따분해서 실상 관찰할 필요조차 없는 것 같았다. 그러나 플로베르는 이러한 생각을 하고 찾아온 모파상에게 그것이 잘못된 것임을 다음과 같이 지적했다.

"관찰이야말로 훌륭한 글쓰기의 연습인데 어째서 쓸모없다고 하는가? 자세히 살펴보게나. 갠 날에는 마차가 어떻게 가며 비 오는 날에는 어떤 모습인가. 또 오르막길을 오를 때는 어떠한가? 말몰이꾼의 표정도 비가 올 때, 바람이 불 때 또한 뙤약볕 아래서는 어떻게 변화하는지 살펴보면 결코 단조로운 것이 아닌 것을 알게 될 거네."

그 후 플로베르는 모파상이 원고를 가지고 올 때마다 더욱더 관찰하는 눈을 갖추라고 요구하고 모파상은 끊임없는 글쓰기를 연습해서 후에 명작을 남길 수가 있었다.

중국의 저명한 서예가 왕희지 또한 그의 독특하고 개성적인 필체가 그의 관찰력에서 나온 것이라고 한다. 그는 거위를 무척 좋아하여 그것들을 기르며 관찰하는 것을 즐겼다고 하는데, 특히 연못에서 헤엄칠 때 물을 힘차게 가르는 거위의 발동작을 유심히 관찰한 결과 여기에서 새로운 운필법을 창안할 수 있었다고 한다.

관찰이야말로 새로운 것을 발견할 수 있는 가장 좋은 방법이다. 개성과 독창성을 무엇보다 중요하게 여기고, 새로움들을 창조해내는 것을 생명으로 하는 시 창작에서는 아무리 강조해도 지나침이 없을 것이다.

그러나 무엇보다 중요한 것은 기계적인 관찰에서 벗어나는 것이다. 형식적이고 기계적인 관찰은 사물에 대한 우리의 관습적인 시각의 연장일 뿐이며 피상적인 모습만을 보게 한다. 따라서 사물을 정확하게 보기는 고사하고 그것이 지닌 새로운 의미도 결코 발견할 수가 없다.

우리가 하나의 사물을 제대로 관찰한다는 것은 우선으로 상투적인 인식에서 벗어나는 일이며, 애정과 관심을 두고 그것의 아름다움을 찾아내기 위해서 집중적으로 마음의 눈까지 열어 보이는 행위이다. 이때 사물은 경이로움과 눈부심으로 자신들의 모습과 의미를 우리 앞에 드러내 놓게 된다.

> 땅에 떨어지는
>
> 아무렇지도 않은 물방울
>
> 사진으로 잡으면 얼마나 황홀한가?
>
> (마음으로 잡으면!)
>
> 순간 튀어올라
>
> 왕관을 만들기도 하고
>
> 꽃밭에 물안개로 흩어져
>
> 꽃 호흡기의 목마름이 되기도 한다.
>
> 땅에 닿는 순간
>
> 내려온 것은 황홀하다.
>
> 익은 사과는 낙하하여
>
> 무아경으로 한 번 튀었다가
>
> 천천히 굴러 편하게 눕는다.
>
> — 황동규, 「풍장 17」

　　위의 시는 시인의 눈과 마음이 하찮은 '물방울'에 다가가서 섬세한 관찰이 얼마나 시적 대상의 아름다움을 끄집어낼 수 있는지를 잘 보여주는 작품이다. 너무나 흔하고 사소해서 그야말로 '아무렇지도 않은 물방울'이 시인의 눈과 마음을 통해 우주적 의미와 존재로서 무한하게 확대되고 있음을 느낄 수가 있다.

시 창작을 위한 관찰이란 바로 이러한 것이어야 한다. 작은 사물 속에 깃들인 큰 세계, 큰 의미들을 놓치지 않고 잡아내어 그것을 알고 언어로 표현해야 한다. 우리의 주변을 한번 둘러보라. 거기에는 우리의 관심을 끄는 것들이 별로 없는 것 같아 어떤 이들은 쓸거리, 즉 창작 소재의 빈곤을 고민하기도 한다. 그러나 늘 보던 낡고 진부한 눈을 버리고 새롭게, 새로운 마음의 눈으로 사물들을 찬찬히 들여다보면 거기 무엇인가가 숨어 있는 것을 발견하게 될 것이다.

5. 따뜻한 가슴으로 사물을 보라

"시인은 꾀꼬리처럼 어둠 속에서 그 고독하고 감미로운 목소리를 부르며 사람들을 위로해준다"라고 영국의 시인 셸리(Shelley, 1792 ~ 1822)는 말했다. 우리는 셸리의 이 말 속에서 시인의 가슴이 어떠해야 하며, 시의 자리가 어디에 있는지를 어렴풋이 짐작하게 된다. 아마도 그것은 세상과 인간을 향한 따뜻한 사랑과 위로로 우리의 아픔과 슬픔을 어루만지는 자리에 시가 존재하고 있는 것이 아닐까 한다.

나는 시의 이런 모습을 보면서 그 밑바닥에 깔린 사랑을 모성적 사랑이라고 말하고 싶다. 모성적 사랑은 모든 사랑의 근원이다. 아무런 조건과 이해타산 없이 순수하게 자신이 지닌 것들을 내어 주며 한없이 베풀어 주는 사랑이다.

생명이 지닌 상처들을 기꺼이 감싸 안고 포용하는 그 융숭한 사랑이야말로 사랑이 지닌 가장 본질적인 모습이며, 이런 사랑의 실체가 곧 우리 어머니이다. 그래서 모성적 사랑은 우리 인류에게 영원한 지표요, 신앙이요, 구원이다. 결코 어떤 무엇으로도 훼손될 수 없는 사랑의 원형이다. 우리가 어머니를 회귀하고 싶은 영원한 고향으로 여기는 것도 이러한 이유 때문일 것이다.

그런데 시 속에서도 이러한 모성적 사랑이 근원적으로 흐르고 있다. 왜냐하면, 시는 뭇 생명에 대한 뜨거운 연민과 안타까움의 노래이자, 생명을 위한 노래이기 때문이다. 또한, 모성이 모든 생명을 탄생시키는 생명의 원천이며, 그것들을 품고 기르는 위대한 창조성의 본*인 것처럼 시 역시 온갖 사물들을 품으면서 그것들이 지닌 의미와 아름다움을 새롭게 창조해내는 것이므로 모성과 시는 그 본질에서 서로 통한다.

그러므로 시를 창작하려는 사람이라면 어머니의 가슴이 되어 세상과 사물을 넉넉하고 깊게 포용할 줄 알아야 하고, 여기에 인간이 지닌 지순한 사랑도 담아야 한다.

어디서 나왔을까 깊은 산길

갓 태어난 듯한 다람쥐 새끼

물끄러미 나를 바라보고 있다

그 맑은 눈빛 앞에서

나는 아무것도 고집할 수가 없다

세상의 모든 어린것들은

내 앞에서 눈부신 꼬리를 쳐들고

나를 어미라 부른다

괜히 가슴이 저릿저릿한 게

핑그르르 굳었던 젖이 돈다

젖이 차 올라 겨드랑이까지 쩡해오면

지금쯤 내 어린 것은

얼마나 젖이 그리울까

울면서 젖을 짜 버리던 생각이 문득 난다

도망갈 생각조차 하지 않는

난만한 그 눈동자,

너를 떠나서는 아무데도 갈 수 없다고

갈 수도 없다고

나는 오르던 산길을 내려오고 만다

하, 물웅덩이에는 무사한 송사리떼

　　　　　　　　　　　　　　－ 나희덕, 「어린 것」

　　다람쥐 새끼를 보고도 젖이 도는 어머니의 마음이 곧 시인의 마음이다. 이것은 동시에 모든 생명을 향해 열려 있는 뜨겁고 깊은 사랑이다. 시를 쓰는 사람들은 세상의 모든 사물이 "내 앞에 눈부신 꼬리를 쳐들고 / 나를 어미라 부르다"는 소리를 들을 수 있어야 하고, 그들에게 젖을 물릴 수 있어야 하며, 극한 상황에 처해 있는 '송사리떼'에게도 애타는 모성의 눈빛을 반짝여야 한다.

　　비정하고 차가운 마음은 사물과 교감할 수가 없다. 아울러 뭇 생명이 지닌 희열과 비극도 감지해낼 수가 없다. 우리로 하여금 한 인간에게 가장 깊이 닿을 수 있게 하는 것이 사랑인 것처럼 사물 역시 사랑만이 그들의 가장 내밀한 세계까지 우리를 이끌어 가는 것이다. 그래서 시인이 시를 쓰는 것이 아니라 사물이 시인을 통하여 시를 쓴다는 말까지 있는 것이다.

모든 생명은 서로 사랑의 교환을 원한다. 비록 영성이 깃들지 않은 무생물이라 하더라도 그것은 마찬가지이다. 시의 궁극적인 모습은 이러한 생명에게 주는 사랑의 노래다. 시인은 이것들을 가슴에 품고 가슴으로 느껴야 한다.

뭇 생명 속에 있는 슬픔과 사랑을 느끼지도 못한다면 그건 시인이라고 할 수가 없다. 따뜻한 가슴으로 모든 사물을 바라보라. 그리고 안아 보라. 시는 영원한 모성이다.

6. 고치고 또 고쳐라

동서고금을 막론하고 명작을 남긴 위대한 작가들에게는 퇴고에 의한 이야기가 무수하게 많다. 이러한 사실은 훌륭한 작품을 창작하는 비법이 다른 데 있는 것이 아니라 얼마만큼 퇴고에 열정을 쏟느냐에 달려 있다는 것을 보여주는 것이다.

어떤 작가들의 단숨에 써 내려간 글이 자신이 천재임에도 불구하고 실패할 수 있다. 그리고 처음부터 완벽할 수 없으므로 거듭 다듬고 고치는 노력이 필요하다. 오히려 작품의 천의무봉天衣無縫함은 수백 번 고치고 다듬는 과정을 통해서 생겨난다고 할 수 있다.

러시아에서 가장 아름답게 문장을 썼다는 투르게네프Turgenev도 어떤 문장이든지 쓴 뒤에 바로 발표하는 일 없이 원고를 책상 서랍 속에 넣어 두고 석 달에 한 번씩 꺼내보며 다시 고쳤고, 글자 한 자마다 완벽함을 기했던 구양수도 초고를 벽에 붙여 놓고 방을 드나들 때마다 그것을 고쳤다고 한다.

심지어는 체홉과 톨스토이에게서 문장이 거칠다는 말을 들은 고리키가 퇴고를 얼마나 열심히 했던지 옆에서 보던 친구가 "그렇게 자꾸 고치고 줄이다간 어떤 사람이 태어났다. 사랑했다. 결혼했다. 죽었다. 이 네 마디밖에 안 남아나겠군"라고 말했다고 한다.

그리고 고리키에게 문장이 거칠다고 했던 톨스토이 자신도 글을 다듬기에 얼마나 심혈을 기울였던지 여기에 대한 유명한 일화가 있다. 한 젊은 작가가 톨스토이에게 창작에 관한 배움을 얻기 위해 그의 집을 방문했다. 그런데 공교롭게도 톨스토이는 외출 중이었다. 집에 있던 사람은 그 젊은 작가를 서재로 정중하게 안내한 후 톨스토이가 곧 돌아올 테니 조금만 기다려 달라고 말했다. 혼자서 서재 안을 서성이던 그는 책상 위에 수북하게 쌓여 있는 원고 더미들을 발견하고는 호기심에 이끌려 그것들을 펼쳐 보았다. 그런데 그것들은 소설 『부활』의 제1차 미정고未定稿에서부터 제10차 미정고까지 쌓아 둔 것들이다.

이것을 본 청년 작가는 너무 놀라고 감동을 받아서 정신이 나간 사람처럼 꼼짝을 못한 채 멍하니 서 있었다. 이때 마침 외출에서 돌아온 톨스토이가 살그머니 그의 등 뒤로 다가가 어깨를 툭툭 치며 "이상스러운가? 이것은 아무것도 아니라네" 하고 말한 후 서류 궤 안에 들어있던 다른 원고들을 보여 주었는데 그것은 『전쟁과 평화』의 90여 종이나 되는 미정고들이었다. 그는 이 미정고들을 보면서 창작의 방법에 대해서 더는 아무것도 톨스토이에게

묻지 않았다. 다른 어떠한 말이나 가르침보다도 톨스토이의 미정고들이야 말로 창작의 비결이 무엇인가를 알려주었기 때문이다.

헤밍웨이도 『노인과 바다』를 쓸 때에 400번 이상을 고쳐 썼다고 하니 작품이 탄생하기까지는 수백 번을 다듬고 고치는 지극한 노력이 뒤따라야 한다는 것을 깨달을 수가 있다. 더구나 시는 어떠한 문학보다도 엄격한 창작 태도를 요구한다. 언어 하나의 정확함에서부터 문장부호 하나까지도 시의 전체적으로 흐르는 분위기, 호흡, 리듬, 질서에 관여한다.

그리고 그것들은 살아 있는 생명체처럼 서로 유기적인 조직들을 이루어야 하는데, 퇴고하지 않고서는 이런 극도의 치밀함이 생겨날 수 없다. 아울러 제대로 된 시도 탄생할 수 없다. 그래서 붓놀림이 신선 같다던 두보조차도 "시언詩言이 사람들을 놀라게 하지 않으면 죽어서도 시 다듬는 일을 쉬지 않는다"고 하며 자신의 시를 퇴고하는 데 참담할 정도의 노력을 쏟았던 것이다.

농부가 씨앗을 뿌리고 알곡 한 톨을 얻기까지 수백 번의 손길이 못지않게 거듭 매만지고 다듬는 퇴고의 과정을 거쳐야 하는 것이 시다. 이규보가 '시에 적합하지 못한 9가지체'를 이야기하면서 "글이 거칠고 다듬어지지 않은 것은 잡초가 가득 찬 밭"이라고 말한 것도 이러한 이유일 것이다. 그러므로 시를 고치고 다듬는 일에 게을리하지 말고, 가벼이 여기면 안된다. 죽어서도 시 다듬는 일을 쉬지 않겠다던 두보의 각오로써 자신의 시를 끊임없이 다듬는 노력과 정성이 좋은 시를 창작하는 지름길이며 비법이다.

7. 자연에게 배우라

자연은 뭇 생명의 근원지이며 원형이며 모태이다. 뭇 생명의 총체이자 본질이다. 인간 역시 이러한 큰 생명체^{자연}에서 뻗어 나온 한 부분인 까닭에 자연과는 결코 떨어질 수 없는 관계에 놓여 있다.

오래전부터 동서양을 막론하고 자연은 문학의 모방 대상이었으며, 재현해야 할 '진실'의 척도가 되었다. 알렉스 프레밍거^{Alex Preminger}도 그의 『시학사전』에서 언급하길 "자연이야말로 문학의 진실성을 가늠하는 기준이며 시학의 개념"이 된다고 하였다. 이는 자연이 우주적인 질서와 법칙, 순리를 지녔을 뿐만 아니라 생명의 본질과 진실을 구현하고 있기 때문이다.

시는 생명의 노래이다. 생명의 발현이고 소망이다. 이러한 의미에서 시는 생명의 총체이며, 생명의 원형이 자연에 맞닿아 있다. 인간이 자연과 한몸인 것처럼 시 역시 자연과 하나가 될 수밖에 없는 운명이다. 그래서 조지훈 시인은 시를 가리켜 "시인이 창조한 제2의 자연"이라고 했는지도 모른다.

우리는 생명의 모태인 자연을 통해서 생명의 비의와 참모습을 발견할 수 있고 그것들을 끄집어낼 수가 있을 것이다. 시를 쓰고자 하는 사람은 그 누구보다도 이 자연을 자기의 스승으로 삼아야 한다. 자연은 장황스런 설명 없이 물음에 대한 해답을 스스로 보여준다.

우리가 아름다움이란 어떤 것인가에 대해서 묻고 수많은 언어를 통해 그것을 이해했다고 하자. 그러나 저 물가에 혹은 저 산속에 피어 있는 한 송이 꽃을 보는 순간 아름다움의 실체를 느끼게 된다. 머리로써 이해하는 게 아니라 자신이 체험하도록 하여 아름다움의 본 모습을 깨닫도록 해주는 스승이 바로 자연이기 때문이다. 자연은 아무런 꾸밈이나 기교 없이 명징하게 생명의 참 모습과 현상들, 더 나아가서는 그 생명의 아름다운 본질을 알려 준다. 우리의 얼크러진 삶의 실타래마저 정연하게 만드는 힘을 갖고 있다. 또한, 때 묻고 탁해진 우리의 마음과 눈을 순수한 빛으로 다시 채워준다.

그리고 더욱더 중요한 것은 언제나 새롭게 생성하고 변화하면서 운행하는 그들의 모습이다. 나는 지금껏 '자연이 낡았다, 자연이 진부하다, 자연이 질린다, 자연이 틀에 박혔다'라는 말을 들어 본 적이 없다. 낡고 타성에 젖는 것은 우리들의 몸과 마음이었을 뿐 자연은 끊임없이 새로운 것을 생성하면서 그때그때 순간마다 최선으로 제 생명을 누리고, 제 존재의 아름다움들을 발산하고 있는 것이다.

시 창작은 자연의 한 부분인 우리에게서 점점 소멸해 가는 이러한 생명의 참 모습을 되살려 놓는 작업이다. 즉, 잃어버리거나 망각해 가는 우리의 참 본질을 되찾는 일인 것이다.

천년 전에 하던 장난을
바람은 아직도 하고 있다.
소나무 가지에 쉴새 없이 와서는
간지러움을 주고 있는 걸 보아라
아, 보아라 보아라
아직도 천년 전의 되풀이다.

그러므로 지치지 말 일이다.

사람아 사람아

이상한 것에까지 눈을 돌리고

탐을 내는 사람아.

– 박재삼, 「천년의 바람」

천 년 전에 하던 일을 바람은 지금도 하고 있다. 그러나 그것은 타성적인 되풀이가 아니라 영원한 새 모습이다. 바람^{자연} 그 자체가 새로움이기 때문이다. 이런 의미에서 위의 시는 우리 인간에게 자연이란 어떤 존재인가를 새삼 깨닫게 해준다.

생명의 원형이며 끝없이 새로움 그 자체인 자연, 이 자연이야말로 시 창작자들에게는 영원한 물음이며 또는 해답이기도 하다. 자연에 깊이 다가갈수록 우리는 생명의 본향에 인도될 것이며, 거기에서 무엇인가를 만나고 깨닫고 발견하게 될 것이다.

조태일(1941.9.30~1999.9.7) 1941년 전남 곡성에서 출생. 경희대 국문과 및 동 대학원 졸업. 1964년 《경향신문》 신춘문예를 통해 등단. 시집으로 『아침선박』, 『식칼론』, 『국토』, 『가거도』, 『자유가 시인더러』, 『산속에서 꽃속에서』, 『풀꽃은 꺾이지 않는다』 외에 『고여 있는 시와 움직이는 시』, 『알기 쉬운 시 창작 강의』 등이 있음. 제1회 편운문학상, 성옥문화대상, 제10회 만해문학상을 수상. (사)민족문학작가회의 부이사장, 광주대 문예창작과 교수를 역임.

제2부
시의 세계

언어를 창조하는 은유

강희안

은유의 개념

은유를 지칭하는 메타포metaphor는 일반적으로 희랍어 'metapherein'에서 유래된 것으로 알려져 있다. 어원을 살펴볼 때, 은유란 'meta'의 '초월해서over·beyond'란 뜻과, 'pherein'의 '옮김carrying'의 합성어로서 '의미론적 전환'을 뜻한다. 표현의 측면에서 직유가 외적 유사성에 바탕을 둔 직접적 비교라면, 은유는 내적 동일성을 바탕으로 한 간접적 비교라는 점에서 차별된다. 은유는 합리적이고 산문적인 비교를 벗어나 질적인 도약을 통해 두 가지 대상을 동일시하거나 차별화하는 기법이다. 나아가 그 두 가지 특성의 교집합을 벗어나 새로운 세계의 관계망을 구축한다. 따라서 다수의 비평가는 은유가 논리를 넘어서는, 혹은 우회하는 사고체계라고 정의한다.

로만 야콥슨R. Jakobson은 회화를 예로 들어 아주 명쾌한 주장을 펼친다. 그에 따르면, 시각 예술에서 사실감의 표현은 자연스럽고 용이한 것으로 생각하지만, 3차원의 실물을 2차원으로 옮기는 것이기에 인위적 방법을 채택한다고 전제한다. 그리고 그림의 박진감은 저절로 인식되는 것이 아니라 '그림의 관습적 언어'를 익혀야 한다는 사실이다. 그런 관습적 방식이 반복되면, 마침내 '추상화'가 되고, 한자어와 같은 '표의문자'로 바뀐다는 것이다. 따라서 이와 같은 핍진성verisimilitude을 회복하기 위해서는 이를 다시 일그러뜨려야 한다는 주장을 펼친다. 결국, 은유에서 대상의 왜곡은 사실을 지시하는 것이 아니라 낯설게 지각하기 위한 방식이라는 논지로 요약된다.

야콥슨이 내린 시적 자질에 대한 정의는 러시아 비평가 슈클로프스키Shklovskii의 '낯설게 하기defamiliarization'와 거의 대동소이하다. 그의 주장은 시가 '자동화'를 깨뜨려 버리면서 우리의 정신적 건강을 강화해 준다는 논리다. 이 두 학자에게 변별점이 있다면, 슈클로프스키는 인식의 주체와 객체 관계를 논의한 반면에, 야콥슨은 '기호'와 '지시체' 사이의 관계를 궁구한다는 점이다. 즉, 현실에 대한 독자의 태도가 아니라 언어에 대한 시인의 태도로 보고 있다. 문학사는 언제나 '사실' 또는 '진실'을 추구하기 위해 전시대의 문체에 반발하고, 보수주의자들은 새로운 문예사조를 사실의 왜곡이니 진실의 파괴라고 부정하며 무시하고 폄하하기 일쑤다.

그러나 어떤 표현도 리얼리티를 추구하지 않은 것은 없다. 그런데도 전시대의 문학이 부정되는 것은 과거 낯설었던 것들이 자동화·습관화되었기 때문이다. 그러므로 문맥을 떠나 어떤 문체 또는 어떤 비유가 더 사실적이라는 주장은 성립하지 않는다. 형식주의자들이 이질적인 수법을 동원하는 것은 참신한 방법으로 사실을 표현하려는 의도의 산물이다. 어느 한 쪽이 더 사실적으로 느껴지는 것은 낯선 것과 친숙한 것 가운데 어느 쪽을 주관적으로 받아들이느냐의 문제다. 비교 조사의 여부에 따른 '직유'와 '은유'의 구별은 오늘날 크게 설득력이 없다는 점을 지적하고, 그 극복 방법을 내세운 이는 필립 휠라이트P. Wheelwright다.

그는 자신의 역저인 『은유와 실재』에서 비유가 이미 알려진 것과 체험한 것을 통해 새로운 경지를 제시하는 방편으로 서술의 형식을 지향한다고 단언한다. 즉 A를 이용하여 B를 제시하는 형식은 결국 'A는 B다'라는 것으로서, 이것은 아주 단순한 서술 양식에 지나지 않는다는 지적이다. 논리적 제약에 집착하다 보면 시가 지닌 비논리적 특성을 모두 수용할 수 없게 된다. 따라서 표면적으로 볼 때 유사성을 축으로 하여 논리적 관계에 치중하는 비유를 치환置換, epiphor이라고 하고, 비유사성을 축으로 하여 비논리적 관계를 통해 새로운 의미를 창출하는 것을 병치竝置, diaphor라 하여 구별한다. 은유는 본의tenor와 매재vehicle의 관계가 외면적으로는 결합의 축을 중심으로 하여 유사성이나 이화성의 형식으로 드러나며 시의 가장 주된 요소를 차지하는 시적 화법 중의 하나이다.

1:1 치환의 방식

은유의 이해는 단순히 유추에 의한 유사성의 발견이나 말의 효과적 전달을 위한 장식이거나 새로운 말의 창조라는 수사학적 논리로는 미흡하다. 차라리 은유의 현대적 논의에서 보여주고 있는 언어의 상호작용이나 긴장 관계에서 그 가능성의 단서가 발견된다. 동일성이니 유추적이니 하는 사고나 상상의 범주에서 이해하려는 은유의 기능이란 결코 시어법의 전유물이 아니라 산문을 포함한 일반적 어법에서도 가능하기 때문이다. 은유의 본질은 어떤 사물을 드러내기 위해 그와 유사한 다른 사물로 치환하여 설명하는 어법이다.

하나의 본의에 두 개 이상의 비교를 위해서는 먼저 설명하려는 관념이나 대상본의이 있어야 하고, 그것과 빗댈 대상매재이 있어야 한다. 그리하여 두 사물 간의 유사성이나 이질성을 통하여 대상을 명백히 가시화해야 한다. 아리스토텔레스는 은유를 '의미의 전이'로 설명하여 의미의 이동을 대치론으로 설명하기도 한다. 이 대치론의 맥락에 '치환은유', 즉 옮겨놓기의 은유가 있다. 치환은유란 두 사물 간의 비교가 아니라 A라는 사물의 의미가 B라는 사물에 의해 자리바꿈하는 것을 의미한다.

형태상으로 보면, 치환이란 용어에서도 드러나듯 'A는 B이다'라는 구문이 성립한다. 치환의 방식으로 구성되는 은유는 모호하고 추상적인 개념본의,내 마음을 이미 잘 알려진 정황이나 사물매재,호수로 대체하여 의미론적 전이를 일으키는 은유의 대표적인 전범이다. 야콥슨의 논리에 의하면 '옮겨놓기'란 등가성의 원리에 입각한 계열의 축으로 구성된다. 또한, 직유에서와 같이 비교 조사가 직접 드러나지 않기 때문에 부분적인 표현에서도 꿰맨 자국이 드러나지 않는다. 따라서 시적 표현의 문리가 트이면 트일수록 널리 활용하는 표현 기교에 속한다.

유사은유

앞에서도 언급했지만, 은유는 본의와 매재를 결합하는 구조적 특질을 지닌다. 그런데 습작생들의 시에서는 본의 따로 매재 따로 노는 경우와 종종 부딪칠 때가 있다. 본의와 매재의 결합이라는 용어에서 '결합'이란 의미를 눈여겨볼 필요가 있다. 다시 말해서 결합이란 서로 유기적으로 얽혀 있다는 것이지 따로 분리되는 것이 아니라는 말이다. 언어적 관점에서는 어떤 사물에 적합한 이름이 다른 사물로 전이된 형식이다. 예를 들어 '내 마음'은 '호수'와 어떤 유사성도 없다. 따라서 이런 표현은 비상사성 속에서 상사성을 인식하는 정신 행위이며, 또 '내 마음'이 '호수'로 변환되면서 의미론적 전이가 일어난다.

이와 같은 은유는 문학 비평가는 물론 전문적인 철학자들에게도 관심의 초점을 모아온 수사적 기법 중의 하나다. 두 가지 대상을 하나로 버무려 새로운 영역을 유추적으로 재현해내는 독특한 세계 인식의 한 방식이기 때문이다. 나아가 은유는 직설적으로 메시지를 전달하는 것이 아니라 일종의 '돌려 말하기'인데, 직설적으로 말하는 것보다 훨씬 생생하고 효율적으로 메시지가 전달된다는 장점이 있다. '유사은유類似隱喩'란 본의와 매재가 1:1 유사성을 축으로 결합하면서 공분모를 드러내는 양식으로서 기존의 '치환 은유'를 좀 더 세분화하기 위해 새롭게 명명한 용어다.

> 손으로 집어먹을 수 있는 꽃,
>
> 꽃은 열매 속에도 있다

단단한 씨앗들

뜨거움을 벗어버리려고

속을 밖으로

뒤집어쓰고 있다

내 마음 진창이라 캄캄했을 때

창문 깨고 투신하듯

내 맘을 네 속으로 까뒤집어 보인 때

꽃이다

뜨거움을 감출 수 없는 곳에서

나는 속을 뒤집었다, 밖이

안으로 들어왔다, 안은

밖으로 쏟아져나왔다 꽃은

견딜 수 없는 구토^{嘔吐}다

나는 꽃을 집어먹었다

– 유종인, 「팝콘」

    상기 인용 시에서 유사성의 축은 "팝콘─꽃 / 내 마음 진창─속 / 창문 깨고 투신─밖 / 내 속을 까뒤집은 것─꽃, 구토" 등으로 추출해 볼 수 있다.

화자가 표현하고자 하는 것은 "내 마음이 진창이라 캄캄했을 때"^(T, 본의)이다. 이것은 상당히 모호하고 추상적인 마음의 상태이지만, "팝콘"^(V, 매재)의 특성을 통해 명쾌하게 구상화된다. 화자는 "뜨거움을 감출 수 없는 곳"에서 화자는 자신이 현재의 고통을 이겨낼 수 없는, 그러한 고통으로 인해 새로운 내적 도약을 예비한다.

화자는 "창문 깨고 투신하"듯이 현재 화자는 힘든 상황을 "내 맘을 네 속으로 까뒤집어보인다"고 말한다. 이 같은 표현을 통해 하얀 속살을 내밀며 팝콘으로 변해가고 있는 자신을 발견한다. 여기서 화자가 말한 '꽃'이란 과연 무엇을 의미하는 것일까? 우선 이 시에서 '꽃'은 표면적으로 '팝콘'을 나타낸다. 팝콘은 옥수수 씨앗이 뜨거움을 감추지 못하고 변혁을 이룩해낸 무의식의 표지다.

나아가 '팝콘'은 극도의 무기력증에 빠진 화자와 동일시되고 있다. 그런데 화자는 이러한 '꽃'을 "견딜 수 없는 구토"라고 표현한다. 즉, "밖이/안으로 들어"오는 순간 "안은 / 밖으로 쏟아져 나왔"기 때문이다. 화자도 내적인 고통의 분화구가 터져 제 속을 밖으로 꺼내 몸을 뒤집어쓴 형국이다. 뜨거워 견딜 수 없는 마음은 밖으로 나오고 단단한 몸은 안으로 들어온 것이다. 그 고통의 몸부림과 뒤틀림이 꽃이라는 몸의 형상으로 동일화되어 새롭게 탄생하는 도약의 순간이다.

쾌락으로 가는

길목에 털이 있다. 궁창이 열리고

땅이 혼돈을 멈추었을 때, 가장 나중에 만들어진 인간을

가장 나중에 완성시킨 건, 아무래도 털이다. 당신이 떠나고

세상에서 가장 싼값으로

인생을 구겨버리고 싶을 때, 낡은 침대나

주전자 옆에서 꼼지락거리는

털.

윤기가 잘잘 흐르는 털. 궁창이 열리고

혼돈이 멈춘 메마른 땅을, 촉촉하게 완성시킨 건

아무래도 풀이다. 땅의 털인

풀.

욕망이 없다면

땅이 풀을

풀이 땅을 간지럽히지 않았겠지.

아, 시원해

물 먹고

주전자 옆에 야구르트 먹고

아, 개운해.

날이 저물고

바람이 불면

빼빼마른 창녀들이

잠자리처럼 날아다니겠지.

궁창이 열리고

땅의 혼돈이 시작되겠지.

— 원구식, 「털」

앞의 시와는 다르게 이 시는 '털'본의이 '풀'매재이라는 전이적 은유 구조로 변용되어 있는 수작이다. 털과 풀은 외형상의 조건은 유사하지만, 내용상의 의미는 이질감을 자아내기에 충분하다. 이질성을 축으로 하는 확실한 두 대상의 결합은 '욕망=생명'이라는 모호한 주제를 구체화하는 특성을 보여준다. 털은 화자에 의하면 "궁창이 열리고 / 땅이 혼돈을 멈추었을 때, 가장 나중에 만들어진 인간을 / 가장 나중에 완성"한 존재다. 그렇지만 이 털은 "쾌락으로 가는 길목"이나 "인생을 구겨버리고 싶"을 때 "꼼지락거리"는 욕망의 이름과 다를 바 없다.

이에 반해 '풀'은 "궁창이 열리고 / 혼돈이 멈춘 메마른 땅을, 촉촉하게 완성"시킨 존재로 긍정화된다. 만약 "욕망이 없다면 / 땅이 풀을 / 풀이 땅을 간지럽히지 않았"을 것이기 때문이다. 이와 마찬가지로 "주전자 옆"에 있는 '털'과 '야구르트'는 "개운해"로 동일화되어 새로운 차원으로 결합된다. 창녀로 야기된 털음모, 욕망과 천지 창조사랑, 탄생라는 쾌락과 생명이라는 이중성을 동시에 환기하는 특성으로 재조합된다. 동양적 사유와 맞물려 있는 성聖과 속俗의 세계를 일여적 관점으로 정관한다는 것은 시인의 확장된 의식이 있었을 때만이 가능한 사유 방식이다.

이와 같이 '유사은유'는 모호하고 추상적인 본의가 상대적으로 구체적이고 이미 잘 알려진 매재로 전이하거나, 구체적인 대상이 다른 이질적인 대상과 결합하기도 한다. 전자에 속하는 유종인의 시가 불확실한 관념을 새롭게 재생하는 효과를 거둔다면, 후자에 속하는 원구식의 시는 두 대상의 차이를 동일화하여 아이러니한 삶의 국면을 보여준다. 본의와 매재의 결합은 동일성을 근간으로 이루어지며, 의미의 변용이나 확대를 가져온다. 이 동일성은 단순한 외형상의 근사한 특질이라기보다 정신적이고 정서적이며 가치적인 측면이 중시된다. 이처럼 치환의 방식은 기능적인 측면에서 볼 때, 유사성의 축이 시적 인식과 의미망을 결정짓는 요소로 작용한다는 점이 중요하다.

이접은유

아리스토텔레스는 은유를 '천재의 상징'으로 보았다. 전혀 다른 사물들 사이에서 공통점이나 비슷한 사물들 사이에 존재하는 이화감을 발견해내는 능력은 분명 천재들에게만 주어진 신의 특별한 선물이다. 만약 누군가에게 상이한 사물들이 각도에 따라 유사하게 보인다면, 아마 그 유사성은 누구에게나 보편타당하게 인지되는 공분모의 발견과 다르지 않다. 아인슈타인은 매일 일어나는 일상적 사건들, 예를 들면 '노 젓기'와 역에서 바라보는 '지나가는 기차' 사이의 유사성을 통해 다양한 영감을 병렬하여 물리학의 수많은 추상적 이론을 완성했다. 또한, 그 어려운 이론을 일상적인 은유를 통해 대중에게 쉽고 친근하게 설명한 일화도 널리 알려져 있다.

일반적으로 은유는 비유할 의도를 숨기면서, 표면에 직접 그 형상만을 꺼내 보여주는 특질을 지닌다. 시인은 독자가 상상적 유추를 동원하여 그 본질적인 상사성想事性을 해석할 수 있는 함축적인 구조를 마련한다. 이러한 은유는 시인의 언어에 관한 인식과 대상에 대한 태도나 표현에 대한 정신의 긴박감 등이 문제가 된다. 은유가 만일 안이하게 사용되면 이미지가 아니라 혼란만 야기한다는 점에 유의할 필요가 있다. 시를 은유의 결정체라고 했을 때, 시작 기술에서 본의와 매재가 1:1 동일성을 축으로 하여 결합하는 동시에 다시 상반된 이미지나 의미로 분리되는 특별한 방식이 바로 '이접은유異接隱喩'이다. 이 기법은 자연스럽게 '낯설게 하기'의 효과도 거두면서 입체적인 구조를 형성한다는 장점이 있어 현대 시인들이 즐겨 구사하는 양식 중의 하나다.

    염소를 매어놓은 줄을 보다가 땅의 이면에

    음메에 소리로 박혀 있는 재봉선을 따라가면

    염소 매어놓은 자리처럼 허름한 시절

    작업복 교련복 누비며 연습하던 가사실습이

    꾸리 속에서 들들들 나오고 있네

    비에 젖어 뜯어지던 옷처럼, 산과 들

    그 허문 곳을 풀과 꽃들이 색실로 곱게

    꿰매는 봄날, 상처 하나 없는 예쁜 염소 한 마리

    말뚝에 매여 있었네, 검은 색 재봉틀 아래

    깡충거리며 뛰놀던 새끼 염소가, 한 조각 천

    해진 곳을 들어 미싱 속으로 봄을 박음질하네

    구멍난 속주머니 꺼내 보이던 언덕길 너머

    보리 이랑을 따라 흔드는 아지랑이 너머

    예쁜 허리 잡고 돌리던 봄날이었네

    쑥내음처럼 머뭇머뭇 언니들은

거친 들판을 바라보던 어미를 두고

브라더미싱을 돌리고 있었네, 밤이 늦도록

염소 한 마리 공장 뒤에 숨어 울고 있었네

부르르 떨리는 염소 소리로, 가슴도 시치며

희망의 땅에, 가느다란 햇살로 박아 놓은 옷이

이제 얼마나 아름다운지, 아기염소 뛰어노는 여기저기

소매깃에 숨어 있다 돋아나는 봄날

언니의 속눈썹 같은 실밥을 나는 뜯고 있었네

— 구봉완, 「재봉질하는 봄」

인용 시는 1970년대의 검은색 몸통의 "브라더미싱"본의을 "염소"매재로 변용하여 은유화하고 있다. 그러면서 다시 "염소"가 봄날 상처하나 없이 깡총거리는 "예쁜 염소"화자와 응달진 공장의 뒤편에서 "부르르 떨리는 염소"언니로 양분되면서 화자의 유년 시절을 재생해내고 있다. 인용 시의 은유 체계를 세분화해 보면, 유사성의 축은 ① '검은 염소—브라더미싱' / ② '염소의 음메에 소리—재봉질 소리' / ③ '염소의 발자국—재봉선' / ④ '황폐한 거친 들판—공장 뒤' 등이다.

이에 반해 이화성의 축은 ① '해지고 허문 곳—희망의 땅' / ② '상처 하나 없이 깡총거리는 새끼 염소—공장 뒤에서 부르르 떨리는 염소' / ③ '비에 젖어 뜯어지던 산과 들—색실로 곱게 꿰매는 봄날' / ④ '구멍 난 속주머니—햇살로 박은 옷' 등이다. 이 시의 시적 구획은 생계를 책임진 언니의 희생공장의 미싱과 그 혜택을 받아 가사실습학교의 미싱에 임한 화자의 상반된 삶의 양면이 한 꾸리로 병치되어 있다. 언니의 '고통스런 현실'과 화자의 '내면적 상처'가 염소의 울음이라는 '재봉질 소리'에 의해 극복된다.

이와 같은 은유는 봄날의 생명력 있는 이미지와 공장의 신산한 현실이 접면을 이루고 있다. 따라서 화자는 우리 근대사의 음영을 상호 화사하고 화해로운 재봉질로 갈무리한다. 시 속의 언니에게는 암울한 그늘이 드리워져 있지만, 화자가 "한 조각 천"으로 "해진 곳을 들어 미싱 속으로 봄을 박음질하"고 있는 정황이다. 삶의 간극과 환부를 아름답게 봉합하는 이 은유적 상상력은 낯선 의미 충돌을 유발하는 동시에 "햇살로 박아 놓은 옷"을 상상 공간에서 마름질하며 아름답게 완성된다.

÷의 달이 호수에게 왜 나를 비추느냐를 묻자 그는 나를 비춘 적이 없다고 되물었다. 구름이 서행하다 몸의 스크럼을 푼 곳은 문자 이전일까, 이후일까? 그녀는 나와 괜히 결혼했다고 트집을 일삼으며 웃었다. 통통 튀던 %들조차 널 중심으로 나를 취했으나, 한쪽으로 기울었다. 삐딱한 관점에서 너는 위장 이혼을 종용했다. 그들이 거주한 몸은 빗장뼈를 뽑았기 때문에 헐거웠다. 시가 살아 있기 때문에 그는 솔직할 수 없다고 고백했다. ᅥ에 고착된 그들은 양쪽 도어록을 잡고 울었다. 서로 힘껏 잡아당겨서 열리지 않았다. 예수의 발 뒤꿈치도 뒤집어 볼 수 없었다. 파경을 각오한 호수의 달빛이 시퍼런 칼날을 휘둘러댔다. 기도로써 뽑아든 평등의 벽을 보았다

— 강희안, 「÷%ᅥ」

인용 시는 자아와 대상, 기표와 기의가 긴밀하게 동일화되어 의미를 명징하게 만드는 서정의 순기능이 거세되어 있다. 결코, 동화될 수 없는 자아와 대상과의 파열을 겪는 서정의 역기능에 시선이 고정된다. 시인은, 은유를 통해 기호 표현의 양면성에 관심을 끌면서 기존의 세계가 고착화한 관념의 폭력성에 집중한다. 인용한 시의 화자는 무엇보다도 세계와 불화를 겪는 시적 정황을 초점화하고 있다. 제목은 '÷'이성라는 수식이 각도의 형태를 달리하면서 '%'기대지평로 미끄러지고, 나아가 궁극적으로는 평등이 벽이 되는 '↑'감성의 형태를 지향한다.

'수식'이라는 가장 확실한 이성적 세계에서부터 '확률'이라는 모호한 가능성의 세계를 거쳐 '마음'이라는 가장 불확실한 심리적 세계까지를 함축한다. 인용 시에서는 수식을 대표하는 '÷'T가 유사성을 축으로 하여 '호수의 표면에 비친 달'V의 형상으로, 확률을 대표하는 '%'T가 널뛰기의 '널'V의 형상혹은 뻐딱한 관점으로, 마음을 대표하는 '↑'T은 문과 문고리가 되어 서로 "양쪽 도어록을 잡"고 있는 형상V으로 은유화 된다.

이와는 역으로 이화성의 축에서 볼 때, "÷의 달"주체은 호수객체에게 "왜 나를 비추느냐를 묻자 그는 나를 비춘 적이 없다"고 진술하는가 하면, "%들"까지도 "널타자 중심으로 나자아를 취했으나, 한쪽으로 기울었다"는 불화에 봉착한다. 나아가 시인은 "↑에 고착된 그들"소통은 "서로 힘껏 잡아당"긴 결과 자아와 기호의 관계가 "평등의 벽"절연이 된 심각한 국면을 포착한다. 결국, 인용 시의 골격은 "결혼했다고 트집" 잡혀 "위장 이혼을 종용"당하고, 결국 "파경"을 염두에 둔 형태로 분리되는 형국이다.

이상과 같은 '이접은유'는 동화와 이화의 두 축이 서로 넘나들며 의미를 생성하는 구조다. 구봉완의 시가 상반된 삶의 음영이 화해로운 재봉질로 갈무리되는 동일성의 측면을 강조한다면, 강희안의 시는 기호 표현의 양면성을 통해 자아와 대상의 불화감에 주목한다. 유사성과 이화성의 기능적인 측면을 볼 때, 동화의 축은 시적 인식을 새로운 관계망으로 응집하여 시적 골격을 만들어낸다. 이에 비해 이화의 축은 아이러니한 삶의 보편적 진실이라는 결구를 이끌어내는 힘을 발휘한다는 특징이 있다. 즉, '유사은유'가 단순하지만, 감각적이고 명료한 직접적인 이미지라고 한다면, '이접은유'는 시의 주제와 관련되어 유기적이고 긴밀한 다중적이고도 입체적인 구조를 형성한다는 점이 다르다.

강희안 1965년 대전에서 출생. 배재대 국문과 졸업 후 한남대 대학원 박사 졸업. 1990년 『문학사상』 신인상 당선으로 등단. 시집으로 『지나간 슬픔이 강물이라면』, 『거미는 몸에 산다』, 『나탈리 망세의 첼로』, 『물고기 강의실』 외에 저서로 『현대문학의 이해와 감상』, 『석정 시의 시간과 공간』, 『문학의 논리와 실제』, 『새로운 현대시론』 등이 있음. 현재 『미네르바』 편집위원 및 배재대 출강.

침묵하는 연인의 홍조와 열망

김백겸

순수의 전조

한 알의 모래 속에서 세계를 보고
한 송이 들꽃 속에서 천국을 본다.
손바닥 안에 무한을 거머지고
순간 속에서 영원을 붙잡는다.

Auguries of Innocence

To see a World in a grain of sand
And a Heaven in a wild flower,
Hold Infinity in the palm of your hand,
And Eternity in an hour.

– 윌리엄 블레이크, 「순수의 전조」 부분

이 시를 처음 읽고 가슴이 뛰었던 생각이 납니다. 큰 세계를 이토록 짧은 시 안에 표현한 시를 본 적이 없었기 때문이고, 또 하나는 시로서 시 밖의 세계를 드러낼 가능성을 보았기 때문입니다. 선시禪詩가 언어와 사건의 역설과 어긋남을 통해 생각 밖의 세계를 드러내는 데 비해 이 시는 언어와 사건이 어긋나지 않고도 유추와 상징으로 무한 세계를 드러내는 아름다움이 있었습니다. 아름다움이란 주관적이어서 이런 시에서 아름다움을 느끼지 못하는 경우도 있습니다. 경험이 다르기 때문입니다. 또한, 자신이 익숙하게 보던 개념들과 언어들이 아니므로 그림이 그려지지 않을 수도 있습니다. 초등학생들이 이 시를 보고 느낄 당황함이 생각납니다.

언어

시는 언어로 이루어져 있습니다. 언어들에는 우리가 기억이라고 부르는 감각과 경험의 내용이 달라붙어 있습니다. '달라붙다'는 의미에는 '배워서 익혔다'는 뜻과 한 단어에 여러 경험과 감각이 동시에 매달려 있어 다양한 의미를 만들어낸다는 뜻도 있습니다. 그래서 우리는 자기가 본 '들꽃'(쑥부쟁이나 수선화나 개망초의 경험)과 자기가 배운 '천국'(기독교인의 천국과 오스트레일리아 원주민의 천국이 다름)으로 이 시를 이해할 것입니다. 생각이 주로 언어라는 상징체계로 구성되는 데 비해 의식은 언어에 느낌과 감정을 포함한 보다 큰 범위입니다.

언어로 보는 그림보다 의식은 더 큰 세계지도를 보고 있습니다. 세계世界란 인간 의식이 파악한 시간과 공간의 그림입니다. 우리 각자가 본 세계지도의 크기는 대소大小와 고저高低와 형태가 매우 다르리라 생각합니다. 여기에 더 복잡한 문제가 있습니다. 바로 무의식입니다. 우리 뇌를 관찰한 결과 뇌는 자원의 5퍼센트를 의식 활동에, 무의식 활동에 95퍼센트를 사용한다고 합니다. 프로이드가 '무의식'을 발견한 이래 무의식을 더 연구한 칼 융은 무의식이 계층구조Persona, Shadow, Anima, Self로 이루어져 있으며 정신의 소여 구조인 원형Archetype을 포함한다고 생각합니다. 인간의 세계 인식은 의식이 본 그림에 추사해서 선명하진 않지만 보다 큰 그림을 배후에 두고 있습니다.

시는 이런 무의식의 그림까지를 포함해서 드러내는 표현입니다. 이런저런 사정을 감안하면 상징인 언어가 담당할 수 있는 용량은 인간 마음의 1퍼센트 정도라고 유추가 됩니다. 1퍼센트의 상징 언어는 글자를 포함한 도형, 기호, 색채, 음악 등 여러 형식이 있습니다. 글자를 주로 해서 마음이 본 세계 전체를 표현하는 시는 그래서 유추와 은유를 통한 암시를 통해 이루어집니다. 시를 쓰는 일은 조금 과장해서 바늘귀를 지나가는 낙타의 수고로움과 비견할 만합니다.

유추Analogy와 은유Metaphor

유추와 은유는 복잡한 현상들 사이에서 내적 관련성이나 기능적 유사성을 알아내는 정신작용입니다. 패턴이 같다고 여겨지는 사건을 같은 개념의 범주로 파악하는 것입니다. 과학은 유추와 은유가 비논리적이라서 사물에 대한 정확한 지식을 알려주지 않는다고 비난할 수 있습니다. 그러나 유추와 은유는 정확하지 않기 때문에 경험에 알려진 것과 경험에 알려지지 않은 것

사이에 다리가 될 수 있습니다. 상상의 도약으로 새로운 세계의 그림을 그려볼 수 있도록 도와줍니다. 창조적 상상력이란 두 사물 간의 숨겨진 관계를 드러내는 것입니다.

'한 알의 모래'는 우리가 흔히 경험하는 사물입니다. 초등학생과 어린아이도 모래는 잘 이해합니다. 오히려 모래를 가지고 장난하는 놀이를 읽어버린 어른보다 생생하게 이해할지도 모르겠습니다. 그러나 세계, 즉 인간이 경험한 시간과 공간의 크기(기억과 교육으로 전승된 인류가 경험한 시간과 공간 내의 모든 사물로 확장이 가능)를 이해하기란 쉽지 않습니다.

블레이크는 '한 알의 모래'에서 '세계'를 유추했습니다. 그 내용이 구체적으로 무엇인지 우리는 알 수가 없습니다. 그러나 독자는 자신이 본 시간과 공간의 경험을 살려 블레이크의 유추로부터 새로운 유추를 감행합니다. 유추의 유추는 고급 정신 기능입니다. 창조적인 사람만이 할 수 있습니다. 나는 고급 독자가 이런 생각의 도약을 하도록 암시한 블레이크가 위대한 시인이라고 생각합니다. 블레이크가 예시한 공간 안의 사물들 '한 알의 모래'와 '한 송이 들꽃'과 '손바닥'은 모두가 낡고 부서지는 존재들입니다.

이 일회적인 존재의 가엾음에서 유추한 '세계'와 '천국'과 '무한'은 녹슬지 않고 부서지지 않는 '황금'으로써의 세계 전체를 암시합니다. 블레이크는 개별적인 사물에 깃든 전체로서의 일자—者를 드러냄으로써 '낡고 부서지는 존재'가 자신의 한계를 초월한 존재의 일부임을 드러냈습니다. 강력한 은유는 인간의 경험에 '알려진 것'에서 '알려지지 않은 것'을 드러낼 때 이루어집니다. 훌륭한 은유는 시인에게 자신이 지닌 최대의 지혜와 집중력을 요구합니다. 물론 독자에게도 동일한 크기의 상상을 강요합니다.

현대 물리학은 시간과 공간 안의 모든 사물이 빅뱅 후 '초 에너지'가 식으면서 디자인됐다고 말합니다. 중력과 강력과 약력, 그리고 전자기력이 나타난 후 서로의 상관관계로 시공간과 물질이 디자인됩니다. 태초의 재료가 모두 같다는 이야기입니다. 물론 이런 직관은 인도의 '우파니샤드'나 '불경'에 있는 사상들입니다. 서양은 플로티누스Plotinus의 '신플라톤주의'의 사유와 '영지주의'에서 발견됩니다. 그러나 블레이크의 시적 직관은 자신의 눈으로 본 것을 통해 자신만의 고유 언어로 이를 표현해냈습니다.

감정이입Mirroring & Empathy

뇌 과학자들이 재미있는 결과를 발표했습니다. 원숭이가 땅콩을 집어 먹는 순간에 이 동작을 보던 다른 원숭이의 뇌도 동일한 흥분이 일어나는 뉴런 집단을 발견했습니다. 인간이 타인의 정서를 이해하는 신경 기전이 밝혀졌습니다. 타인이 매를 맞는 장면을 보고 내가 매를 맞는 것처럼 고통을 느낍니다(물론 강도는 차이가 있겠지요). 영화나 연극을 보는 관객이 주인공이 되어 스토리에 몰입하는 내부 가상 현실 시뮬레이션을 과학자들은 미러링Mirroring이라고 이름을 붙였습니다. 타인에 대한 행동모방능력은 진화상 5만 년 전쯤에 폭발적으로 발전했다고 합니다. 집단생활이 중요해지면서 타인에 대한 모방 능력이 문화를 만들어내는 원천이 됐다고 해석합니다. 이 능력이 손상된 자폐아와 정신분열자들은 심각한 사회 부적응 장애를 나타냅니다.

모든 예술은 감정이입을 기반으로 해서 성립합니다. 작가의 정서(타인의 정서)를 이해할 수 없으면 그 작품의 내용은 전달될 수 없습니다. 칼 포퍼는 새로운 이해를 하는 가장 유용한 방법으로 감정이입을 생각했습니다. 그의 생각에 의하면 감정이입이란 '문제 속으로 들어가 문제의 일부가 되는 것' 입니다. 감정이입의 가장 친숙한 경우가 인간의 사랑인데 사랑에 빠진 사람은 사랑하는 사람의 존재 일부가 되는 것처럼 느낍니다. 육체적으로 한 몸이 되는 에로스와 정신적으로 한 몸이 되는 '아가페'의 형식이 생각납니다.

내가 생각하기에 '시Poesie'와 사랑에 빠지지 않고는 시를 쓸 수가 없습니다. 그 감정이입의 형식이 에로스와 아가페를 취하는 것은 개인의 스타일이지만 사물에 대한 깊은 공감능력, 사랑이 필요합니다. 무용가 이사도라 던컨은 무용이 사람의 몸속에 감정이입기제를 자극하여 '관객이 스스로 몸을 움직이고 싶게 만드는 것'이라고 생각했다고 합니다. 시도 마찬가지입니다. 시란 시의 독자가 시인이 느낀 포에지의 세계를 스스로 시인이 되어 체험하는 것으로 생각합니다. 독자로 하여금 스스로 시인이라고 생각하게 하는 것, 이것이 시 창작의 요체입니다.

열정Passion

이 단어를 단순히 배웠을 때는 영한 번역으로 열정, 격노, 욕망을 의미하는 심적인 에너지라고 생각했습니다. 삶의 다른 일도 마찬가지이지만 예술은 특히 열정을 요구한다는 점에서 열정Passion이야말로 시 창작의 원동력이 아닐까 생각한 적이 있습니다. 얼마 전에 〈패션 오브 크라이스트〉 영화 제목을 보고 'Passion'이 '수난受難'도 의미한다는 사실을 알게 되어 무식을 면했습니다. 기표 하나에 다중 의미가 있다는 것은 이미 알려진 언어이론 이지만 나는 열정과 수난이 한 몸의 다른 표현이라는 점에 홍미를 느꼈습니다. 알려진 바와 같이 예수는 종교적 열정이 지나친 분이었습니다. 당대의 보수 이데올로기인 유대교의 교리를 부정하고 혁명적인 종교 사상을 퍼뜨려 집권층의 반감을 샀습니다. 예로부터 권력은 체제 위협자를 반역이라는 누명을 씌워 삼족을 멸했지요. 신의 소명과는 상관없이 객관적 상황으로 볼 때 예수의 수난은 예고된 수순이었습니다.

시도 종교적 열정과 비슷한 점이 있습니다. 시인^{예술가}은 자신의 열정에 의해 기존 문화 가치가 찬양하는 예술 형식을 새롭게 전복하려고 합니다. 혁명가는 혁명이 성공할 때까지 수난을 당합니다. 혁명적인 작품을 창작했으나 당대에 인정받지 못한 수난을 당한 예술가가 많습니다. 화가로서는 고흐가 대표적이지만 「순수의 전조」를 쓴 블레이크도 당대에는 인정받지 못했습니다. 종교적인 신비를 주제로 시를 많이 썼는데 기존의 기독교 교리 해석을 뛰어넘는 작품이 많았습니다. 사회적인 불이익과 수난에도 불구하고 시인이 기존의 사물 인식을 전복하려는 이유는 심혼의 열정 때문이라고 생각합니다. 'Passion'은 축복과 저주의 양가감정兩價感情을 가진 말입니다.

은폐

사랑에 빠진 영혼은 그 열정을 감출 수가 없다고 말합니다. 열정을 감추고자 할 때 눈은 대상을 직접 보지 못하고 눈길을 아래로 향하게 합니다. 발화하지 못한 정념은 얼굴과 목에 홍조로 나타납니다. 많은 문학 작품에서 사랑에 빠진 연인이 침묵과 그윽한 눈길로 말하는 장면이 등장합니다. 침묵하는 연인 사이에는 긴장이 있지요. 사랑에 빠진 정신─시도 이와 비슷한 위기와 과정을 거칩니다. 시적 대상에 매혹 당한 시인은 자신의 마음을 드러내고자 하는 욕망으로 시를 씁니다. 현실가는 욕망의 대상을 싸워서 쟁취합니다. 권력과 돈과 육체적인 힘으로 얻습니다. 시인은 현실의 약자이기에 자신의 마음을 직접 드러내지 못합니다. 연애에 비유하면 구혼을 못하는 것입니다. 그러나 욕망은 감출 수 있는 성질이 아니어서 시인은 자신의 마음을 수줍게 표현하는데, 나는 문학의 아름다움과 매혹이 여기에서 발생한다고 생각합니다.

수줍음은 현실적으로 드러낼 수 없는 것을 비언어적인 방식으로 표현하는 강력한 기호입니다. 시는 현실을 말하고자 하는 것이 아닙니다. 말할 수 없는 것을 드러내고자 하는 표현입니다. 시는 은유와 상징이라는 감춤을 통해 시인이 말하고자 하는 바를 더 간절하게 드러냅니다. 인간만이 사랑과 욕망의 미로인 삶에서 먼 길을 돌아가는 존재입니다. 동물은 욕망의 순간에 바로 섹스를 합니다(가장 에너지가 적게 들고 현실적입니다). 인간 중에서도 특히 시인은 사랑의 방식에서 도달할 수 없는 목표를 정하고 환상의 거울에 비친 자신의 열정과 숭고함을 사랑하는 나르시스트입니다.

이 이야기를 블레이크의 시 「순수의 전조」에 대입해 봅니다. 블레이크는 사물에 깃든 '절대정신'에 매혹 당했습니다. 그러나 그는 절대정신이라는 '대타자'에게 자기주장을 할 수 없는 약한 인간이기에 그는 '한 알의 모래' '한 송이 들꽃'으로 자신의 마음을 드러냅니다. 문학적인 용어로 '주체'와 '대타자'와 '현상'과 '본질' 사이에 긴장이 발생합니다. 원관념과 보조관

넘의 거리가 멀수록 시적 긴장이 높아지는 은유 법칙이 있습니다. 얼굴을 가린 베일이 깊을수록 연인에 대한 환상이 깊어지고 유혹이 발생합니다. 인간이 표현하는 수줍음과 유혹은 한 욕망의 다른 형식입니다. 수줍음은 대상에 대한 욕망을 끝없이 지연시키고 방황하게 하여 욕망의 샘물이 마르지 않도록 합니다. 예술가는 결코 원하는 목표에 도달할 수가 없습니다. 문학작품이 끝없이 창작되는 이유입니다.

놀이

시란 사고와 감정을 재료로 해서 상상력으로 만들어지는 놀이입니다. 사고란 내면화된 행동이며 실제 행동을 위한 시뮬레이션입니다. 감정은 사고의 다른 형식이고 외부 사물에 대한 희로애락의 판단이 개체가 취하는 행동 지침의 원인입니다. 그래서 시란 현실에 대한 많은 가능성을 제시하는 인간의 앎의 형식이라고 말하고 싶습니다. 그런데 놀이이기 때문에 현실의 성패를 따지지 않고 자유로운 형식으로 상상 놀이를 할 수 있습니다. 마치 꿈과 같이 현실에서는 불가능한 일들을 시에서는 할 수 있습니다. 시간과 공간을 뒤집고 기존의 앎을 변형시키고 시 형식 같은 게임의 규칙마저 자신이 새로 만들 수 있습니다.

시를 잘 쓰려고 너무 심각하게 긴장해도 시는 '구멍을 판 여우'처럼 숨어 버립니다. 어떤 시인은 열심히 지나쳐 여우 구멍을 파는 사람도 있지만, 영리한 여우는 이미 세 개의 예비 구멍을 파고 있어 달아나고 없습니다. 시는 자신과 놀 준비가 되어 있는 아이에게 고개를 내미는 어린 여우와 같습니다. 자유연상에서의 언어는 여우처럼 상상력의 변화를 보여주고 결국은 다른 세상의 마법을 보여줍니다. 어떤 여우와 노느냐가 시의 내용과 품격을 결정하는데 꼬리가 아홉인 천 년 묵은 구미호이면 더 좋겠지요.

「순수의 전조」에서 블레이크는 '무한'과 '영원'이라는 구미호와 놀았고 그의 상상력은 단순하면서도 통찰이 깊은 시를 썼습니다. 사실상 이 시는 다소 긴 장시의 첫 부분입니다. 천변만화千變萬化의 상상력을 보여주는 시행들이 이어지지만, 핵심은 이 4행에 있습니다. 나머지는 다 사족입니다. 현교顯敎인 『반야심경』은 공空에 대한 해석을 보여주다가 마지막으로 말할 수 없는 경지를 드러내기 위해 밀교密敎인 주문으로 끝나고 마지막에는 침묵합니다. 언어분석 철학자인 비트겐슈타인은 "말할 수 없는 것에 대해서는 침묵해야 한다"는 명제를 말했지만 시는 침묵으로부터 수줍게 드러내는 연인의 홍조이자 열망입니다. 시인은 침묵할 수가 없습니다. 세계에 대한 그의 사랑에 대해 표현하고자 하는 욕망에 사로잡힌 연인이기 때문입니다.

김백겸 1953년 대전에서 출생. 충남대학교 경영학과와 동 대학원 졸업. 1983년 『서울신문』 신춘문예 「기상예보」가 당선되어 등단. 시집으로 『비를 주제로 한 서정별곡』, 『가슴에 앉힌 산 하나』, 『북소리』, 『비밀 방』, 『비밀정원』 등과 시론집 『시적 환상과 표현의 불꽃에 갇힌 시와 시인들』, 『시를 읽는 천 개의 스펙트럼』, 『시의 시뮬라크르와 실재라는 광원』이 있음. 현재 '시힘', '화요문학' 동인, 웹진 『시인광장』, 계간 『시와 표현』 주간.

나의 시론

문태준

"비단 주머니에 새 시가 가득하다오."

1.

새 시집을 낸 소회를 말하는 것은 큰 소득이 없다. 헛헛한 가슴을 석류를 쪼개 보이듯 할 수는 없는 노릇이다. 올해 시집을 낸 한 지인이 그러길 "나 정말 죽겠어요, 형편없어요"라고 말하던 게 아마도 솔직한 심정일 것이다. 왜 그런지는 알 수 없으되, 그냥 쓸쓸하고 바짝 마른 열매 같고 그렇다.

나는 요즘 집 주변의 들길을 산책하는 데 보람이 있다. 아파트 주변을 살짝 비껴가면 참으로 희한하게 소소한 들길이며 농장이며 숲길이 있다. 그 흙길을 걸어가다 보면 저물어 저녁이 되어도 좋다. 그리고 그 인근에 배를 파는 집이 몇 군데 있다. 주인은 올해 배가 달기가 그만이란다. 그러나 나는 배를 파는 작고 주저앉은 그 함석집이 좋다. 멀리 산을 넘어 줄달음쳐 고향 집 마루에라도 앉은 기분이 된다. 이런 산책은 마른 가을 갈대 같은 마음자리를 그나마 보살펴 준다.

2.

요즘은 밥집에서 흰 쌀밥을 받을 때 마치 산에 사는 스님이라도 된 듯이 '오관게五觀偈, 불교에서 공양할 때 외우는 다섯 구의 게송'를 염송하는 버릇이 생겼다. 밥 먹기 전 외우는 오관게는 대충은 이런 내용이다.

"이 음식이 어디서 왔는고. 내 덕행으로 받기 어렵네. 탐진치를 버리고 도업을 이룰지니, 다만 몸이 말라 병들지 않는 약으로 삼아 이 공양을 받네."

물 한 방울에도 8만 4천 마리의 벌레가 들어 있다는데 어찌 한 그릇 밥이 만들어지기까지의 모든 노고를 잊은 채 사사로이 공양을 받겠는가. 시를 섬기는 것이 오관게를 외우는 자세쯤 되었으면 좋겠다고 생각할 때가 많다. 시인의 삶이 이처럼 검박하면 좋겠다고 생각할 때가 많다.

3.

우리에게 잘 알려져 있지 않은 '현칙'이라는 스님이 있다. 그 스님이 생전에 쓴 일기가 『산중일지』라는 제목으로 출간되었는데, 볼 때마다 감흥이 적지 않다. '빙판에서 미끄러지다'라는 짧은 글은 세인을 주눅 들게 하는 선승의 기개가 있다. 내용인즉 이렇다.

"어느 날 밤에 변소에 가다가 얼음에 미끄러져서 펄썩 주저앉았다. 발목이 금방 퉁퉁 붓고 꼼짝할 수가 없어서 업혀 들어가 요강에 오줌을 누었다. 오줌은 요강으로 해결하더라도 방에서 똥냄새를 피워 가며 살 일은 아니다 싶어서 그날부터 먹는 일을 그만두었다. 한 일주일간 지내니 지팡이를 들고 변소에 갈 만하기에 그때부터 다시 먹기 시작했다."

얼마나 아름다운가. 폐를 끼치는 일이 없도록 곡기를 끊고 지냈다는 문장을 지날 때면 나는 털썩 울고 말게 된다. 이 문장 앞에 내 시도 나도 송구하다. 나는 내 시와 나의 하루하루가 너저분한 얼룩을 남기지 않기를 바란다.

4.

쏜살같이 내려와 토끼를 낚아채 가는 새매수릿과의 새처럼 시는 일순에 쏟아져야 한다는 말을 나는 좋아한다. 확확 터져 나오는 그런 것이 전율처럼 올 때를 나는 기다린다. 그게 잘 안되어서 밤늦도록 전전긍긍하는 때가 많다. 큰 재주가 없다는 뜻일 게다. 삶과 시의 터전이 영 시원찮다는 뜻일 게다. 제 꼬리를 물고 있는 뱀처럼 고만고만하다는 뜻일 게다. 큰 재주가 없으면 오래오래 기다리는 수밖에 없다. 술이 익을 때까지 기다리는 수밖에 없다. 이렇게 기다리다 보면 나는 또 송구하다. 대체로 나는 사상이나 윤리 같은 것이 전면에 드러나는 시가 좋기만 한 시는 아니라고 생각한다. 그림자처럼 거느리는 배경이 있는 시를 좋아하는 게 내 시의 취향인가 보다.

5.

'무상無常'과 '공空'을 생각할 때가 많다. 변화하지 않는 것이 없다. 나도 변하고, 변하는 내가 본 세상도 끊임없이 바뀐다는 이 말이 좋다. 또, 그렇게 변하기 때문에 '我'라고 말할 게 없다는 사실도 나는 흔쾌히 수긍한다. 이 세상에 목숨을 받아 와서 머무르고 변화하다 결국 소멸하는 이 사연을 어쩔 것인가. 죽어 '중음中蔭'에 머무르다 다시 환생하는 이 목숨의 순환을 어쩔 것인가. '我'라 고집할 게 없기 때문에 다른 생명을 섬기며 살아야 한다는 가르침을 두 손으로 곱게 받을 때가 많다. '입아아입人我我人'이라는 걸 뼈에 새긴다. 그러나 시가 사상이나 윤리 그 자체이어서는 곤란하므로 이런 것들을 시의 몸에다 한 벌의 옷처럼 입혀 보기도 하지만, 소출은 적다.

중국의 가상대사 길장 스님은 죽음을 맞이하여 다음과 같은 시를 남겼다고 한다.

"이齒를 가지고 털을 품은 자는 삶을 사랑하고 죽음을 두려워한다. 삶에서 죽음이 온다. 내가 만약 태어나지 않았다면 무엇에서 죽음이 있겠는가? 마땅히 처음에 태어남을 보고, 마침내 죽음이 있음을 안다. 그러므로 삶에 울고 죽음을 두려워 말라."

죽음에 익숙해야 한다. 그럴 때 내가 지금 서 있는 이곳에서 노래하고 곡哭할 수 있을 것이다. '사이'라는 말의 숨결을 나는 좋아한다. 이것과 저것의 틈, 그 틈을 내력을 구멍을 들여다보길 좋아한다. 그 틈에는 눈물도 있고 웃음도 있다. 외로운 방 같은 '사이'라는 말이 단풍처럼 곱다.

6.

불교의 수행자들은 같은 나무 아래 여러 날 머물지 않았다고 한다. 그마저 애착이 될 수 있기 때문이었단다. 다르게 이해하면 '걸식의 정신'이라 부를 만할 것 같다. 하지만, 나는 두려울 때가 많다. 한 곳에 머물러 이내 일상과 혼백이 부패하리라는 불길한 예감 같은 것이다. 시업도 삶도 웅덩이의 물처럼 고이게 될까 두렵다. 이런 걱정은 족쇄처럼 내 발목을 잡고 있어 끝내 내려놓지 못할 것 같다.

7.

조선시대를 통틀어 몇 안 되는 전업 시인 가운데 한 분인 이달李達은 나그네 생활을 숙명처럼 받아들이며 시를 썼다고 한다. 나는 이달의 시 가운데 「강을 따라서」라는 시를 좋아한다. 시는 이렇다.

"강변 십리 길을 굽이굽이 돌면서 / 꽃잎 속을 뚫고 가니 말발굽도 향기롭다. // 산천을 부질없이 오고간다는 말 마소 / 비단 주머니에 새 시가 가득하다오."

시를 지을 수 있었기 때문에 이달은 객지 생활의 고달픔을 견딜 수 있었으리라. 나도 시로 나의 누추한 생활을 견딘다. 견디어 견디어 사라질 것이다. 시를 뜨거운 한 그릇의 쌀밥으로 섬길 것이다.

"비단 주머니에 새 시가 가득하다오." 이 얼마나 부러운 소식인가.

문태준 1970년 경북 김천에서 출생. 1994년 『문예중앙』 신인문학상에 시 「處暑」 외 9편으로 등단. 시집으로 『수런거리는 뒤란』, 『맨발』, 『가재미』, 『그늘의 발달』, 『먼 곳』 등이 있음. 동서문학상, 노작문학상, 미당문학상, 소월시문학상, 유심작품상 등을 수상. 현재 시힘 동인.

시점의 선택과 내용의 변화

박주택

1.

시 창작에서 가장 중요한 것은 시를 쓰겠다는 의지다. 대부분의 사람이 시를 쓰겠다는 생각만 있을 뿐 그것을 실천에 옮기지 못하거나 곧잘 쓰지만 이러저러한 이유로 중도에 그만두는 것을 허다하게 보아 왔다. 그때마다 느끼는 것은 저렇게 의지가 부족해서야 혹은 시라는 것을 아무나 쓰나 하는 망연감茫然感이었다. 다행히 인간은 타고난 위대함이 있어 시라는 형식을 재빨리 눈치를 채는 기술을 가졌다. 그래서 몇 달 안에 사람들은 시라는 것의 형체를 나름 그릴 수 있게 되었고 어느 정도 자신감을 가질 수도 있게 되었다. 그러나 그뿐이었다. 몇 년이 지나도록 게으름과 박약薄弱을 고칠 수가 없었다.

주지하다시피 시점이라는 용어는 소설적 어휘이다. 그렇지만 시 창작 용어로 굳이 차용하는 이유는 시점이 화자나 거리 또는 어조 등과 유기적 맥락을 이루기 때문이며 창작에서도 쉽게 적용할 수 있는 편의성을 지니고 있기 때문이다. 시 이론가에 따라서는 시점과 화자의 불가분의 관계를 들어 화자의 선택이 곧 시점이라는 의견을 내놓고 있으며 나아가서는 화자가 말하려고 하는 내용인 화제話題조차 시점의 간섭을 받는다고 말하고 있다. 이처럼 시점의 선택은 매우 중요하다. 시점이 비록 소설의 경우에 더 많이 쓰이는 용어이기는 하나 이것을 시에 관입貫入하는 이유도 여기에 있다.

소설의 시점은 통상 1인칭 주인공서술자 시점, 1인칭 관찰자객관적 시점, 3인칭 관찰자객관적 시점, 3인칭 전지적 시점 등으로 분류한다. 1인칭 주인공 시점은 화자가 자신의 이야기를 하는 것이다. 따라서 시가 주관적인 고백의 성향을 띠는 것이라 전제로 한다면 대부분의 시가 이에 해당한다고 할 수 있다. 이 시점의 맹점은 자신만의 이야기를 주저리주저리 이야기함으로써 독자와의 거리를 멀게 하는 데 있다. 자신이 자신의 이야기를 하는 대신 독자는 그 내용에 대해 그저 물끄러미 바라볼 수밖에 없는 것으로 화자와 텍스트의 거리는 가깝지만, 텍스트와 독자의 거리는 그만큼 멀어진다는 뜻이다. 어조 역시 자신의 이야기를 함으로써 격앙, 분노, 참담, 절망 등의 감정이 여과되지 않은 채 드러날 수 있으며 화제 또한 화자만이 알고 있는 사소성에 그칠 가능성이 크다.

반면에, 1인칭 관찰자 시점은 화자가 대상 혹은 세계를 관찰하는 것으로 화자와 텍스트의 거리는 멀지만, 텍스트와 독자의 거리를 좁히는 강점을 지니고 있다. 즉, 화자의 이야기가 객관적으로만 제시되어 있어 독자가 자세히 들여다 보지 않으면 그 내용을 알 수 없다. 이 시점은 사물을 객관적으로 제어하는 통제의 원리에 의존한다. 따라서 자아를 타자화시키거나 자신의 이야기를 객관화함으로써 보다 냉정하게 자신의 생각을 보여줄 수 있다. 어조에도 차분하고 침착할 수 있는 것이 특징이다.

3인칭 시점은 1인칭 시점이 가지고 있는 내용의 폭을 보편적으로 확대시킨 것이 특징이다. 이는 1인칭 시점이 안고 있는 주관성을 극복하고 있는 것으로 풀이된다. 3인칭 관찰자 시점은 주로 관찰하고 묘사하는 보여주기 showing기법에 의존하는데, 이 시점의 강점은 1인칭 시점이 안고 있는 동일화의 오류에서 벗어나 사물을 그 자체로 바라보게 하는 데 있다. 이에 따라 화제는 우리 눈앞에 전경화前景化되어 보이고 어조 또한 침착함을 유지한다.

3인칭 전지적 시점은 말 그대로 화자가 전지전능한 관점에서 텍스트에 관여하는 것으로 내부 심리나 내용을 깊이 있게 전달하는 데 용이하다.

시에서 시점은 매우 복잡한 이론을 요구한다. 그러나 이 글이 시 창작 실기에 도움을 주는 것에 목적이 있는 만큼 우리가 알고 있는 이론과 다소 거리가 있을 수 있다는 것을 전제할 수밖에 없다. 특히 3인칭 시점은 시라는 것이 다른 장르와는 달리 주관성의 문학이며 대상의 자기표현의 장르라는 것을 감안할 때 과연 시에서도 존재하겠는가 하는 것을 상기할 때에도 그렇다. 그러므로 이 글은 어떤 이론을 세워 그 준거에 맞추기보다는 내가 학생들을 지도하면서 파악한 글임을 밝히며 지도하는 학생들의 작품을 중심으로 분석해 보기로 하겠다.

2.
화자는 시 속의 내용을 말하는 전달자로서 서정적 자아라고도 일컫는다.

화자의 결정은 시의 구조에 밀접히 연계되어 있는데 그것은 화자의 심리적 상태나 환경 등에 따라 시의 내용에서부터 시의 형식을 이루는 제반 요소들에까지 영향을 미치기 때문이다. 흔히 우리가 화자를 시인과 오해해서 읽기도 하는데 그것은 잘못된 것이다. 화자란 시인이 자신의 얼굴을 감춘 채 대신 내세운 대리인agent이거나 자신의 이야기를 잘 전달할 수 있도록 허구화시킨 시적 인물에 불과하다. 시점은 이 화자의 인칭과 관계한다. 아래의 시를 보자.

방조제 안에 오래도록 갇혀 있던 바다
나도 바다처럼 썩어
더 이상 똑바로 서 있지를 못하지
삶은 이렇게 흔들리는 거라고
두꺼운 구름 아래에서 목 졸린
하루가 떨어지며 중얼거린다
겨울을 물고 온 철새들과
도시에서 밀려난 철새들이 늘어선 흉흉한 휴일이면
나는 내 발 밑에서 솟아오르려는 추억을
썩히려고 그곳으로 돌아오곤 했지
아프지 않은 추억이 있을까마는
몸뚱이를 던져버린 간척지에는
놀란 기억들이 구름을 지우고 날아오른다
바다 어디로부터 새어나오는 흔들리는 삶의 핏줄기를

바라보며, 위로 받을 수 없는 배고픈 하루

뜨거운 굴밥으로 허기를 채우려는

메마른 입 속에서는 굴 껍질 같은 하루가

썩어지지 않으려는 몸부림으로

섞이지 못하고 흉흉한 휴일 속에서 서걱거린다

― 박호균, 「A지구 방조제」

이 시의 문면에 드러난 화자는 '나'이다. '나'가 '나' 자신의 이야기를 풀어가고 있으므로 이 시의 시점은 1인칭 주인공^{서술자} 시점이다. 내용은 이렇다. 화자^나는 휴일에 서해에 있는 A지구 방조제에 가서 바다와 구름 그리고 철새들을 바라보며 과거의 고단했음을 떠올린다. 그리고는 메마르고 허기진 현재적 삶에 대해 되돌아보고 그 속에서 살아갈 수밖에 없는 자신의 일상적 삶을 가라앉은 어조로 노래한다.

이 시의 약점은 시의 형식을 잘 갖추고 있음에도 불구하고 1인칭 서술자 시점이 안고 있는 딜레마대로 자신이 지니고 있는 현재의 정서를 적절히 통어하지 못하는 데 있다. 구체적으로 살펴보자. '나'가 서해에 간 것은 과거이다. 그러나 엄밀히 말하자면 이 시를 쓰고 있거나 쓰인 상황은 바다를 다녀온 뒤의 상황인 현재이다. 즉 서해에 간 것은 과거인 데 비해 이 시를 쓰고 있는 정서나 내용은 책상에 앉아 쓴 현재에 깊이 개입되어 있다는 뜻이다. 결국, 이 말은 창작자가 바다 앞에 선 것 같지만 그것은 과거를 현재화시킨 것에 불과하다.

창작자가 과도하게 감정을 과거 혹은 사물에 투사하고 있는 이 시는, 현재의 정서를 적절히 제어하지 못한 채 나열에 그치고만 느낌이 든다. '나도 바다처럼 썩어' '목 졸린 하루' '흉흉한 휴일' 등에서 보이고 있는 외부 세계와의 손쉬운 타협과 가학적인 동일화가 이를 증명한다. 자신의 이야기를 함으로써 마음은 시원하겠지만, 자칫 개인의 사소한 경험에 그치는 수가 있으므로 자신의 감정이나 사유를 좀 더 숙성시킬 필요가 있다. 이 같은 시에서는 삶의 고단함을 술회할 때 삶의 발견이나 깨달음을 동시적으로 병치했으면 어떨까 하는 생각이 든다.

새벽 홍원항에 고래 한 마리
옅은 숨을 몰아쉬며 죽어가고 있다
바다에는 물안개가 스멀스멀 피어오르고
너는 이제 바다를 잊어야 했다

비린내가 질퍽하게 스며든
시멘트 바닥에 얼굴을 쑤셔 박고
물살을 가르던 네 지느러미를 늘어뜨리며
너는 너무 멀리까지 바다를 걸어나온 일들을
후회하고 있는 것일까
어떤 물빛이 네 눈가에 어리는 것 같기도 하고

고래에게는 이제 꼬리도 지느러미도 없다
검은 고무와도 같은 등 위로 죽음의 그림자가 어릴 뿐

그리고 먼 곳처럼 배경에 바다가 있을 뿐이다

더는 나아갈 길이 없는 곳에서의 젖은 기억들은

그 절망의 순간조차도 얼마나 눈부신가

감은 고래의 눈에 아직 바다가 출렁인다

— 이은경, 「고래에게는 바다가 없다」

'나'가 '너'인 고래에 대해 기술하고 있는 이 시는 관찰의 형태를 띠고 있다는 점에서 1인칭 관찰자 시점이라고 할 수 있다. 여기서 '너'에 해당하는 '고래'는 실제의 '고래'일 수도 있고 타자화된 '자신' 혹은 '그 어떤 것' 정도가 될 것이다. 이 시는 앞의 시가 자신의 이야기를 풀어 가는 것과는 달리 '고래'라는 사물을 묘사하고 관찰함으로써 거리를 적절히 유지하는 하고 있다. 그러나 1인칭 주인공 시점이 자신의 이야기를 다층적이고 다성적으로 풀어갈 수 있는 강점이 있는 반면에 1인칭 관찰자 시점은 장면을 제시한다거나 보여주는 것에 그치는 약점이 있다. 이 시 역시 생명의 시원始原인 바다를 잃고 사지死地를 헤매는 '고래'의 절망이 다소 냉정한 어조로 묘사되어 있다. 1연에서의 '바다에는 물안개가 스멀스멀 피어오르고' 2연의 '비린내가 질퍽하게 스며든 / 시멘트 바닥에 얼굴을 쑤셔 박고 / 물살을 가르던 네 지느러미를 늘어뜨리며' 등은 이 시에 사실성과 핍진성을 부여한다.

하지만 이 시 역시 '나'가 바라보는 구체적 대상인 '고래'(너)에 이야기를 한정화시킴으로써 1인칭 주인공 시점이 안고 있는 과도한 자기 고백의 위험만큼 관점과 대상에 대한 해석과 견해가 축소될 위험성을 안고 있다. 즉 대상에 대해 초점이 맞춰져 있는 만큼 대상이 지니고 있는 속성에 크게 벗

어나지 못하는 것이다. 결국, 1인칭 주인공 시점에서는 적절하게 창작자가
자신의 감정을 제어하여 표현하는 요령이 필요하고 1인칭 관찰자 시점에서
는 축소된 대상에 '의미'를 부여하여 그 대상이 우리에게 주는 참된 '의미'
가 무엇인지를 일깨워 주는 것이 필요하다 하겠다.

3.

> 낭낭한 새벽을 짊어지고 온 산은
> 아침 터는 물소리에 목을 적신다.
>
> 지난 밤
> 산 오른 물안개들 웅얼거림에
> 잠 못 들어 뒤척이다 그만,
> 청솔모도 다람쥐도 아니 깨우고
>
> 저 홀로 바삐 목을 적신다.
>
> — 김재남, 「산 하나」

　묘사로만 이루어진 이 시는 대상인 '산'이 전경화前景化되어 있다. 여기에
는 화자의 해석이나 사유가 거세된 채 '산'의 풍경만이 제시되어 있을 뿐이
다. 관찰로만 제시된 이 시는 아침 산의 청신함과 정적이 이미지화되어 있
을 뿐 화자나 청자가 개입할 틈이 보이지 않는다. 3인칭 관찰자 시점을 택

하고 있기 때문에 얻을 수 있는 강점은 대상을 생생하게 전달하는 데 있다. 이미지 시나 즉물시 혹은 사물시 등이 이에 해당하는 것으로 여기에는 화자의 정서가 억제되는 대신에 대상이 중요한 부면을 차지한다.

화제話題가 중심이 되는 이 시점은 1인칭 관찰자 시점과 마찬가지로 관찰과 묘사, 장면 제시 수법과 보여주기 기법 등이 사용되고 있으나 1인칭 시점보다 더 화자의 정서가 억제되고 있다는 점에서는 훨씬 객관적이다. 그러나 이러한 시점이 빠질 수 있는 오류는 사물을 있는 그대로 묘사함으로써 생겨날 수 있는 건조함이나 무의미한 내용의 나열에 있다. 그러므로 이를 어떻게 극복하는가가 난점으로 남아 있다고 하겠다. 이 시에서도 이 같은 것이 잘 나타나 있다. 즉 아침 산에 오르면서 만날 수 있는 풍경만이 별다른 해석 없이 객관적으로 기술함으로써 '그래서 어떻다' 하는 화자의 사유가 빠져 있는 것이다.

거리의 측면에서 이 시는 1인칭 시점이 빠질 수 있는 '지나치게 가까운 거리'를 넘어서고는 있지만, 이 시가 주는 주제적 의미가 무엇인가 하는 정보가 불충분하게 주어져 있는 까닭으로 시의 내용과 독자와의 거리는 그만큼 멀어져 있다. 이에 따라 이를 적절하게 조절하는 기술적 배려가 필요하리라생각한다.

그는 늘,
아내 몰래 질펀한 연애 한번 할 궁리를 한다
검은 구두가 현관을 빠져나오자마자 울리는 무선의 선
아내보다 젊은 연인이다

삶은 빨래의 군살이 배인 이야기거리가 아닌

생야채 즙의 신선한 풀 냄새, 살진 힘이 솟는다

퍽퍽한 화운데이션 향이 짙은 골동품 냄새를 낸다

적포도주 속에서 숙성시킨 비곗덩어리

아내의 뱃살과는 사뭇 느낌이 다르다

뚱뚱한 아내와 통통한 그녀

그는 늘,

그것의 이중적 신비함이 언제까지일까

그 궁금함을 즐긴다

아내의 첫 키스와는 다른

한잔의 생야채 즙을 삼키며

무선의 다리미로 구겨진 아침의 주름살을 편다

그는 늘 궁리를 한다

아내와의 이불 속에서

죽통 같은 몸부림의 변명 거리를

또한 궁리를 한다

늘 아내를 사랑하고 있다고

스스로에게 면죄부를 찍는

― 서영미, 「궁리」

이 시의 주인공으로 등장하는 '그'는 바람을 피우는 사내이다. '그'는 아내 몰래 질펀한 연애를 꿈꾸며 아내와 젊은 연인 사이의 아슬아슬하게 이중적 삶을 오가는 사내이다. 이 시는 '그'를 주인공으로 삼는다는 점에서 3인칭 시점이다. 그러나 '그'가 처해 있는 현재적 상황을 바탕으로 하여 '그'의 심리적 상태를 화자가 일일이 개입하고 있다는 점에서는 전지적 시점이다. 이 시점의 강점은 1인칭 시점이 함몰될 수 있는 감정의 과잉을 적절히 제어할 수 있는 한편 '그'의 내부로 침투하여 화자의 정서를 용이하게 투여할 수 있다는 데에 있다. 다시 말해서, 1인칭 시점이 안고 있을 수밖에 없는 동일화의 감정을 배제함으로써 얻을 수 있는 객관성과 그 객관성을 극복하고자 하는 화자의 정서나 사유의 침투가 쉽게 전달되는 측면이 있다.

그러나 이 시점의 한계는 시가 주관적 양식을 압축시킨 것이라 할 때 화자의 정서나 사유가 '그'를 통해 치환되어 전달될 수밖에 없는 특징을 지니고 있다. 즉, 자칫하면 남의 이야기만을 공소하게 한다는 오해를 불러일으킬 위험성을 안고 있다는 뜻이다.

모든 것이 그렇듯이 어떤 시점을 택하든 거기에 도사리고 있는 장점과 단점을 살펴 그 장점을 살리는 한편, 단점이 가지고 있는 것을 적절히 보완하는 지혜가 필요하다. 그러려면 많이 읽고 많이 써 보는 노력이 선행되어야 한다. 특히, 시라는 것이 인간의 무한한 사유를 제어하고 다듬어 그것을 구조화시키는 것이라고 한다면 이 같은 노력은 더욱 절실해 보인다.

「궁리」는 재미있는 주제를 선택하여 아내와 젊은 연인을 묘미 있게 대조시키고 있음에도 불구하고 사고가 너무 많이 침투되어 있고 그 해석이 단순함에 그치고 있다. 특히 이 시의 마지막 연은 이 같은 의미에서라도 생략

했어야 마땅하다.

시점은 시 창작에서 중요한 기본이 되고 있다. 그것은 어떤 시점을 택하느냐에 따라 거리, 어조, 리듬, 시어의 선택, 정조 심지어 주제까지 달라지기 때문이다. 그러나 시 창작에서 어떤 시점이 좋은가는 정답이 없다. 그것은 경우에 따라서 적절히 활용하는 기술적 태도가 요구될 뿐이다. 이에 따라 시적 구조뿐만 아니라 미적 완성도도 달라질 것이 분명하기 때문이다.

박주택　1959년 충남 서산에서 출생. 경희대 국문과, 동 대학원 졸업. 1986년 『경향신문』 신춘문예로 등단. 시집으로 『꿈의 이동건축』, 『방랑은 얼마나 아픈 휴식인가?』, 『사막의 별 아래에서』 등이 있고 시론집 『낙원 회복의 꿈과 민족 정서의 복원』과 평론집 『반성과 성찰』, 『붉은 시간의 영혼』 등이 있음. 제5회 현대시작품상, 제20회 소월시문학상 수상. 현재 경희대학교 국문학과 교수.

시, 존재로서의 진리체

윤의섭

1. 다르게 보기, 또는 재배치

이 세계의 진리란 원래 세계 안에 잠재되어 있는 것이다. 진리란 그래서 새롭게 창조될 수 있는 것이라기보다는 새롭게 발견해내야 할 그 무엇이다. 적어도 나에게는 진리를 발견할 수 있는 것만으로도 충분하고, 아주 버거운 일이다. 이때 시는 발견한 진리를 드러내는 장소이다. 그러니까 시는 일종의 존재, 즉 '있다'라는 실재적 차원으로 현존하며 일정한 체적 속에 진리를 담고 있는 존재인 것이다.

시의 주된 본질을 미적인 것으로 간주한 것은 칸트이며, 그 후 시의 미적 요소를 밝히는 행위가 시의 가치를 규정하는 일방통행과도 같은 방향성으로 자리 잡게 되었다. 이러한 편향된 인식의 다른 방향에는 하이데거 Heidegger나 가다머Gadamer 등이 있다. 그들은 시를 진리를 담고 있는 존재로 볼 수 있는 관점을 제시하였다. 어찌 되었건 명백히 단언하건대 '미'는 시라는 존재의 일부일 뿐이다. 시라는 존재는 '미' 말고도 더욱 많은 것을 담고 있다. 그것은 한마디로 '진리'라고 말할 수밖에 없는 세계의 본질을 내재하고 있으며, 우리가 알지 못했거나, 알면서도 지나쳤거나, 전혀 생각지도 못했던 사건들로 가득 차 있는 복잡다단複雜多端한 세계인 것이다.

시를 통해 누구나 흔히 아는 이야기를 직접 말하지 않는 것은 현상적으로 보이는 세계의 진리를 굳이 시로 표현할 필요가 없기 때문이다. 눈에 보이거나 보이지 않는 사실들, 증명되었거나 증명되기 어려운 진리조차 과학과 수학과 종교로 접할 수 있다. 그렇다면 시는 과연 어떤 진리를, 어떻게 얘기해야 하는가. 또한, 어떻게 드러내야 우리에게 그것이 진정 진리의 세계라고 받아들여질 수 있겠는가. 이러한 연유로 인하여 시는 날이 갈수록 복잡해지고 까다로워진다.

시를 미적인 것으로 이해하려는 단순한 시도도, 시가 독자에게 감동을 주고, 그리하여 그 조화로운 예술적 아름다움에 빠져들어 시가 전하고자 하는 진리를 느끼게 하려면 미적인 요소가 어느 정도 필요하기 때문에 나타난 현상이다.

또한, 우리가 흔히 아는 시적 기법들은 은유나 환유와 같은 비유, 낯설게 하기, 직선적 시간성의 해체, 행과 연 등의 형태적 변용, 진술의 다양한 전개 방식 등등 역시 일반적으로 알려지지 않은 진리를 드러내고 전달하고 인식시키고 깨닫게 하고 수용하고 용납하고 공감하고 사실로 받아들여지게 하기 위한 방법들이다. 물론 이러한 방법들 자체도 시를 진리체를 담고 있는 존재로 가능케 하는 시의 일부이기도 하다.

진리를 담고 있으며 그 자체로서 진리인 시는 그러므로 기존의 문법과는 다르게, 기존의 개념 설정과는 다르게, 기존의 관점과는 다르게 표현된다. 이것을 달리 말하면 다르게 보는 관점에 의한 세계의 재배치라고 할 수 있다. 그러니까 일상적인 위치에 놓여 있는 개념들을 진리를 드러내기 위한 목적으로 다르게 배치하기, 우리가 알고 있는 사실들로부터 새로운 사실을 밝혀내기 위한 목적으로 이접하고 분절시키며 유예시키기, 이것이 내가 생각하는 시라는 존재의 현존 형식이다.

재배치는 나뿐만 아니라 모든 시인이 실행하고 있는 방식일 것이다. 예를 들어 거리에 서 있는 죽어가는 나무와 누군가의 주검을 담은 관을 나란히 놓고 등가의 개념으로 설정하는 것은 일상적인 현실에서는 적용되지 않을 일이지만, 시에서는 그 둘이 갖고 있는 의미, 즉 삶과 죽음에 있어 자연과 인간의 관계성을 직관할 수 있는 계기를 마련해 주는 배치이다. 여기에는 다만 적재적소의 배치라는 난제가 있을 뿐이다.

2. 스타일, 스케일

스타일은 일차적으로 문체를 의미한다. 스타일은 개성이나 수사학과 관계가 있는 것이다. 그러나 여기서는 다른 방식의 스타일을 얘기하고자 한다. 그것은 어떠한 시를 읽었을 때 독특하면서도 묘한 느낌을 불러일으키는 그 시인만의 지문과도 같은 스타일을 의미한다. 그것은 분위기와 관계가 있다. 모든 시는 저마다의 분위기를 풍긴다. 그런데 분위기는 원래 감각적으로 감지되기 어려운 실체이다. 구체적으로 시의 어떤 부분 때문에 특정한 분위기가 형성되는지 꼬집어 지적하기는 어렵다. 분위기는 사실 시 전체의 유기적 구조에 의해 발생한다.

　분위기의 종류는 다양하다. 즐거운 분위기, 슬픈 분위기, 우울한 분위기, 상큼한 분위기, 낯선 분위기, 긴장한 분위기, 무서운 분위기, 기괴한 분위기, 묘한 분위기, 충격적 분위기, 설레는 분위기, 행복한 분위기, 가슴 벅찬 분위기 등등. 이러한 분위기는 시의 어느 한 구절이나 한 행, 한 연만으로 형성되는 것은 아니다. 또한, 부분적인 분위기와 시 전체의 분위기는 전혀 다를 수 있다.

　예를 들어 시에 욕이 잔뜩 들어 있다 하더라도 꼭 무서운 분위기나 기분 나쁜 분위기가 형성되는 것은 아니다. 반대로 정겨운 분위기나 즐거운 분위기가 형성될 수도 있다. 이 역시 유기적 배치의 구조에 의한 것이긴 하지만 본질적으로 분위기는 시인이 어떠한 의도를 갖고 있느냐에 따라 결정되는 것이다. 즉, 시인이 즐거운 분위기의 시를 쓰고자 한다면 거기에 소용되는 어떠한 시어나 장치도 즐거움을 형성하는 데에 복무하게 되는 것이다.

　한때 내 주된 관심사는 죽음을 소재로 한 현실 표상이었다. 이 세계를 죽음의 시선으로 바라보고자 한 것이 아니라 이 세계가 곧 죽음 자체라고 판단했기 때문이었다. 삶과 죽음은 유한한 우리 인간이 규정한 개념일 수 있는 것이고, 만약 그렇다면 그 개념은 다른 방식으로 규정될 수도 있는 것이다. 즉 삶과 죽음도 어떤 관점에서는 똑같거나 무의미한 구분일지도 모르는 일시적인 개념일 수도 있는 것이다. 그리하여 나는 온갖 죽음으로 무성한 시를 썼는데 이미 죽음을 삶과 구분할 필요가 없는 일상적인 현상으로 봤기 때문에, 그리고 삶이 곧 죽음이므로 이 세계를 죽음 자체로 보았기 때문에 시는 건조하고 객관적이며 죽음 외의 것을 지향할 필요가 없는 무덤덤한 스타일을 갖게 되었다. 이러한 스타일은 죽음의 분위기를 형성하고자 할 때 자연스럽게 나타날 수밖에 없다. 그리고 나는 죽음의 분위기를 시에 담아내기 위해 스스로 죽음의 분위기에 휩싸이기 위해 노력했다.

최근에는 한마디로 요약하기는 어렵지만 고양된 분위기, 숭엄한 분위기, 장중한 분위기, 깨달음의 분위기, 묘령의 분위기 등을 드러내려 하기도 하고, 진득한 분위기, 애틋한 분위기, 육중한 분위기를 드러내려 노력하기도 한다. 그리고 이러한 분위기를 형성시키기 위해 상승 지향의 스타일, 고답적인 하향 지향의 스타일, 사유의 스타일, 돈오 각성의 스타일로 시가 쓰이는 것 같다. 어떻게 보면 이는 거대 담론을 끌어오는 거시적이면서도 종횡무진 하는 활달한 문체이다.

이런 스타일은 큰 규모의 스케일을 요구한다. 그리고 이 스케일은 시공을 초월하고 영원을 누비는 상상력과 근원적인 성찰이 필요하다. 시를 읽는 이 역시 방대한 스케일에 동참하기를 원한다. 그리하여 시 속에서, 시를 통하여, 시에 의해 원대한 심원으로 이끌리기를 바란다. 단순히 초월적인 것만을 의미하지 않는다. 이 스케일은 내 지문과도 같은 스타일로 형성된 분위기에 휩싸여 있다. 그러한 분위기는 자못 진지한 것이고, 나의 현실에 뿌리를 내리고 있다. 이 세계와 밀착된 세계인 것이다.

3. 큰 시의 존재성

세상에는 많은 시가 있고, 시인 각자의 개성이 녹아 있는 좋은 시들이 많다. 그 가운데 내 시는 어떠한가. 진리를 담고 있는 진리체로서의 시가 되려면 어떻게 해야 하는가.

나는 '큰 시'를 꿈꾼다. 내가 바라는 시의 가치와 의미는 사소성에 있지는 않다. 물론 사소성의 가치를 폄하하는 것은 아니다. 그것은 큰 시의 토대이기도 하기 때문이다. 다만 시는 전체로서, 존재로서 우리 앞에 나타나야 한다. 큰 시의 존재성은 우선 스스로에게 위안이며 늘 바라마지 않는 추구의 양태이다.

그래서인지 나의 시에는 자연물과 자연 현상이 자주 등장한다. 자연은 그 무엇보다 큰 존재성을 지니고 있다. 그것은 인공적인 것과 대비될 때보다 효과적이다. 많은 시가 내면의 언어, 심리를 드러내는 언어, 주변의 언어, 논리적 언어, 개념적 언어, 언어의 언어로 쓰이고 있는 현대에 자연을 소재로 하는 시는 고리타분하게 보일지도 모른다. 그러나 자연물을 지시하는 언어가 한 방울이라도 들어갔을 때 그 한 방울이 시 전체를 물들일 수 있는 힘을 지니고 있다고 나는 믿는다. 이때 소재의 빈곤이나 자기 소재 모방은 경계해야 할 부분이다. 그러니 늘 새로운 사유가 필요하다.

시는 어제의 시와 다르기 때문에 문학이라는 예술성을 획득할 수 있는 것이다. 시는 늘 달라야 하며 늘 바뀌어야 한다. 그 가운데 나 스스로 보기에도 발전해 나가야 하는 것이 시이다.

오늘 내가 쓴 시는 내일 내가 쓸 시의 결함이다. 하여 나는 오늘 내가 쓴 시가 못다 이룬 바를 다시 내일 쓸 시에서 이루고자 항상 애를 쓴다. 이런 추동推動으로 내가 쓸 마지막 시는 어제의 시가 못다 이룬 세계를 좀 더 명백히 드러내려는 고뇌의 흔적을 담고 있을 것이다. 그 시가, 그 고뇌하는 존재로서의 시가 있는 한, 세계는 또 하나의 우주를 껴안고 있는 셈이다. '큰 시'라는 우주의 존재는 실재적이다. 그 우주가 실재한다는 것은 진리이다.

윤의섭 1968년 경기도 시흥에서 출생. 아주대 국문학과, 동 대학원 졸업. 1992년 『경인일보』 신춘문예, 1994년 『문학과 사회』를 통해 등단. 시집으로 『말괄량이 삐삐의 죽음』, 『천국의 난민』, 『붉은 달은 미친 듯이 궤도를 돈다』, 『마계』가 있음. 웹진 『시인광장』, 『시와 경계』 편집위원, '21세기 전망' 동인으로 활동 중. 현재 대전대학교 국어국창작학부 교수.

시론 2

이수명

시의 토대

시를 쓰는 일은 무엇을 원하지 않는 상태가 되는 일이다. 혹은 무엇을 원하는지 알지 못하는 상태가 되는 일이다. 시를 쓰기 위해서는 눈앞에 펼쳐지는 시간과 공간, 사물들, 현실의 이름들을 거부하고 그것들로부터 멀어지기를 계속해야 한다. 그들과의 밀착에서 벗어나야 하고, 그들과의 사이에 틈을 만들어야 한다. 일종의 공황 상태다. 의식은 마비 상태에 가까운 무력증을 드러내고, 두뇌는 기능을 잃는 듯이 여겨진다. 가진 것을 잃은 것이다. 이는 지각, 감각, 기억, 연상 등을 잃고 사라져 버리는 일이다. 정신이 무장 해제되는 것, 바로 이것이 시의 토대이다.

무장 해제된 정신이란 정신의 자유로움을 뜻한다. 시는 정신이 거느렸던 기존의 무기를 버리고 무기의 형식으로부터 자유로운 것이다. 그리고 자유로움은 그 자체가 새로운 무기이다. 더 날카롭고 강력한 무기이다. 감각은 새로운 차원의 감각이어서 시각과 청각은 물리적 한계를 넘어서 감지할 수 없었던 것들을 포착하며, 인식은 사물들의 경계를 넘나드는 경지로 나아간다. 투시하고, 침투하며, 스며든다. 이러한 일련의 과정은 교란을 가져온다. 앞에 서서 흔들어 버리는 것, 정신의 전위, 이것이 시의 토대이다.

그러나 이와 같은 자유로움을 위해서는 내면에 무엇보다도 황무지를, 개간되지 않은 영토를 확보해야 한다. 거칠고, 황량하며, 무의미한 황무지가 펼쳐져야 한다. 주어진 모습을 찬양할 뿐, 바늘 하나 꽂을 수 없게 가꾸어진 정원의 창백한 충만은 시가 들어서기엔 운위의 폭이 너무 좁다. 무의미한 황무지에서 보내야 하는 맹목적인, 무차별적인 시간은 정신을 소모시키며, 그러므로 들끓는 정신을 소비하는 데 황무지는 필수적이다. 황무지가 넓고 광활할수록, 필요 없는 삽질을 깊이 할 수 있으며, 깊이 들어갈수록 수맥을 만날 가능성은 넓어진다.

이미지 혹은 말

이미지와 씨름하는 시인이 있고 말과 씨름하는 시인이 있다. 이미지는 묶여 있고, 말은 풀려 있다. 이미지는 사로잡으려 하고 말은 해방되려 한다. 이미지에 의한 이미지 비판이 더 강력한 이미지로의 전환이라면, 말에 의한 말의 비판은 막을 수 없는, 커 가는 심연에 대한 말들의 동원이다. 이미지를 지향하는 시는 구상에 가까워지고, 말들을 운용하려는 시는 추상에 기울어진다.

언제나 이미지나 말을 찾아 헤매는 시인들은 이미지나 말들이 침입하는 순간을 기다리고만 있지는 않는다. 이렇게 가까이서 오는 시가 있는가 하면, 아주 멀리서, 뜸을 들여, 힘겹게 오는 시도 있다. 그때 그는 멀리서 오는 시를 손을 내밀어 끌어야 하며, 그 거리를 단축시키려는 노력을 하게 된다.

예컨대 어떠한 한 순간 혹은 하나의 말을 폭력적으로 가로막거나 잡아채기도 하고, 이미지들과 말들을 새로운 공간에서 혼합, 배양시키기도 하는 것이다. 그는 멀리서 오는 시를 전혀 모르고 있기 때문이다. 시가 완성되는 순간까지 그는 자신이 시의 밖에서 헤매고 있다는 생각을 하게 되며, 그 정체를 깨닫지 못한다. 지루한 수작업이 계속될 뿐이다. 멀리서 오는 시는 이러한 미궁 속에서 대체로 완성된다. 그리고 이 과정 자체가 시 속에 녹아 들어 있다.

이미지나 말과 씨름한다는 것은 말 그대로 그것이 험난한 과정임을 암시한다. 이미지나 말은 대개 문을 닫아걸고 있다. 문을 열고 눈앞에 있어도 어딘가 다른 곳에 그들이 존재하는 듯이 여겨진다. 그 다른 곳을 찾아 다가가지만, 그 다른 곳은 또 다른 곳에 있다. 시를 쓰는 일은 패배의 연속이다. 문 앞에서 거절당하고 돌아서기 마련인 것이다. 시인에게는 뇌 속으로 땀이 흐르는 일이다. 하지만 저항이 강력할수록, 강한 폭포수일수록 그것을 역류한 물고기는 생명력이 넘친다.

사물들

사물들은 상상 속에 존재한다. 상상 되었을 때 사물들은 시로 들어온다. 이것은 사물이 상상 속에서 구성된 존재임을 나타내는 것이다. 사물을 구성하는 요소는 여러 가지다. 빛, 색채, 음향, 질감, 냄새, 속도, 움직임 등등. 그리고 이 모든 것이 모여 이루어지는 사물의 이미지는 가장 중요하다. 이미지 너머에는 아무 것도 없고, 있다 해도 알 수 없다.

　사물들은 눈앞에 현존하고 있지만 현존 속의 부재, 즉 제 육체 속으로 사라지기 때문에 불러내어 대화를 시도하는 것은 불가능에 가깝다. 사물들이 물질 단위가 되어 물질의 감수성으로 운동하는 것을 지켜보기 위해서는 오랜 시간이 필요하고, 여러 방향의 상상이 촘촘히 얽혀야 한다. 상상이 명료할수록 사물의 움직임도 선명하다. 상상은 사물의 집, 존재의 집이다. 집 속에서는 사물들은 침묵이라는 죽음의 외투를 벗는다. 그들은 분주히 이동하고, 넘나들고, 흩어지고, 모여든다. 불투명한 것은 투명해지고, 투명한 것은 불투명해진다.

　시 속으로, 상상 속으로 들어온 사물들은 매혹하는 사물들이다. 매혹적인 존재들이 그러하듯이 그 사물들은 선명하면서도 붙잡을 수 없고 설명할 길이 없다. 시인이 사물들에 충분히 매혹되어 있을수록 사물들은 압도적이면서도 모호하고, 순간적이면서도 다면적인 면모를 지니게 된다.

　시인은 사물의 이러한 우월성에 순종해야 한다. 사물이 키가 커지고, 그림자가 길어지고, 색채가 다양해지고, 움직임이 풍부해질 때, 그리하여 시인이 아주 작아지거나 사물 속에서 사라져 버릴 때, 사물들은 자신을 발견함으로써 세계를 확장한다. 세계는 더 많은 미지와 가능성을 얻게된 것이다.

운율

운율은 동의와 다툼의 화음이다. 동의하지만 다투고, 다투지만 동의한다. 시가 음향에 이끌리는 것은 시에게는 언제나 좋은 일이다. 운율을 벗어났을 때 시는 행복하고, 벗어나 더 포괄적인 운율 체계를 직감했을 때 시는 행복하기 때문이다. 또는 운율에 굴복했을 때 시는 행복하고, 굴복 하여 날개를 얻었을 때 시는 행복하기 때문이다.

말과 침묵

한 편의 시에서 말과 침묵은 여러 가지 모습으로 나타날 수 있다. 환유의 화려한 발달이 말의 아름다운 결합을 돋보이게 하는 시가 있고, 말을 하기는 하지만 침묵이 그 우위에 서 있는 시가 있다. 전자는 브르통Andre Breton의 「자유로운 결합」 같은 시를 들 수 있고, 후자는 본느푸아Yves Bonnefoy의 「소리」를 들 수 있다. 그리고 세 번째 경우도 있다. 말의 반대편에서 침묵이, 침묵의 반대편에서 말이 오고, 말과 침묵이 서로를 읽는 듯, 읽지 못한 듯, 무심하게 지나치는 경우이다. 이는 시를 읽을 때 말들의 소용돌이와 무관하게 읽혀지지 않고 끝내 말해지지 않는, 형체를 알 수 없는 또 하나의 소용돌이가 저변을 관류할 때에 해당된다. 여기에는 미쇼Michaux, Henri의 「태평한 사람」 같은 시가 있다.

모든 시는 말과 침묵이 씨실과 날실로 엮여 있는 구조를 하고 있다. 말은 침묵을, 침묵은 말을 잉태한다. 말 속에는 말보다 더 많은 침묵이, 침묵 속에는 침묵보다 더 많은 말이 도사리고 있다. 말은 침묵을 폭파시키려 하고, 침묵은 말을 폭파시키려 한다. 말과 침묵은 언제나 대칭을 벗어나 비대칭을 지향하지만, 다시 말해서 말과 침묵이 하나가 되기를, 침묵으로 말하고, 말로 침묵하기를 원하지만, 이는 관념적인 결합에 지나지 않는다. 사실상 시에서 말이 침묵이 되고 침묵이 말이 되는 것은 극히 드문 일이다. 말은 계속되는 말을 통해서만 침묵을, 침묵은 계속되는 침묵을 통해서만 말을 품을 수 있기 때문이다.

시인

시인은 자신이 쳐 놓은 덫에 걸린 사람이다. 시를 썼을 때에만 그는 그 덫에서 빠져 나올 수 있다. 펜을 잡고 언어와 씨름하고 있을 때, 그는 자신이 쓰고 있는 시가 완전한 형태로 존재하는 어떤 시에 근접하고 있음을 느낀다. 그 접근이 용이치 않아 불만족스러울 때는 덫이 더 옥죄어 들고, 어느 순간 갑자기 폭발하듯 언어들이 쏟아져 나오는 경우, 그는 그 덫에서 해방됨을 느낀다. 한 편의 완성된 시 앞에서 시인이 느끼는 감정은 사실 이 해방감 외에는 없다. 그는 해방되기 위해 쓰고 또 쓰는 것이다.

시적 인식

인식이라는 것은 자립적으로, 매개 없이, 직접적으로 이루어질 수 없다. 그것은 언제나 인식 대상에 대한 형상화의 옷을 필요로 한다. 형상화는 인식에 이르는 길 같은 것이다. 어떤 의미에서 보면 말이라는 것도 이미 그 자체가 기초적인 단계의 형상화라 할 수 있다. 그리고 어떠한 추상적인 본질도 말이라는 매개에 의해서만 모습을 드러낸다. 따라서 말에 의하지 않고는 인식이라는 것 자체가 가능하지 않으므로 인식이란 말에 의해 그려지는 구상화라 할 수 있다.

한편으로 말이라는 것은 우연적이고 일시적일지라도 그 말과 관련된 어떤 관념과의 관계 없이는 존재하지 않는다. 말과 함께 떠오르는 이 관념, 포괄적으로 이야기해서 말이 지니고 있는 인식의 측면을 시는 문체, 운율, 형식을 통해 최대한 이용하게 되는데, 그것은 엄격히 말하면 인식을 제거하기 위한 것이다. 시적 인식이란 통상의 인식의 한계를 넘어서 새로운 인식의 가능성을 포고하는 것이기 때문이다. 인식이라는 것이 본래 인위적인 관계의 설정, 배치, 반복, 교환, 전환 등의 과정을 내포하는 것이라면 이는 시적 인식에 와서는 예측할 수 없을 정도로 그 규모와 규칙이 자유로워진다. 시에서는 아름다움이라는, 미적 이상을 향한 인간 본연의 욕망이, 세계와 사물에 대한 탐구라는 인식의 궁극적인 목적을 자신의 원칙 안에서 조종하고 있기 때문이다.

현대시

현대시라는 말은 현대에 쓰인 시를 가리키는 것이 아니다. 과거에 쓰였어도 결코 나이를 먹지 않으면 현대시이다. 어떤 시가 나이를 먹지 않는 것일까? 기법이나 형식에 있어서, 시적 인식의 방향에 있어서 가장 멀리 나아간 경우가 그렇다. 때로 당대에는 너무나 멀리 나아간 것처럼 보이는 시들, 그래서 불길하고, 당대의 가치를 훼손시키는 것처럼 보이는 시들, 하지만 그들로 인해 극지가 있음을 알게 해 준, 스스로 극지가 되어 버린 시들이 현대시이다. 이후 그를 따르는 후대의 시들이 그를 발판 삼아 나아가려 해도 더 이상 거기서 나아갈 수 없을 정도로 자신의 세계를 개화시킨 시들이 시대를 막론하고 현대시라 할 수 있다. 현대시는 발전이 아니라 모방을 낳는 시다.

고전주의, 낭만주의, 사실주의, 상징주의, 초현실주의, 표현주의, 그 어떤 조류에도 현대시는 존재한다. 어느 조류에서든 고독하게 자신의 형식을 실험하고, 정교한 패턴을 구축하려는 노력이 정점에 이르렀다 스러지는 것이다. 그런 의미에서 모든 현대시는 자신의 존재 양식에 대한 철저한 인식에 기반하고 있다고 할 수 있다. 현대시라는 새로운 지형도를 형성하는 것은 언제나 당대의 상황에서 동떨어진 것이기 때문이다. 그 동떨어짐이 앞선 것이었음을 알게 되는 데는 많은 시간이 필요하지 않다. 그 동떨어진 곳에서 많은 일들이 일어나고, 시 문학사의 줄기가 새로 형성되는 것이다.

이수명 1965년 서울에서 출생. 서울대학교 국문과 졸업. 1994년 『작가세계』 신인상에 「우리는 이제 충분히」 외 4편의 시로 등단. 주요 시집으로 『새로운 오독이 거리를 메웠다』, 『왜가리는 왜가리놀이를 한다』, 『붉은 담장의 커브』 등이 있음. 2001년 박인환문학상, 2011년 현대시작품상, 제12회 노작문학상 수상.

좋은 시가 지닌 덕목들
- 등단작을 중심으로

이승하

미주 한국문인협회 회원 여러분! 올해도 저를 여름 문학 캠프 강연자로 초청해 주셔서 고맙습니다. 고마운 마음이 드는 한편 부담이 되기도 합니다. 작년보다 알찬 내용으로 강연해야 한다는 부담감이 가슴을 누르고 있습니다. 하지만 벌써 3년째 계간 『미주문학』의 시 부문 작품평을 써오고 있기에 초청장을 받고 그 지면에서 못다 한 이야기를 직접 해드려야겠다는 의욕이 샘솟았음을 덧붙여 말씀드립니다.

계간 평을 써오면서 느낀 아쉬움 중에는 이런 것이 있습니다. 『미주문학』에 작품을 발표하는 시인들은 새로움에 대한 갈망이 부족하다는 점입니다. 연세도 대개 높고, 새로운 자극을 받을 기회도 적고, 한국 현대시의 동향에 대해서도 어둡고, 남들보다 뛰어난 시를 써야겠다는 경쟁의식도 적고, 미국에서 살기에 신간 시집이나 문예지를 사서 보기도 쉽지 않고…… 이런 이유로 고국에 있을 때 보았던 그 시풍으로 지금껏 쓰는 것이 아닌지 모르겠습니다.

한국인의 애송시며 명시는 아직도 1920~1930년대의 시입니다. 대표적으로 한용운과 서정주, 김소월과 김영랑, 백석과 이상화, 윤동주와 이육사, 청록파 3인 등을 들 수 있습니다. 그런데 우리 시단에는 모더니즘의 세례를 확실히 받은 김수영과 김춘수가 있었고 '후반기' 동인으로 대표되는 모더니스트들도 있었고, 1980년대의 해체시가 있었습니다. 해체시는 실험시, 포스트모더니즘시, 형태파괴시 등으로 불리면서 1980년대를 풍미하였고 1990년대에도 적지 않은 작품이 쓰였습니다. 천재시인 이상李箱 이후로 새로움에 대한 갈망은 많은 시인이 창작에 원동력이 되어 왔습니다. 그런데 미주 한국문인협회의 일원으로 시를 쓰는 여러분은 과거의 시 창작 방법을 답습하면 안 됩니다. 날로 새로워지려는 노력 없이 과거로 도피하거나 현재에 안주한다면 여러분의 시는 답보 상태를 면치 못할 것입니다. 『미주문학』이 동인지의 성격에 머물지 않고 한국 시단에도 신선한 충격을 주어야만 그 가치를 인정받을 수 있습니다.

1. '충격'을 주는 시

시가 지향하는 것에는 '감동', '충격', '깨달음' 같은 것이 있는데 우선 '충격'에 무게 중심을 둔 몇 편의 시를 살펴보겠습니다. 고국의 일간지 가운데 〈중앙일보〉는 여름에 신춘문예 작품을 공모하는데, 지난해에 당선작으로 뽑힌 시를 보겠습니다.

이제 나는 남자와 자고 나서 홀로 걷는 새벽길

여린 풀잎들, 기울어지는 고개를 마주하고도 울지 않아요

공원 바닥에 커피우유, 그 모래 빛 눈물을 흩뿌리며

이게 나였으면, 이게 나였으면!

하고 장난질도 안 쳐요

더 이상 날아가는 초승달 잡으려고 손을 내뻗지도

걸어가는 꿈을 쫓아 신발 끈을 묶지도

오렌지주스가 시큼하다고 비명을 지르지도

않아요, 나는 무럭무럭 늙느라

케이크 위에 내 건조한 몸을 찔러 넣고 싶어요

조명을 끄고

누군가 내 머리칼에 불을 붙이면 경건하게 타들어 갈지도

늙은 봄을 위해 박수를 치는 관객들이 보일지도

몰라요, 모르겠어요

추억은 칼과 같이 반짝 하며 나를 찌르겠죠

그러면 나는 흐르는 내 생리혈을 손에 묻혀

속살 구석구석에 붉은 도장을 찍으며 혼자 놀래요

앞으로 얼마나 많은 새벽길들이 내 몸에 흘러와 머물지

모르죠, 해바라기들이 모가지를 꺾는 가을도

궁금해하며 몇 번은 내 안부를 묻겠죠

그러나 이제 나는 멍든 새벽길, 휘어진 계단에서

늙은 신문배달원과 마주쳐도

울지 않아요

– 박연준, 「얼음을 주세요」

저는 이 시가 수천 편이 투고된다는 신춘문예에 당당히 당선될 만큼 뛰어
난 시라고 생각하지 않습니다. 훌륭한 시, 혹은 좋은 시라고 생각하지도 않
습니다. 하지만 방황하는 젊은이의 내면 세계를 다룬 시로, 신세대적인 감
각과 문체, 발랄한 어법과 상상력을 보여주었다는 점에서 무척 신선한 느낌
을 받은 것이 사실입니다. "생리혈을 손에 묻혀 / 속살 구석구석에 붉은 도
장을 찍으며 혼자 놀래요"라는 말을 아무렇지 않게 할 만큼 뻔뻔하다고 해
야 할까요, 도발적이라고 해야 할까요. 인간의 원초적인 본능이기는 하지만
성욕은 함부로 이야기하기에는 부끄러운 본능입니다. 그런데 성 담론을 하
면서 박연준은 부끄러워하기는커녕 떳떳하기 이를 데 없습니다. 시인의 자
기 독백체의 어투에는 당당함과 아울러 기성세대를 향한, 기성시인을 향한
반항기도 배어 있습니다. 따뜻한 차 대신에 얼음을 달라고 하는 신세대의
어법 속에는 분명히 도발적인 것이 있습니다. 심사위원은 이런 도발과 반항
기를 높이 샀을 것입니다. 이번에는 문예지 당선작을 보겠습니다.

여름 학기

여성학 종강한 뒤, 화장실 바닥에

거울 놓고

양다리 활짝 열었다.

선분홍

꽃잎 한 점 보았다.

이럴 수가!

오, 모르게 꽃이었다니

아랫배 깊숙이

이렇게 숨겨져 있었구나

하얀 크리넥스

잎잎으로 피워낸 꽃잎처럼

철따라

점점點點이 피꽃 게우며, 울컥울컥

목젖 헹구며, 나

물오른

한 줄기 꽃대였다네.

– 진수미, 「바기날 플라워」

1997년 계간 『문학동네』 신인상을 받은 작품입니다. 여성학 강좌를 지도
한 교수가 이제 여성은 자신의 신체를 부끄럽게 생각해서는 안 된다, 자랑
스럽게 생각할 줄 알아야 한다고 말했나 봅니다. 여성의 자궁은 새로운 생
명을 잉태하여 출산하는 거룩한 곳이기에 위대한 모성의 상징이라고 말했
을 것입니다. 그 강좌를 들은 여대생 진수미는 화장실 바닥에 거울을 놓고

양다리를 활짝 열어 자신의 성기를 비춰보고 감탄을 합니다. 아랫배 깊숙이 숨겨져 있던 자궁의 입구인 외음부를 보고 "철 따라 / 점점이 피 꽃 게우며", "울컥울컥 / 목젖 헹구며" 운운하는 내용으로 시를 써 당당히 시인이 되었습니다. 시인의 부모님은 이 시를 읽고 조금은 놀랐을 것입니다. 이 시 역시 후세에 남을 명시라고 저는 생각하지 않습니다. 하지만 진수미라는 사람은 남들 다 아는, 혹은 다 할 수 있는 이야기를 하지 않고 남들보다 한발 앞서서 색다르게 자신의 신체 일부에 대해 담론을 펼쳤기에 당선의 영광을 누릴 수 있었습니다. 시인의 관찰력이 무뎌서는 안 되며, 상상력이 진부해서는 더더욱 안 됩니다. 사물과 이 세계, 인간과 자연, 이 사회와 역사를 새롭게 바라보고 재구성해 내는 자가 바로 시인이기 때문입니다. 이번에는 월간 문예지 『현대시』의 2000년도 신인 추천 작품상 수상작을 봅시다.

블랙 먼데이에서 블랙 후라이데이까지
시간은 검은 칠로 보디 페인팅한다
아프리카 흑인들의 영혼의 춤,
그보다는 조용한 몸짓,
창백한 미소와 예리한 눈빛,
추락하는 펀드매니저는 자기 운명을
손가락 끝에 건다. 자기 몸의 끄트머리에
그의 믿음의 섬이 있다. 배반의 해일.

닉 리슨이 니께이 선물로 베어링 사를 망가뜨릴 때

나는 (주)대우의 해외 DR을 팔아먹으려고

자정까지 야근했다.

검은 하늘에 뜬 달이 파리하게 아름다웠다.

블랙 후라이데이의 후장後場,

주식시장이 설사했다. 주루룩 흘러내리는 블루칩.

미수에 걸려 있는 나의 심장에 지진의 자장磁場이 흐른다.

펀드매니저의 몸에서 몸으로 흐르는

검은 영혼의 전류, 아랫배가 짜르르 아프고

허한 가운데 어떤 알 수 없는 후련함도 지나갔다

깊게 아프게 패일수록 그곳에 진한 자장도 고인다.

그 독한 취기로 내일도 금융시장의 페달을 돌릴

빠른 손놀림들. 세계의 비틀거리는 자전거는

어느 내리막길을 지나 평지에 다다를까. 낡은

페달과 고장난 브레이크를 달고.

블랙 먼데이에서 블랙 후라이데이까지

매일 번갈아 피는 목련, 장미, 난초, 국화, 동백

주말에는 견디기 어려운 폭설이 내릴지 모른다

너희들은 독한 자장의 술을 마셔두렴.

— 이명훈, 「블랙 후라이데이」

한국 금융시장의 현실이 실감나게 그려져 있습니다. 수많은 사람이 선물 시세 · 주식시세 · 외환시세 따위에 울고 웃습니다. 유가는 또 어떻고 금리는 또 어떤가요. 이런 것들은 우리의 일상적 삶과 밀접한 관계가 있고, 우리는 바로 현대인입니다. 이 시의 가장 큰 특징은 바로 '일상성'과 '현대성'입니다. 시인이 '나와 내 이웃의 삶'을 외면하고 뜬구름 잡는 이야기를 한다면 일단 10대와 20대는 시를 읽지 않습니다. 컴퓨터 온라인 게임과 인터넷 채팅을 하며 살아가는 오늘의 젊은이가 시를 읽지 않는 데는 기성세대, 우리 시인들의 잘못도 조금은 있는 것입니다.

우리는 혹 그동안 현실감 없는 시를 써온 것이 아닐까요? 자연의 아름다움을 노래하고 유년기의 추억을 더듬고 인정 미담을 소개하는 것도 좋지만 때때로 이렇게 일상성과 현대성을, 현실의 잡사와 생활의 이모저모를 시에 담아내야 합니다. 2000년도 월간 『현대시학』 신인 작품 공모 당선작을 봅시다.

무등산에 올라
바다를 만나지 못하는 이들은
광주 사람은 아니다

슬픔이 목까지 부풀어 숨이 막힌 광주를
대신 울어주려고
산짐승의 작은 것까지도 다 파도 한 음절씩 들메주는 바다

아무리 어두운 밤에도

태양을 품속에 꼭 껴안아 재우고는

첫 새벽이면 흔적 없이 서석대 위에 올려놓는 바다

아직도 가파른 능선을 타고 역류하는

산 자와 죽은 자의 합창, 한 물결 아니었으면

이미 불모의 사막이 되어 있을 바다

장불재 억새 한 잎, 세인봉 노송 한 그루 고인 이슬이

한여름에 소신공양하여 일군 칠산바다 천일염 맛인지 모르는 이들은

옷깃 여미고 다시 무등산에 올라가 보라

－「무등산 2000」

　무등산을 역사의 수난지로 설정하여 애향의 의지를 담은 이 시는 소재며 주제가 무난합니다. 문제는 표현에 새로운 구석이 없다는 것입니다. 어찌 보면 너무도 뻔한 이야기를 뻔한 방식으로 하고 있기에 별다른 울림을 주지 않습니다. 시가 가슴을 벅차게 하고 눈시울을 뜨겁게 하는 감동을 주지 못하고, 잔잔한 울림으로 와 닿는 감동을 주지 못한다면, 고개를 끄덕이게 할 정도의 공감대는 만들어 주어야 합니다. 「얼음을 주세요」와 「바기날 플라워」는 적어도 동년배의 독자에게는 공감을 주었을 것입니다. 시인이 독자에게 감동과 공감을 주지 않는다면 기발한 상상력을 펼쳐 보여주거나 자기

만의 독특한 언어 감각으로 시를 읽는 묘미, 즉 언어의 맛을 보여주어야 합니다.

누구나 할 수 있는 이야기를 주절주절하고 있는 사람을 시인이라고 하지 않습니다. 시인은 사물의 이면을 볼 줄 아는 견자이며, 이 세계의 온갖 사물에 새롭게 이름을 붙이는 명명자입니다. 또한, 거짓말을 밥 먹듯이 하는 사기꾼이며 '역설'과 '반어'를 종횡무진으로 구사하는 희대의 범죄자입니다. 소재와 주제가 낡디낡은 것, 혹은 너무나 뻔한 것이라면 표현이라도 좀 새로워야 할 것입니다. 다음의 시는 소재가 낚시라 별로 새로울 것은 없지만, 표현에 있어서는 확실하게 새로움을 추구한 시입니다.

홀로 바위에 몸을 묶었다

바다가 변한다
영등철이 지나 바다가 몸을 바꿔 체온을 올리고
파도가 깃을 세우면
그들은 산란의 춤을 추기 시작한다
빠른 물살이 곶부리를 휘어감는 곳
빠른 리듬을 타고 온다
영등 감생이의 시즌이다

바닷물의 출렁거림은 흐름과 갈래를 지녔다
가장 강한 놈은 가장 빠른 곳에서만 논다

릴을 던져라 저기 분류대를 향해

가쁜 숨 참으며

마음속 깊이로 채비를 흘려라

거칠고 빠른 그곳

거기 비늘을 펄떡이는 완강함

릴을 던져라

바다는 몸을 뒤채며 이리저리 본류대를 끌고 움직이지만

큰 놈은 언제나 본류에 있다

본류는 멀고

먼 데서부터 입질은 온다

바다의 마개를 뽑아 올릴 힘으로 나를 잡아채야 한다

팽팽한 포물선을 그리며 발밑에까지 끌려온 마찰저항

마지막 순간이 올 때

언제나 거기 있다

막, 채비를 흘려보냈다

온다

                                    – 윤성학, 「감성돔을 찾아서」

강 낚시이건 바다 낚시이건 낚싯줄은 팽팽한 포물선을 그립니다. 2002년 〈문화일보〉 신춘문예 당선작인 이 시의 강점은 행과 행 사이, 연과 연 사이의 팽팽한 긴장감과 꽉 짜인 구성입니다. 짧은 문장이 연속되고 명령형이 적절히 구사됩니다. 첫 연은 "홀로 바위에 몸을 묶었다"는 짧은 문장인데 끝 연은 "온다"라는 단 두 음절의 문장입니다. 언어를 어떻게 배치하는지에 따라 시를 갓 잡힌 물고기처럼 퍼덕거리게 할 수도 있고 배를 뒤집고 죽어 있는 물고기처럼 만들 수도 있습니다. 이 시는 충격까지는 아니지만, 언어가 지닌 싱싱한 힘을 십분 느끼게 해줍니다. 「감성돔을 찾아서」는 언어의 선택과 배치가 시에서 얼마나 중요한지를 말해 주고 있습니다. 여러분은 소재와 주제가 그다지 새롭지 않을지라도 표현을 잘만 하면 얼마든지 좋은 시를 쓸 수 있습니다. 감칠맛 나는 표현은 치밀한 묘사력에서 나온다는 것을 알아야 합니다.

2. '감동'을 주는 시

신춘문예 당선작 중 독자에게 깊은 감동을 준 시로 곽재구의 「사평역에서」를 흔히 꼽습니다. 여기서는 1982년 〈동아일보〉 신춘문예 당선작 「영산포」를 감상해보겠습니다.

1
배가 들어
멸치젓 향내에

읍내의 바람이 달디달 때

누님은 영산포를 떠나며

울었다.

가난은 강물 곁에 누워

늘 같이 흐르고

개나리꽃처럼 여윈 누님과 나는

청무우를 먹으며

강둑에 잡풀로 넘어지곤 했지.

빈손의 설움 속에

어머니는 묻히시고

열여섯 나이로

토종개처럼 열심이던 누님은

호남선을 오르며 울었다.

강물이 되는 숨죽인 슬픔

강으로 오는 눈물의 소금기는 쌓여

강심을 높이고

황시리젓배는 곧 들지 않았다.

포구가 막히고부터

누님은 입술과 살을 팔았을까

천한 몸의 아픔, 그 부끄럽지 않은 죄가

그리운 고향, 꿈의 하행선을 막았을까

누님은 오지 않았다.

잔칫날도 큰집의 제삿날도

누님 이야기를 꺼내는 사람은 없었다.

들은 비워지고

강은 바람으로 들어찰 때

갈꽃이 쓰러진 젖은 창의

얼굴이었지

십년 세월에 살며시 아버님을 뵙고

오래도록 소리 죽일 때

누님은 그냥 강물로 흐르는 것

같았지.

버려진 선창을 바라보며

누님은

남자와 살다가 그만 멀어졌다고

말했지.

갈꽃이 쓰러진 얼굴로

영산강을 걷다가 누님은

어둠에 그냥 강물이 되었지.

강물이 되어 호남선을 오르며

파도처럼 산불처럼

흐느끼며 울었지.

2

개산 큰집의 쥐똥바퀴새는

뒷산 깊숙이에 가서 운다.

병호 형님의 닭들은

병들어 넘어지고

술 취한 형님은

강물을 보러 아망바위를 오른다

배가 들지 않는 강은

상류와 하류의 슬픔이 모여

은빛으로 한 사람 눈시울을 흐르고

노을 속에 雲谷里를 적신다.

冷山에 누운 아버님은

물결 소리로 말씀하시고

돌절벽 끝에서 형님은

잠들지 않기 위해 잡풀처럼

바람에 흔들린다.

어머님 南平아짐은 마른 밭에서

돌아오셨을까,

귀를 적시는 강물 소리에

늦은 치마폭을 움켜잡으셨을까,

그늘이 내린 九津浦

형님은 아버님을 만나 오래 기쁘고

먼발치에서

어머님은 숨죽여 어둠에

엎드린다.

– 나해철, 「영산포」

이 시의 강점은 체험의 진실성입니다. 경기가 제법 좋았던 영산포가 근대화 과정에서 낙후되고 마는데, 한 가족이 그 여파로 절대 빈곤에 노출되면서 몰락하고 맙니다. 특히 화자의 누님은 몸을 파는 신세로 전락하고(1번), 다른 식구들도 비극적인 상황에 봉착합니다(2번). 참담한 현실 상황을 들려주면서도 이 시는 시종일관 서정성을 잃지 않고 있습니다. 한 가족의 비극이 잔잔하게 기술됨으로써 비극성이 더욱 강하게 드러납니다. 특히 2번 시에는 많은 지명이 제시되는데, 그렇기 때문에 이 시의 구체성은 더욱 두드러집니다.

시의 내용은 어느 일가의 이야기이기도 하지만 산업화 시대였던 1960년대와 1970년대를 통과한 우리 이야기이기도 합니다. 그 시절에는 수많은 사람이 농촌이나 어촌에서 살아갈 수가 없어 이농의 대열에 섰습니다. 도시에 와서 산동네 주민이 되어 살길을 찾았지만 허기는 여전합니다. 농촌사회에서는 그나마 가족공동체를 이루고 살았는데 도시에 나와서는 이산가족이 되고 말았습니다. 가족이 몇 년에 한 번 볼까 말까 한 관계가 되고 만 것이 더 큰 비극일 수 있습니다. 남자는 노동판에 가서 일용직 노무자라도 할 수 있었지만, 여자는 그 시절에 공장 노동자가 아니면 버스 차장, 그도 아니면 직업여성이라도 되어 살길을 찾아야 했습니다.

이 시는 가족사와 사회사가 함께 다뤄지고 있으며, '체험의 진실성'에 서정성과 비극성이 보태져 진한 감동을 주기에 모자람이 없습니다. 이 시를 쓴 나해철 시인은 전남의대를 나와 지금은 서울 강남에서 성형외과 의사를 하고 있습니다. 보통 얼굴의 여성을 미모의 여성으로 탈바꿈시키는 재주를 지닌 의사 시인이기에 많은 수입을 올리고 있을지 모르지만, 시인의 직업과 연간 수입과 상관없이, 이 시가 지닌 체험의 진실성이 흔들릴 수는 없습니다. 자기 자신의 체험이 아니라고 할지라도 시인은 이웃 혹은 일가친척 중 누군가의 체험을 진술하게 묘사해냈기 때문입니다. 아래의 시는 1993년 〈세계일보〉 신춘문예에 당선된 후배의 시입니다. 후배의 시이기에 시 창작의 내실한 부분을 잘 알고 있습니다.

아이의 장난감을 꾸리면서

아내가 운다

반지하의 네 평 방을 방을 모두 치우고

문턱에 새겨진 아이의 키 눈금을 만질 때 풀썩

습기 찬 천장벽지가 떨어졌다

아직 떼지 않은 아이의 그림 속에

우주복을 입은 아내와 나

잠잘 때는 무중력이 되었으면

아버님은 아랫목에서 주무시고

이쪽 벽에서는 당신과 나 그리고

천장은 동생들 차지

지난번처럼 연탄가스가 새면

아랫목은 안 되잖아, 아, 아버지,

생활의 빈 서랍들을 싣고 짐차는

어두워지는 한강을 건넌다 (닻을 올리기엔

주인집 아들의 제대가 너무 빠르다) 갑자기

중력을 벗어난 새 떼처럼 눈이 날린다

아내가 울음을 그치고 아이가 웃음을 그치면

중력을 잃고 휘청거리는 많은 날들 위에

덜컹거리는 사람들이 떠다니고 있다

눈발에 흐려지는 다리를 건널 때 아내가

고개를 돌렸다, 아참

장판 밑에 장판 밑에

복권 두 장이 있음을 안다

강을 건너 마악 변두리로

우리가 또 다른 피안으로 들어서는 것임을

눈물 뽀드득 닦아주는 손바닥처럼

쉽게 살아지는 것임을

성냥불을 그으며 아내의

작은 손이 바람을 막으러 온다

손바닥만큼 환한 불빛

            – 원동우, 「이사」

    요즈음에는 포장이사를 하기 때문에 가재도구를 잔뜩 싣고 이사하는 광경은 궁벽한 시골이 아니면 보기 어렵습니다. 셋방살이를 하던 가난한 일가가 주인집 아들의 이른 제대로 말미암아 황급히 방을 비워주게 됩니다. 눈발이 날리는 초겨울, 서울 변두리에서 더 변두리로 이사를 하는 풍경이 을씨년스럽기 짝이 없습니다. 습기 찬 천장 벽지가 떨어지는 반지하의 네 평방, 그나마 연탄가스가 새던 방을 비워주게 되었으니 일가의 마음이 참담할 수밖에요. 장판 밑에 두고 온 복권에 연연할 정도로 이들 가족의 경제적 상황은 절박합니다.

    그런데 이 시의 매력은 이런 비극적 상황을 전달하는 데 있지 않고 진한 감동을 주는 한 장면에 있습니다. 남편이 담배를 피우려고 성냥불을 켜자 바람이 방해를 합니다. 차창이 조금 열려 있었고 그때 아내의 작은 손이 다가와 성냥불을 꺼트리려는 바람을 막습니다. 가족 간의 끈끈한 정이 을씨년스런 이사 풍경을 따뜻하게 밝히고, 독자는 잔잔한 감동을 받게 되는 것입니다. 아무리 세상살이가 험해도 가족 상호 간에 사랑과 정이 변치 않는다면 극복 불가능한 어려움이란 없다는 사실을 새삼스럽게 느끼게 됩니다.

이 시는 마지막 연이 백미입니다. 시 속의 상황 중에 자신이 직접 체험한 부분은 1퍼센트나 될까요? 이 작품은 시인의 완벽한 허구와 상상력의 산물입니다. 퇴근길에 차를 몰고 가면서 무심코 본 광경이 바로 이삿짐을 싣고 달리는 소형 트럭 한 대였던 것입니다. 사람들이 무심코 보며 지나쳤던 이삿짐 실은 트럭을 시인은 유심히 보았던 것이고, 곰곰이 생각했던 것이며, 상상력을 발휘하여 시로 쓴 것입니다.

시는 이렇게도 탄생할 수 있습니다. 실체험보다 간접 체험이 더욱 진한 감동을 줄 수 있는 사례를 「이사」라는 신춘문예 당선작이 보여주고 있습니다. 이번에 소개하는 작품은 등단작이 아닙니다. 함민복 시인이 시골에 계신 귀가 어두운 어머니에게 전화를 걸었는데, 대화가 좀체 이뤄지지 않습니다. 이 시는 「영산포」처럼 비장하거나 「이사」처럼 을씨년스럽지 않고 구수한 사투리와 유머 감각으로 은근하게 감동을 줍니다. '쇠귀에 경 읽기'라는 속담도 적절히 사용되어 재미를 배가시키고 있습니다.

여보시오―누구시유―

예, 저예요―

누구시유, 누구시유―

아들, 막내아들―

잘 안 들려유―잘.

저라구요, 민보기―

예, 잘 안 들려유―

몸은 좀 괜찮으세요―

당최 안 들려서―

어머니―

예, 애비가 동네 볼일 보러 갔어유―

두 내우 다 그러니까 이따 다시 걸어유―

예, 죄송합니다. 안 들려서 털컥.

어머니 저예요―

전화 끊지 마세요―

예. 애비가 동네 볼일 보러 갔어유―

두 내우 다 예, 저라니까요! 그러니까

이따 다시 걸어유 어머니. 예, 어머니,

죄송합니다 어머니, **안어들며려**니서 털컥.

달포 만에 집에 전화를 걸었네

어머니가 자동응답기처럼 전화를 받았네

전화를 받으시며

쇠귀에 경을 읽어주시네

내 슬픔이 맑게 깨어나네

― 함민복, 「어머니가 나를 깨어나게 한다」

달포 만에 집에 전화를 걸었는데 그만 끝끝내 대화가 이뤄지지 않습니다. 아니, 모자가 일종의 동문서답을 했지요. 시인은 아무튼 어머니의 목소리는 들었던 것이고, 소처럼 무심한(미련한?) 나에게 귀 어두운 어머니가 경을 읽어주신 것으로 이해합니다. 가슴 찡한 감동은 아닐지라도 이 시를 읽으면 '아, 어머니!' 하고 마음속으로 한 번쯤 외쳐보게 됩니다. 충격도 주지 않고, 이런 작은 감동도 주지 않는 시는 좋은 시가 되기 어렵습니다. 독자의 마음을 움직이지 못했기 때문입니다.

1993년, 계간 『창작과 비평』은 김진완이 쓴 아래의 시를 투고된 많은 작품 가운데 신인 추천작으로 뽑았습니다. 당시 대학생이었던 시인이 어쩜 이렇게 옛날이야기를 구사하게 하는지, 읽고 감탄해 마지않았던 기억이 납니다. 화자의 외할머니가 기차를 타고 가다가 어머니를 출산하는 광경을 사실적으로 묘사하고 있습니다.

다혜자는 엄마 이름. 귀가 얼어 툭 건들면 쨍그랑 깨져버릴 듯 그 추운 겨울 어데로 왜 갔던고는 담 기회에 하고, 엄마를 가져 싸아한 진통이 시작된 엄마의 엄마가 꼬옥 배를 감싸쥔 곳은 기차 안. 놀란 외할아버지 뚤레뚤레 돌아보니 졸음 겨운 눈, 붉은 코, 갈라터진 입술들뿐이었는데 글쎄 그게, 엄마 뱃속에서 물구나무를 한번 서자,

으왁!

눈 휘둥그런 아낙들이 서둘러 겉치마를 벗어 막을 치자 남정네들 기차 배창시 안에서 기차보다도 빨리 '뜨신 물 뜨신 물' 달리기 시작하고 기적 소린지 엄마의 엄마 힘쓰는 소린지 딱 기가 막힌 외할아버지 다리는 후들 거리기 시작인데요, 아낙들 생침을 연신 바르는 입술로 '조금만, 조금만 더어' 애가 말라 쥐어트는 목소리의 막간으로 남정네들도 꿍차, 생똥을 싸는데 남사시럽고 아프고 춥고 떨리는 거기서 엄마 에라 나도 몰라 으 왕! 터지는 울음일 수밖에요.

박수 박수 "욕 봤데이." 외할아버지가 태우신 담배꽁초 수북한 통로에 벙거지가 천정을 향해 입 딱 벌리고 다믄 얼마라도 보태 미역 한 줄거리 해 먹이자, 엄마를 받은 두꺼비상 예편네가 피도 덜 닦은 손으로 치마를 걷자 너도나도 산모보다 더 경황없고 어찌할 바 모르고 고개만 연신 주억 였던 건 객지라고 주눅든 외할아버지 짠한 마음이었음에랴 두말하면 숨 가쁘겠구요. 암튼 그리하야 엄마의 이름 석 자는 여러 사람들의 은혜를 입어 태어났다고 즉석에서 지어진 것이라.

多惠子.

성원에 보답코자
하는 마음은 맘에만 가득할 뿐

빌린 돈 이자에 치여

만성두통에 시달리는

나의 엄마 다혜자씨는요,

칙칙폭폭 칙칙폭폭 끓어오르는 부아를 소주 한잔으로 다스릴 줄도 알아

"암만 그렇다 캐도 문디, 베라묵을 것. 몸만 건강하모 희망은 있다."

여장부지요

기찬,

기—차— 안 딸이거든요.

　이 작품에 대한 설명은 전에 시와시학사를 통해 펴낸 『백 년 후에 읽고 싶은 백 편의 시』에서 한 적이 있는데 그것을 그냥 적습니다.

　시는 화자의 외할머니가 하필이면 한겨울에 칙칙폭폭 칙칙폭폭 달리는 기차 안에서 엄마를 낳게 된 광경을 그리고 있습니다. 승객이라고는 "졸음겨운 눈, 붉은 코, 갈라 터진 입술"을 가진 농투성이들뿐이지만 이들은 낯선 아주머니의 차내 분만에 한마음으로 동참합니다. 아낙들은 겉치마를 벗어 막을 치고, 남정네들은 뜨신 물을 구해오고, '벙거지'는 미역 살 돈을 내놓고, 두꺼비상 여편네는 산파 노릇을 해 무사히 한 생명은 '으왕!' 울음을 터뜨리며 탄생합니다. 이런 여러 사람의 은혜로 태어났다 하여 엄마 이름이 다혜자가 되었다는 것이나, 마지막 3연이 보여주는 모성적, 혹은 한국적 건강함은 가슴 훈훈한 감동을 전하기에 모자람이 없습니다. 또한, 꽤 긴 문장으로 이루어져 있는 1연과 3연 사이에 위치한 '으왁!'이란 의성어가 환기

하는 생명 탄생의 고통(낳은 고통만이 고통이랴, 태어나는 고통도 고통이며 지켜보는 안타까움도 고통이리)과 경이로움, "기찬"과 "기—차— 안"이라는 비슷한 음을 이용한 유머 감각 등은 이 시를 명작의 반열에 올리는 데 합심하여 공헌하고 있습니다.

이상 4편의 시에는 가족애라는 숭고한 사랑이 감동을 줍니다. 하지만 밑바닥 인생의 불결한 섹스조차 시인의 손에서 잘만 묘사된다면 감동을 줄 수 있습니다. 이 시도 「어머니가 나를 깨어나게 한다」와 같이 등단작은 아닙니다.

공중변소 속에서 만났지. 그녀

구겨버린 휴지조각으로 쪼그려 앉아 떨고 있었어.

가는 눈발 들릴 듯 말 듯 흐느낌 흩날리는 겨울밤

무작정 고향 떠나온 소녀는 아니었네.

통금시간을 지나온 바람은 가슴속 경적소리로 파고들고

나 또한 고향에서 고향을 잃어버린 미아,

배고픔의 손에 휴지처럼 구겨져, 역 앞

그 작은 네모꼴 공간 속에 웅크려 있었지.

사방 벽으로 차단된 변소 속,

이 잿빛 풍경이 내 고향

내 밀폐된 가슴속에 그 눈발 흩날려와, 어지러워

그 흐느낌 찾아갔네.

그녀는 왜 마약중독자가 되었는지 알 수 없었어도

새벽털이를 위해 숨어 있는 게 분명했어. 난 눈 부릅떴지.

그리고 등불을 켜듯, 그녀의 몸에

내 몸을 심었네. 사방 막힌 벽에 기대서서, 추위 때문일까

살은 콘크리트처럼 굳어 있었지만

솜털 한 오라기 철조망처럼 아팠지만

내 뻥 뚫린 가슴에 얼굴을 묻은 그녀의 머리 위

작은 창에는, 거미줄에 죽은 날벌레가 흔들리고 있었어. 그 밤.

내 몸에서 풍기던, 그녀의 몸에서 피어나던 악취는

그 밀폐의 공간 속에 고인 악취는 얼마나 포근했던지

지금도 지워지지 않고 있네. 마약처럼

하얀 백색가루로 녹아서 내 핏줄 속으로 사라져간

그녀,

독한 시멘트 바람에 중독된 그녀.

지금도 내 돌아가야 할 고향, 그 악취 꽃핀 곳

그녀의 품속밖에 없네.

— 김신용, 「공중변소 속에서」

    이 시는 김신용 시인이 공사판을 전전하며 생을 영위해온 시인의 젊은 날의 로맨스인지 모르겠습니다. 88올림픽을 기점으로 한국의 공중변소가 많이 청결해졌는데 그전에는 그다지 깨끗하지 못했습니다. 공중변소에서 화자는 한 여자를 만나 정사의 시간을 갖습니다. 그녀는 마약중독자였고 도둑

이었습니다. 거지 행색을 하고 있었을 텐데 악취를 풍기기까지 했으니 보통 사람 같았으면 가까이 가기도 싫었을 것입니다. 그런데 두 사람은 그날 무엇에 홀린 듯 하룻밤에 만리장성을 쌓았던 것이고, 화자는 두고두고 그날을 못 잊습니다. 그래서 "지금도 내 돌아가야 할 고향, 그 악취 꽃핀 곳 / 그녀의 품속밖에 없다"고 애틋해하는 것입니다. 독자에 따라서 이 시를 읽고 역겨움을 느낄 수도 있겠지만 저는 가슴 찡한 감동을 받았습니다. 이성 간의 사랑이 반드시 플라토닉해야만 하는 것일까요? 밑바닥 인생들의 하룻밤 풋사랑도 당사자에게는 애틋한 추억일 수 있는 것입니다. 시인은 이 세상에서 가장 음습한 그곳에 희미한 빛을 비춰보고자 했고, 두 사람이 나눈 사랑도 충분히 따뜻한 것이었다고 생각해보게 되는 것입니다. 감동의 결은 다르지만 저는 이 시를 감동적인 시라고 말하고 싶습니다.

3. 깨달음을 주는 시

인간사와 사물의 특징을 세심히 관찰하여 제대로 묘사하면 모종의 깨달음을 전해줄 수 있습니다. 이 점에 대해서는 1996년 〈조선일보〉 신춘문예 당선작 「부의」로 이야기해볼까 합니다.

봉투를 꺼내어
부의賻儀라고 그리듯 겨우 쓰고는
입김으로 후— 불어 봉투의 주둥이를 열었다
봉투에선 느닷없이 한 움큼의 꽃씨가 쏟아져

책상 위에 흩어졌다 채송화 씨앗

씨앗들은 저마다 심호흡을 해대더니

금세 당당하고 반짝이는 모습들이 되었다

책상은 이른 아침 뜨락처럼

분홍 노랑 보랏빛으로 싱싱해졌다

씨앗들은 자신보다 백 배나 큰 꽃들을

여름내 계속 피워낸다 그리고 그 많은 꽃들은 다시

반짝이는 껍질의 씨앗 속으로 숨어들고

또다시 꽃피우고 씨앗으로 돌아오고

나는 씨앗 속의 꽃이 다치지 않도록 조심스럽게

한 알도 빠짐없이 주워 봉투에 넣었다

할머님 마실 다니시라고 다듬어 드린 뒷길로

문상을 갔다

영정 앞엔 늘 갖고 계시던 호두 알이 반짝이며

입다문 꽃씨마냥 놓여 있었다

나는 그 옆에 봉투를 가만히 올려놓았다.

— 최영규, 「부의賻儀」

어려운 시어도 없고 난해한 표현도 없습니다. 잘 알고 지내던 이웃집 할
머니가 돌아가셔서 문상하러 간 내용이 전부입니다. 하지만 이 시에는 생명
옹호의 정신과 불교적 깨달음, 측은지심 같은 고차원적인 사상이 담겨 있습

니다. 불가에서 생로병사는 인간인 이상 어찌할 수 없지만 윤회전생輪廻轉生을 하기 때문에 우리의 삶은 일회적인 것이 아니라고 말합니다. 전생의 업보니 인연이니 억겁이니 하는 불가의 용어를 떠올려보지 않을 수 없습니다. 할머니가 늘 갖고 계시던 호두 알이 입 다문 꽃씨 마냥 놓여 있다는 것은, 꽃이 씨를 남겨 자신의 목숨을 이어간다는 것과 의미의 맥이 이어집니다. 한마디로 삶과 죽음에 대한 성찰이 돋보이는 작품입니다. 최영규 시인처럼 생명의 의미를 종교적 차원에서 다뤄볼 수도 있겠지만, 사물의 의미는 어떤 차원에서 다뤄볼 수 있을까요?

> 몽키 스패너의 아름다운 이름으로
> 바이스 프라이어의 꽉 다문 입술로
> 오밀조밀하게 도사린 내부를 더듬으며
> 세상은 반드시 만나야 할 곳에서 만나
> 제나름으로 굳게 맞물려 돌고 있음을 본다
> 그대들이 힘 빠져 비척거릴 때
> 낡고 녹슬어 부질없을 때
> 우리의 건강한 팔뚝으로 다스리지 않으면
> 누가 달려와 쓰다듬을 것인가
> 상심한 가슴 잠시라도 두드리고
> 절단하고 헤쳐놓지 않으면
> 누가 나아와 부단한 오늘을 일으켜 세울 것인가
>
> — 최영철, 「연장論」 마지막 연

모서리와 모서리가 만난다

반듯한 네 귀들이 날카롭게 모진 눈인사를 나누고

같은 방향 바라보며 살아가라는 고무망치의 등 두들김에도

끝내 흰 금을 긋고 서로의 경계를 늦추지 않는다

붙박인 모서리 단단히 잡고 살아야 하는 세월

화목이란 말은 그저 교과서에나 살아 있는 법

모와 모가 만나고 선과 선이 바르게만 살아 있어

어디 한구석 넘나들 수 있는 인정은 없었다

이가 딱 맞다

                                    – 주강홍, 「타일 벽」 앞 2연

산과 산 사이에는 골이 흐른다 오른쪽으로 돌아가는 골과 왼쪽으로 돌아
가는 산이 만나는 곳에서는 눈부신 햇살도 죄어들기 시작한다 안으로 파
고드는 나선은 새들을 몰고 와 쇳소리를 낸다 그 속에 기름 묻은 저녁이
떠오른다 한 바퀴 돌 때마다 그만큼 깊어지는 어둠 한번 맞물리면 쉽게
자리를 내어주지 않는다 마지막까지 떠올랐던 별빛마저 쇳가루로 떨어
진다 얼어붙어 녹슬어간다

 봄날 빈 구멍에 새로운 산골이 차 오른다

                                    – 송승환, 「나사」

「연장論」은 1986년 〈한국일보〉신춘문예 당선작이고 「타일 벽」은 2003년 계간 『문학과 경계』 신인상 공모 당선작이며 「나사」는 2003년 계간 『문학동네』 신인상 공모 당선작입니다. 3편 모두 '충격'과 '감동'의 차원에서는 운위하기 어렵고, 결국 '깨달음'을 지향하는 시라고 여겨집니다. 「연장論」은 건설 현장의 공구를 소재로 삼은 시인데 궁극적으로는 이웃과의 연대와 화해를 지향하고 있습니다. 많이 배웠건 많이 가졌건 제아무리 잘난 사람이라도 무인도에서는 살아갈 수 없습니다. 인간은 결국 사회적 동물이기 때문에 이타적인 삶을 살지 않으면 고립되고 만다는 주제가 숨겨져 있습니다. 우리 각자가 이 사회를 보다 살기 좋은 곳으로 만드는 연장의 역할을 하기를 바라는 주제도 유추해볼 수 있습니다.

「타일 벽」을 쓴 사람은 어느 건설 회사 사장입니다. 그래서 이 분이 쓴 시는 다 현장성이 두드러집니다. 타일을 의인화한 이 시는 공사 현장에서 펼치는 인생론입니다. 욕실의 타일 벽 공사를 하면서 시인이 깨달은 것은 고무망치의 두들김에도 "흰 금을 긋고 서로의 경계를 늦추지 않는" 타일의 저항과 "붙박인 모서리 단단히 잡고 살아야 하는 세월"의 의미입니다.

공사 현장에서 타일 벽은 이가 딱 맞아야 하지만 우리 인생이 어디 그렇습니까. 때로는 불균형이고 때로는 뒤죽박죽이고 때로는 오리무중이지만 타일 벽이 그래서는 안 되는 것입니다. 규칙과 규율이 감독과 관리의 세계에 있습니다. 그래서 시는 제4연에서 역전을 시도합니다.

낙수의 파형波形만 공간 가득하다

물살이 흔들릴 때마다 욕실 속은 쏴아쏴아

실금을 허무는 소리를 낸다

욕실을 지배하는 건

모서리들끼리 이가 모두 딱 맞는 타일 벽이 아니었다

이가 모두 딱 맞는 타일 벽에 반항하려고 욕실의 물살이 "쏴아쏴아 / 실금을 허무는 소리"를 냅니다. 세상을 너무 모나게 살 필요가 없는 법, 때로는 두루뭉술하게, 때로는 비스듬하게 살아가자고 시인은 이야기하고 있습니다.

송승환의 시는 나사의 의미를 확장하여 당선작이 되었습니다. 시인은 사물의 본질을 파고들어 미세하게 그려내기도 하지만 내포內包보다는 외연外延을 지향하기도 합니다. 이미지 연상 작용은 초현실주의자들의 전유물이었는데 송 시인은 그 기법을 멋지게 사용하여 독자에게 깨달음을 줍니다. 나사는 이 세상의 이치를 깨달아 가는 과정에서 일종의 화두가 되었던 것입니다. 나사의 사전적인 의미 고찰에 머물지 않고 새롭게 의미를 부여하는 능력을 갖추었기에 그는 시인이 될 수 있었던 것입니다.

안다는 것과 깨닫는다는 것은 다릅니다. 앎은 지식의 영역이고 깨달음은 지혜의 영역입니다. 시는 우리에게 충격과 감동과 함께 깨달음을 줄 수 있습니다. 철학서 한 권, 역사서 한 권에 들어 있는 내용을 압축하여 한 편의 시로 쓸 수 있는 능력을 갖춘 사람을 세상에서는 시인이라고 합니다. 깨달음이란 '크게 느낀다'는 뜻이 아닐까요?

우리가 사물과 인간에 대한 관찰의 안테나를 계속 세우고 있으면 시로 쓸 수 있는 것은 무궁무진합니다. 좋은 시는 늘 우리 주변의 사물을 잘 살펴 깊이 생각하는 사람의 손에 의해 쓰이는 것입니다. 일기나 수기는 자신이 체험한 것을 곧이곧대로 쓰면 되지만 시는 축소 지향의 장르입니다. 구질구질 설명하지 않고 몇 마디로 줄여서 쓰면 그것이 바로 촌철살인이고 정문일침입니다. 시는 '충격'과 '감동' 혹은 '깨달음'을 지향한다는 말을 다시 한번 강조하면서 강연을 마치겠습니다. 제 말을 경청해준 분들께 감사를 드립니다.

이승하　경북 의성에서 출생. 중앙대학교 문예창작학과, 동 대학원 졸업. 1984년 〈중앙일보〉 신춘문예에 시 당선. 주요 시집으로 『사랑의 탐구』, 『욥의 슬픔을 아시나요』, 『폭력과 광기의 나날』, 『생명에서 물건으로』, 『인간의 마을에 밤이 온다』, 『천상의 바람, 지상의 길』 등이 있고, 시론집으로 『한국의 현대시와 풍자의 미학』, 『생명 옹호와 영원 회귀의 시학』, 『한국 현대시 비판』, 『한국문학의 역사의식』, 『세계를 매혹시킨 불멸의 시인들』 등이 있음. 현재 중앙대학교 문예창작학과 교수.

시 쓰기와 자아 찾기

이은봉

1. 언어, 나, 자아의 발견

사람이라면 누구나 태어난 지 2년이 되면 말을 하기 시작한다. 직접 발화하지 못하는 농아도 두 살이 넘으면 곧바로 말 속에서, 곧 언어 속에 살아갈 수밖에 없도록 되어 있다. 누구나 두 살이 넘으면 말을 한다는 것, 언어를 사용한다는 것은 그가 언어로 상징되는 사회적 현실 속에 들어오게 된다는 것을 뜻한다. 인간의 사회적 현실을 형성하는 가장 강력하고 기본적인 도구는 말이다. 말, 곧 언어라는 도구가 없이 사회현실은 존재하지 않는다.

사회적 현실은 물론 사회적 질서를 가리킨다. 사회적 질서의 세계는 그것이 질서라는 점에서 언어적 질서의 세계와 구조적으로 다르지 않다. 따라서 언어의 질서를 유지하는 법, 곧 문법은 사회의 질서를 유지하는 법, 곧 사회법을 상징하기 마련이다. 언어적 질서의 세계가 곧바로 사회적 질서로 치환될 수 있는 소이가 바로 여기에 있다. 언어 역시 이성의 작동에 의지해 태어나는 질서의 세계이고, 사회적 현실 역시 이성의 작동에 의지해 태어나는 질서의 세계라는 점을 주목해야 한다.

라캉Jacques Lacan은 언어 이전의 삶을 가리켜 상상계라고 하고, 언어 이후의 삶을 가리켜 상징계라고 한다. 그의 주장에 따르면 상상계는 요람에서의 삶을 가리키고, 상징계는 사회현실에서의 삶을 가리킨다. 따라서 인간의 정신계에서 상상계는 세계와 동화되어 있는 영역이고, 상징계는 세계와 이화되어 있는 영역이라고 할 수 있다.

상상계, 곧 요람에서의 삶에는 '나'라고 하는 것이 옳게 자각된 채 존재하지 못한다. '나'라고 하는 것이 존재한다고 하더라도 아직은 저 자신을 주체로 자각하지 못한 채 존재하는 것이 여기서의 '나'이다. 상처도 고통도 슬픔도 자율적으로 지각하지 못하는 천국을 살고 있는 '나'가 요람에서의 '나', 곧 상상계에서의 '나'인 셈이다. 거울 속의 '나'와 실제의 '나'를 구별하지 못하는 나, 세계에 동화되어 있는 '나' 말이다.

물론 요람에서의 '나'와 사회현실에서의 '나'는 삶의 존재방식이 근본적으로 다르다. 사회현실에서의 '나'는 요람에서의 '나'와는 달리 냉혹하고 살벌한 생존경쟁에 처해 있기 마련이다. 오늘을 살아가는 '나'의 무엇이 사회현실을 이처럼 냉혹하고 살벌하게 만드는가. 이론의 여지없이 그것은 언어이다. 언어로 대상을 인식하고, 언어로 인식한 대상을 언어로 계산하고, 언어로 경계하고, 언어로 주문 등을 하는 것이 사회현실에서의 '나'이다.

나날의 삶에서 언어는 긍정의 기능을 하기도 하지만 부정의 기능을 하기도 한다. 긍정의 기능을 하는 언어는 부정의 기능을 하는 언어에 비해 상대적으로 귀하다. 긍정의 기능을 하는 언어보다는 부정의 기능을 하는 언어가 훨씬 충만한 것이 오늘의 현실이다. 지금의 긍정의 기능을 하는 언어보다 부정의 기능을 하는 언어에 둘러싸여 살아가는 것이 지금의 삶을 이루고 있는 대부분의 '나'라는 것이다.

흔히 긍정의 기능을 하는 언어를 긍정의 언어, 부정의 기능을 하는 언어를 부정어의 언어라고 요약해 부른다. 긍정의 언어는 플러스 작용을 하고, 부정의 언어는 마이너스 작용을 한다. 긍정의 언어는 삶을 상승시키고, 부정의 언어는 삶을 하강시킨다. 긍정의 언어는 갓 구운 빵처럼 부드럽고, 부정의 언어는 갓 벼린 칼처럼 날카롭다. 긍정의 언어는 칭찬과 감탄의 언어이고, 부정의 언어는 비난과 야유의 언어이다. 긍정의 언어는 생명의 언어이고, 부정의 언어는 죽음의 언어이다.

따라서 문제는 부정의 언어이다. 부정의 언어는 화살촉이 되기도 하고, 창이 되기고 하고, 폭탄이 되기도 하면서 '나'라는 존재를 파괴시킨다. 그렇다. 오늘도 많은 사람들이 부정의 언어 때문에 상처를 받고 아파하며 무서워 떨고 있다. 물론 반대로 긍정의 언어 때문에 즐거워하고 기뻐하고 환호하는 사람도 없지는 않다. 긍정의 언어는 사람들을 짓이 나게 하다. 긍정의 언어는 사람들의 꿈이 되기고 하고 사랑이 되기도 하고 행복이 되기도 한다.

이처럼 언어는 사람들을 가르기도 하고 붙이기도 한다. 이처럼 언어는 사람들 불행하게도 하고 행복하게도 한다. 언어가 이러한 기능은 하는 것은 언어에 감정이 담겨 있기 때문이다. 감정은 이성과 달리 움직이고 변하는 성질을 갖고 있다. 이성이 상수常數라면 감정은 변수變數이다. 감정이 변수라는 것은 그것이 휘발성을 갖고 있다는 뜻이기도 하다. 그렇다고 하더라도 한번 발흥하면 주체의 의지에 의해 쉽게 조절되거나 통제되지 않는 것이 감정이기도 하다. 한동안은 자의적으로 발광發狂을 하는 것이 감정이라는 정신기제이다.

따라서 감정의 주인이 되는 일은 누구에게나 어려울 수밖에 없다. 방자할 정도로 자유로운 것이 감정이다. 그러나 이러한 지적을 감정의 주인이 되는 일 자체가 불가능하다는 뜻으로 이해해서는 안 된다. 특별한 훈련과 수련을 거치게 되면 누구라도 감정의 주인이 될 수 있기 때문이다. 佛을 이루거나 聖을 이룬 사람, 곧 해탈한 사람을 가리켜 다름 아닌 감정의 주인이라고 할 것이다. 그러니만큼 감정의 주인이 되는 쉽지 않기 마련이다.

시는 끝내 감정의 주인이 되지 못하는 사람, 곧 부처나 성인이 되지 못하는 사람의 산물이다. 아니, 시는 감정의 주인이 되고자 하지만 마침내 감정의 주인이 되지 못하는 사람들의 산물이다. 시의 언어에 상대적으로 섬세하고 세련된 감정이 담겨 있을 수밖에 없는 까닭이 바로 여기에 있다. 시의 언어가 때로 부정의 기능을 하기도 하고 긍정의 기능을 하기도 하는 것도 이와 무관하지 않다. 시를 쓰거나 읽는 '나'라는 존재를 고통에 빠지게도 하고, '행복'에 젖게도 하는 것이, 나아가 이들 각각의 양가감정에 빠지게도 하는 것이 시의 언어라는 점을 염두에 두지 않으면 안 된다.

시의 언어는 이처럼 복잡계의 감정을 거느린다. 그렇다고 하더라도 시의 언어 역시 사회현실 속에 존재하기 마련이다. 사회현실은 주체가 그것을 의식하든 의식하지 못하든 언어로 가득 차 있는 공간이다. 대부분 사람들은 이 사회현실이라는 공간에서 흘러넘치는 언어에 이리 치고 저리 치며 살고 있다. 물론 언어에 치지 않고 언어를 즐기고 향유하며 살아가는 사람도 없지는 않다. 하지만 거개의 사람은 언어의 화살, 언어라는 창에 찔려 오랫동안 신음해 본 체험을 갖고 있다. 더러는 언어의 폭탄을 맞고 목숨을 잃은 사람까지 있다. 물론 이는 언어에 주체와 객체의 감정이 실려 있기 때문이다.

언어를 사용하는 주체는 누가인가. 언어를 사용하는 주체는 당연히 '나'일 수밖에 없다. 나는 언제나 '언어'를 통해 나 자신 밖의 사회현실 속으로, 곧 세상 속으로 들어오도록 되어 있다. 언어를 통해 내 속으로 들어오는 것은 세상의 경우에도 마찬가지이다. 이때의 '나'를 흔히 개념화하여 '자아', 주체라고 하고, 세상을 개념화하여 흔히 세계, 객체라고 한다. 세상의 주체와 객체는 늘 언어를 매개로 하여 서로 관계하며 상호작용을 하기 마련이다.

이때 언어를 사용하는 주체가 '나' 곧 자아라고 인식하는 것은 매우 중요하다. 언어를 매개로 하여 자아는 언제나 저 자신의 정체성을 확보해가기 때문이다. 여기서 정체성을 확보해간다는 것은 내가 남이 아니라 '나'라는 의식, 곧 자아의식을 형성해간다는 것을 가리킨다. 이때의 자아의식이라는 용어는 자아개념이라는 용어로 불리기도 한다. 자아개념은 실제의 '나'가 아니라 내가 '나'에 대해 생각하는 개념인 만큼 얼마간 작위적이고 허구적일 수밖에 없다. 본래의 내가 아니라 나에 대한 내 생각 말이다.

그렇다고 하더라도 자아개념은 인생을 살아가는 데 더없이 중요한 작용과 역할을 한다. 모든 자아는 자아개념, 자신의 정체성에 맞게 사회현실과 관계하고 기능하기 때문이다. 자아개념은 본래 나란 무엇이고 누구인가, 나란 있는가, 없는가 등의 질문과 함께 형성되기 마련이다. 이러한 질문과 함께 자아를 탐구하다 보면 이내 '나'는 '나'를, 곧 자아를 발견하게 한다.

자아를 발견하도록 하는 자아 탐구는 일단 먼저 타자 탐구에서 비롯된다. '나'는 본래 남을 인식하는 가운데 '나'를 인식하도록 되어 있다. 남을 하나의 개인으로 받아들이면서 내가, 곧 자아가 가장 먼저 인식하는 타자는 가족 중의 하나이기 쉽다. 아버지, 어머니, 형, 누나, 동생으로부터 '나'는 처음 타자를 인식하고 경험한다는 것이다. 유치원이나 학교에 가게 되면 당연히 '나'는 친구들과 함께 선생님을 타자로 인식하고 경험한다. 따라서 일단 나는 아버지의 아들, 어머니의 자식, 형과 누나의 동생, 친구의 친구, 선생님의 제자 등의 형태로 존재하기 시작한다. 보통의 자아는 대부분 이렇게 타자의 범주를 점차 넓혀 나간다. 물론 타자를 인식하고 경험한다는 것은 주체가 자기 자신의 자아개념을 작동시킨다는 것을 뜻한다.

세상에는 생명을 마치는 순간까지 내 자신이 누구이고, 무엇인지 되물어 보지 못하는 사람이 없지 않다. 아직도 자신의 정체성에 대한 질문을 거의 가져 보지 못한 사람이 많다는 뜻이다. 과거의 봉건 시대에는 그러한 사람이 훨씬 더 많았을 것으로 짐작된다. 개인으로서의 주체적 자아를 미처 계발하지 못했던 것이 그 시대 대부분의 사람들일 것이다. 그 시대의 자아는 대개가 가부장이나 봉건 영주, 기타 지배자에게 종속되고 부속되어 있었던 것이 사실이다. 여자의 경우에는 좀 더 심했거니와, 당시를 살았던 비주체적 자아의 모습은 여필종부女必從夫라는 한자말을 통해서도 잘 알 수 있다.

물론 근대 자본주의 사회에 이르러서는 그러한 자아가 점차 사라지고 있다고 해야 옳다. 개인의식, 곧 자아의식을 바탕으로 성장해 온 것이 근대 자본주의 사회라는 것을 기억하지 않으면 안 된다. 따라서 근대 자본주의 시대, 지금의 이 시대에 이르러 '나'는 누구이고 무엇인가라는 질문, 곧 자아의 실재에 대한 사유와 인식은 필수적이라고 할 수밖에 없다. 그렇지 않고서는 누구도 오늘의 이 근대 자본주의 사회를 제대로 살아가지 못한다. '나'란 누구이고 무엇인가에 대해 묻고 대답하는 과정에 개인으로서의 '나' 곧 주체를 바로 세울 수 있고, 나아가 자기 정체성을 확립할 수 있기 때문이다. 그렇다. 나, 곧 자아라고도 하는 개인이 저 자신의 삶에 대해 전면적으로 책임을 지는 것이 근대 자본주의 사회의 가장 중요한 특징이다. 성숙한 자아, 곧 성숙한 개인은 저 자신의 삶뿐만 아니라 공동체 전체의 삶에 대해서는 책임을 지는 존재이지만 말이다.

이처럼 자아의식의 성장은 근대 자본주의의 성장과 깊이 맞물려 있다. 본래 서정시는 근대 자본주의의에 이르러 부쩍 성장한 자아의식의 산물이다. 매 편의 서정시에는 매 편의 시를 쓸 때만큼의 자아의식이 투영되어 있기 마련이다. 서정시가 근대 자본주의 사회의 성립과 더불어, 다시 말해 낭만주의 시대의 개막과 더불어 문학의 중심 장르로 부각된 것도 이와 무관하지 않다. 성장하는 개인의식을 기초로 하는 근대라는 역사의 한 시기에 이르러 새롭게 중흥기를 맞은 것이 서정시라는 것이다. 언제나 성숙한 개인의식을 바탕으로 할 수밖에 없는 것이 서정시의 장르적 특성이라는 것을 기억하지 않으면 안 된다. 이때의 성숙한 개인의식에 대해서는 좀 더 깊은 논의가 필요하지만 말이다.

중세 봉건사회에서의 인간의 성장과정과 근대 자본주의 사회에서의 인간의 성장과정은 다르다. 근대 자본주의 사회에 이르러 자아에 대한 반문과 인식은 대강 사춘기를 거치면서 구체화된다. 사춘기를 거치면서 개인으로서의 '나'는 남을, 자아는 타자를 인식하기 시작하고, 그 타자를 통해 내 자신을 발견하고 깨닫게 된다는 것이다. 즉, 사춘기를 바르게 통과할 때 성숙한 개인으로 자리할 수 있게 된다.

따라서 한 인간의 성장과정에 사춘기만큼 중요한 시기는 없다고 해도 과언이 아니다. 자아가 세계로부터 분리되어 독립된 주체로 바로 서게 되는 것도 실제로는 이 시기이다. 많은 사람들이 사춘기에 심한 방황을 하는 것도 얼마간은 이와 무관하지 않다. 자아와 세계에 대한 반문과 인식을 통해 자기 자신의 자아관을 포함한 세계관을 만들어 가는 것이 이 시기라는 것을 간과해서는 안 된다.

사춘기를 온전하게 통과했다고 해서 모두 다 자기 자신을 발견하는 것은 아니다. 내 자신을 바르게 발견하려면 수많은 질문과, 질문에 따른 고뇌가 필요하다. 이러한 과정을 통해 내 자신을 발견하게 되면 누구라도 저 자신을 실현하도록 부추기기 마련이다. 내 자신을 실현하는 일은 사회현실 속에 내 자신을 기투하는 일을 가리킨다. 사회현실 속에 내 자신을 기투하는 일은 사회현실 속에 내 자신을 바로 세우는 일과 무관하지 않다. 따라서 자아의 실현은 '나'에 대해 지속적으로 반문하는 사람, 반문해 자아를 발견한 사람에게 숙명적으로 뒤따라오는 성장의 과정, 성취의 과정이라고 할 수 있다.

그렇다고 해서 자아의 발견과 자아의 실현이 시간적 순차에 따라 항상 선조적線條的으로 찾아오는 것은 아니다. 자아를 실현하고 있으면서도 끊임없이 자신의 자아를 새롭게 찾고 발견하고 깨닫는 것이 살아 생동하는 주체인 개인이 갖는 특징이다. 이는 시를 쓰는 주체로서의 개인, 시인이라고 해도 다를 바 없다. 시를 쓰는 자아, 곧 시인도 계속해 그가 찾고 발견하고 깨닫는 내 자신의 자아를 시라는 언어 형식을 통해 구체적으로 실현하며 살아가고 있기 때문이다.

2. 시에서의 나, 다양하고 복잡한 자아

그렇다면 시를 쓰는 자아, 곧 시인에 의해 시에 드러나는 '나'란 누구인
가. 그리고 나아가 시인에 의해 심미적으로 가공되는 언어인 시란 무엇인
가. 하지만 시란 무엇인가라는 질문에 대해 정의적으로 대답을 하는 것처럼
어리석은 일은 없다. 시란 무엇인가라는 질문에 대한 정의적인 대답은 결코
단일할 수 없다. 시란 무엇인가라는 질문에 대한 정의적인 대답, 곧 시에 관
한 정의가 수없이 많고 다양하다는 것이 무엇보다 이를 잘 증명해준다. 돌
이켜 보면 시에 관한 정의는 시를 바라보는 개인적인 관점의 산물이거나 시
를 둘러싸고 있는 시대적 상황의 산물일 따름이다. T. S 엘리엇이 '시에 관
한 정의의 역사는 오류의 역사'라고 한 것도 이와 무관하지 않다.

시에 관한 정의가 이처럼 한계를 지니고 있다고 하더라도 시가 잘 닦여
진, 잘 가공된 언어의 집적물이라는 것만은 사실이다. 언어를 질료로 하지
않는 시는 있을 수 없다. 물론 시가 아닌 '시적인 것'은 언어 이외의 질료
에 의해서도 표현될 수 있다. 시적인 것과 시는 당연히 같지 않다. '시적인
것', 이른바 서정적인 것은 언어가 아니라 영상물에 의해서도, 음악에 의해
서도 표현될 수 있다. 그렇다. 시적인 욕구, 즉 서정적인 욕구는 언어 이외
의 매체에 의해서도 얼마든지 생산과 향유가 가능하다. 인간의 심미적 욕
구, 즉 통전統全에의 욕구와 맞물려 있는 시적인 욕구, 즉 서정적인 욕구가
인간이 지니고 있는 본성적 정신활동 가운데 매우 중요한 영역을 차지하고
있다는 것을 간과해서는 안 된다.

그렇기는 하지만 시적인 것이 아닌 시는 반드시 언어를 질료로 하여 이루

어질 수밖에 없다. 언어를 떠난 '시적인 것'은 시가 아니다. 그것은 말 그대로 '시적인 것' 서정적인 것일 따름이다. 시라는 말에는 이미 그것의 질료가 언어라는 뜻이 들어 있다. 물론 여기서 언어를 강조하는 까닭은 시의 언어를 창조하는 '근대적' 주체를 강조하기 위해서이다.

이때의 시는 마땅히 서사시나 극시가 아니라 서정시를 가리킨다. 그렇다면 여기서 말하는 서정시를 쓰는 주체는 누구인가. 이론의 여지없이 그것은 '나'라는 이름의, 자아라는 이름의 개인이다. '나'라는 개인이 발화한 내용으로 이루어지는 것이 서정시의 세계라는 것을 잊어서는 안 된다. 이때의 '나'라는 개인, 곧 시를 발화하는 주체를 흔히 '화자'라고 부른다. 연구자나 비평가의 시각에서 객관적으로 부르면 '화자'이지만 시인 자신의 시각에서 부르면 말 그대로의 '나'일 따름이다. '나', 곧 자아라는 존재가 만들어내는 언어예술이 곧 서정시라는 것이다.

물론 이때의 '나'라는 인격이 반드시 '시'와 관계하는 가운데 존재하는 것만은 아니다. 시의 안에 들어와 있는 '나'도 나이지만 시의 안에 들어와 있지 않은 나, 시에 들어오기 이전의 '나', 시 밖의 '나'도 나라는 것을 간과해서는 안 된다. 실제의 삶을 살아가는 데는 시 밖의 '나'가 오히려 훨씬 더 의미 있는 '나'일는지도 모른다.

그렇다면 실제의 삶을 살아가는 '나'라는 존재가 있기는 한 것인가. 있다면 '나'는 구체적으로 어떠한 모습을 하고 있는가. '나'라는 것의 존재유무를 논의하기 전에 일단은 '나란 누구이고 무엇인가'라는 질문부터 해볼 필요가 있다. '나'라는 존재의 실제부터 따져볼 필요가 있다는 것이다.

그리하여 도대체 '나'란 무엇인가. 사람인가, 짐승인가. 짐승이기보다는 사람인가. 아니, 사람이면서도 짐승인가. 내게는 사람의 속성도 있지만 짐승의 속성도 있다. 그러니 무엇이라고 단정적으로 대답하기 어려운 것이 '나'이다. 다시 한 번 물어 보자. '나'란 무엇인가. 정신인가, 물질인가. 물질이기보다는 정신인가. 정신이면서도 물질인가. 이 역시 단정적으로 대답하기 어려운 질문이라고 할 수 있다. 내게는 물질의 속성도 있지만 정신의 속성도 있기 때문이다. 이러한 반문을 통해서도 알 수 있듯이 나를 구성하고 있는 질료는 결코 단일하지 않다.

다시 또 물어보자. '나'란 누구인가. 시인인가, 학자인가. 학자이기보다는 시인인가. 시인이면서도 학자인가. '나'란 누구인가. 교수인가, 선생인가. 교수이기보다는 선생인가. 선생이면서도 교수인가. '나'란 누구인가. 아들인가, 아빠인가. 아빠이기보다는 아들인가. 아들이면서도 아빠인가. '나'란 누구인가. 형인가, 오빠인가. 형이기보다는 오빠인가. 오빠이면서도 형인가. 나는 누구인가. 악마인가, 천사인가. 악마이기보다는 천사인가. 천사이면서도 악마인가. 참으로 대답하기 어렵다.

이러한 질문을 통해 확인할 수 있듯이 어떠한 '나'도 양자택일적으로는, 이분법적으로는 존재하지 않는다. 나는 언제나 복합적으로, 양가적으로, 이중적으로, 다의적으로, 흔들리고 갈등하며 존재한다. 그러나 많은 사람들은 자아가 갖는 이처럼 복잡한 모습을 인정하려고 하지 않는다. '자아' 밖의 가치를 단일하게 받아들여 왔듯이 '자아' 안의 가치도 단일하게 받아들여야 심리적인 안정을 얻는 것이 그들이다.

자본주의적 근대에 이르러 '나'는 훨씬 심하게 분화되고 분열되어온 것이 사실이다. 세계로부터 고립되고 소외되면서 '나'의 내면이 훨씬 더 다극화된 복잡계를 거느리는 것은 당연하다. 따라서 아직도 단순한 자아, 양자택일적인 자아를 갖고 있는 것은 내가 자본주의적 근대에 제대로 적응하지 못하고 있다는 뜻이 되기도 한다. 따라서 자본주의적 근대에 제대로 적응해 살아가려면 복잡하고 다양하게 흔들리고 갈등하며 존재하는 것이 '나'라는 사실을 인정하지 않으면 안 된다.

그렇다고는 하더라도 '나'는 정말 가시적으로, 구체적으로 있기는 한 것인가. 있다면 언제나 나는 항상 그렇게 있는가. 어제의 '나'와 오늘의 '나'와 내일의 '나'는 같은 '나'인가, 아니면 다른 '나'인가. 말할 것도 없이 같으면서도 다른 것이 어제와 오늘과 어제의 '나'이다. '나'는 본래 주체에 의해 인식되는 모든 객체가 그렇듯이 멈춰 있거나 고여 있지 않은 존재이다. 그때그때의 상황에 따라 모습을 바꿔가며 겨우 언뜻 존재하는 것이 '나'이다. 이렇게 '나'는 변하고 움직이고 바뀌는 존재이다.

다시 또 물어보자. '나'는 정말 가시적으로 없는가. 없다면 언제나 항상 그렇게 '나'는 없는가. 어제도 없고, 오늘도 없고, 내일도 없는가. 없다면 어떻게 없는가. 나는 이미 광어회처럼 엷게 저며져 당신의 입 속에, 위 속에, 장 속에, 살 속에, 핏속에 흐르고 있는 것은 아닌가. 나는 이미 한 줌 흙으로, 한 가닥 꽃잎으로, 한 마리 여우로 몸을 바꾸고 있는 것은 아닌가.

내가 저 혼자 홀로 존재하는 경우는 극히 드물다. 타자와 관계하면서 단지 관계의 양상으로 존재하는 것이 본래의 '나'이다. 타자와 접촉하지 않고서는 결코 현현顯現되지 않는 것이 '나'라는 뜻이다. 이처럼 나는 언제나 타자를 통해서만 드러나도록 되어 있다. 타자와 관계하면서 타자의 상대로 현현되는 것이 '나'라는 것이다('타자'라는 말이 비인간적이고 기계적이라면 '대상'이라는 말로 바꾸어도 좋다. '나'라는 말도 주관적이고 자의적이라면 '주체'라는 말로 바꾸어도 좋다). 이러한 점에서 보면 '나'는 없다고 해도 과언이 아니다.

남을 통해 현현되는 것이 '나'라는 것은 '남'이 곧 '나'라는 것을 가리킨다. 하나의 현상으로 '나'라는 존재가 현현된다는 것은 '나'라는 존재가 이미 타자 속에 스며들어가 타자가 된다는 것을 뜻한다. 시를 쓰는 것도 마찬가지이다. 시를 쓴다는 것은 내가 시의 대상, 곧 타자와 관계를 지속한다는 것을 가리킨다. 시에서의 '나'는 언제나 시의 대상, 곧 타자와 관계하는 '나'이기 마련이다. 시의 대상, 곧 타자와의 관계를 통해 드러나는 자아가 시에서의 '나'라는 것이다.

시에서 '나'는 대상을 내 속으로 끌어들이기도 하지만 나를 대상 속으로 밀어 넣기도 한다. 시에서 '나'와 대상의 관계는 이처럼 단순하지 않다. 물론 시에서 '나'는 이때의 관계를 하나됨의 세계, 곧 동일성의 세계로 만들려고 한다(이때의 '나'를 흔히 '화자'라고 부른다. '화자'라는 말의 단순성을 극복하기 혹자는 '주체'라는 말을 쓰기도 한다). 물론 실제의 시에서는 조화와 균형으로서의 동일성의 세계, 하나됨의 세계가 이루어지지 않는 경우도 없지 않다. 하지만 동일성의 세계, 일치의 세계에 대한 희망이나 열망조차 함유되어 있지 않은 시는 없다고 해도 과언이 아니다.

시에서 동일성의 세계, 하나됨의 세계에 대한 희망이나 열망은 기본적으로 나와 타자, 곧 주체와 대상이 갈등하고 대립하지 않는 세계, 참된 평화의 세계를 목표로 한다. 물론 이러한 세계는 자유가 흘러넘치는 파라다이스나 유토피아를 전제로 한다. 과거의 공간인 파라다이스나 미래의 공간인 유토피아는 인간이 오랫동안 꿈꾸어온 이상세계를 가리킨다. 이때의 이상세계가 주체와 대상이 상호 조화와 균형을 이루는 공동체라는 것은 불문가지이다.

물론 이러한 이상세계를 꿈꾸는 주체는 언제나 개별적인 자아, 곧 '나'이다. 하지만 실제의 삶을 돌아보면 이때의 '나'는 결코 단순하지가 않다. 내속에는 나만이 아닌 수많은 존재가 함께 살고 있기 때문이다. 도대체 나 말고 내 속에 누가 살고 있다는 것인가. 가족이? 이웃이? 민족이? 자연이? 나아가 하나님이? 하나님의 아들 예수님이? 아니 하나님의 또 다른 아들 사탄이? 이들과는 다른 코드의 존재들, 그리하여 부처님이 살고 있을 수도 있고 알라가 살고 있을 수도 있다. 아니 악귀들이, 아니 이들 모두가 함께 살고 있을 수도 있다.

내 속에 이렇게 많은 존재들이 살고 있는 만큼 '나'는 어지럽고 혼란스러울 수밖에 없다. 내 속의 수많은 나로 하여 내가 어지러워하고 혼란스러워하는 것은 당연하다. 자본주의적 근대를 살아가면서 어지럽고 혼란스럽지 않은 자아를 갖고 있지 않은 사람은 없다. 이제 '나'라는 존재는 본래 움직이는 혼돈 그 자체라고 해야 옳을는지도 모른다.

3. 참된 나 ; 없는 나

마구 뒤섞여 있는 복잡하기 짝이 없는 이 '나'라는 혼돈에 구태여 질서를 세울 필요가 있을까. '나'라는 존재는 본래부터 혼돈 그 자체가 아닌가. 그렇다면 혼돈 그 자체를 '나'라는 존재로 받아들이면 그만일 수도 있다. 하지만 대부분의 '나'는 나 자신을 혼돈 그 자체로 내버려두지 못한다. 혼돈으로서의 나는 고통스러울 수밖에 없고, 고통스러운 '나'는 내가 아니라고 생각하기 때문이다. 아니 혼돈이 주는 무질서, 무질서가 주는 고통을 혼돈인 내가 제대로 견디지 못하는 것인지도 모른다. 그래서일까. '나'는 내게 끊임없이 이런저런 이름을 붙여 '나'라는 질서를 만든다. '나'라는 질서를 만들면서 나는 비로소 '나'를 살아가는 것이다.

'나'라는 질서를 만들게 되면 '나'는 모든 고통으로부터 벗어날 수 있는 가. 그렇지 않다. 이때의 '나', 곧 질서로서의 '나'는 그 질서로 하여 오히려 상처를 만드는 수가 있다. 질서로서의 '나'가 그 자체로 상처가 될 때도 있기 때문이다. 물론 질서와 함께 하는 상처로서의 '나'는 일종의 모순일 수밖에 없다.

이때의 상처로서의 '나'는 내게로 발휘되기도 하고 '남'에게로 발휘되기도 한다. 특히 생성되는 질서로서의 '나'가 아니라 고착되고 고정된 질서로서의 '나'는 나를 억압하고 남을 억압하는 도구로 기능하기가 쉽다. 따라서 이때의 '나'라는 질서는, 규격화된 불변의 질서는 상처로서의 질서가 되지 않을 수 없다.

내가 만든 '나'라는 질서 속에서 상처를 받으며 허우적대며 살아가는 '나'가 참된 '나'일까. 이때의 '나'를 가리켜 참된 '나'라고 하기 어렵다. 이때의 '나'는 무엇보다 '나'를 믿지 못하고 본래 '나'라는 존재는 없기 때문이다. 이미 '나'는 밖으로 현현되는 순간에 너이고, 그이고, 세계 자체라는 점을 기억하지 않으면 안 된다.

'나'라는 존재가 이렇게 변용되는 것은 시의 안에서도 마찬가지이다. 시의 안에서도 '나'가 등장하기는 마찬가지이다. 매 편의 시는 매 편의 '나'를 만들어 가는 과정이라고도 할 수 있다. 그렇다면 한 편의 시를 쓴다는 것은 한 편의 '나'를 만드는 것이 되기도 한다. 본래 서정시는 '나'라는 주체를 중심으로 이루어지는 독백의 형식이다. 독백의 형식은 시의 언어가 화자인 '나'의 혼잣말을 중심으로 진술된다는 것을 뜻한다. '나'는 나 혼자 지껄이고 독자는 몰래 엿듣는 방식으로 전개되는 것이 서정시의 기본적인 화법이다. 물론 이는 기본적인 화법이 그렇다는 뜻이다.

따라서 시를 통해 만들어진 '나'는 시 밖에 있더라도 시 밖의 '나'가 아니라 시 안의 '나'라고 해야 옳다. 이때의 나 역시 시작의 과정에 만들어진 '나'이기 때문이다. 시 밖의 '나'와 마찬가지로 시 안의 '나'도 복잡하고 다양하다. 시 안에도 얼마든지 분열된 '자아', 곧 파괴된 '나'가 존재한다는 것을 잊어서는 안 된다.

시 안의 '나'와 시 밖의 '나'는 다르다. 시 안의 '나'는 나에 의해 만들어진, 가공된, 허구화된 '나'이다. 시 밖의 '나'와 시 안의 '나'가 반드시 일치하는 것은 아닌 까닭이 바로 여기에 있다. 그렇다면 내가 아닌 '나', 내가 만든 '나', 시 안에 존재하는 '나'는 누구인가. 나는 이때의 '나' 역시 시 밖에 존재하는 '나'처럼 알면서도 모르겠다.

물론 시 안의 '나'는 마땅히 '나'이면서도 '나'가 아니고, '나'가 아니면서도 '나'이다. 시 안의 '나' 역시 끊임없이 변하고 움직인다는 것을 유의하지 않으면 안 된다. 10년 전에 쓴 시 안의 '나'와 지금 막 쓴 시 안의 '나'를 동일한 '나'로 볼 수는 없다. 각각의 '나'는 엄연히 다르고 시 안의 '나' 역시 정지되어 있는 '나'가 아니기 때문이다.

그렇다고 하더라도 시 안의 '나'가 가공되고 제작된 '나' 곧 꾸며지고 장식된 '나'인 것만은 분명하다. 시 안의 내가 시 밖의 '나보다' 훨씬 허구화된 '나'라는 것이다. 그것이 사실이라면 시 안에 존재하는 '나'는 참 '나'가 아니고, 시 밖에 존재하는 '나'는 참 '나'인가. 그럴 리 만무하다. 시 밖에서도 끊임없이 흐르고 움직이며 가공되고 꾸며지는 것이 '나'이기 때문이다. 강조하거니와 시 안에서든 시 밖에서든 고정된 실제로서의 '나'는 없다. 시 안에서처럼 시 밖에서도 계속해서 저 스스로를 바꿔가는 것이, 변모시켜 가는 것이 '나'라는 점을 잊어서는 안 된다.

본래 시 안의 '나'는 꾸며지고 장식된 채로 존재하기 마련이다. 시 안에는 내가 창조하고 가공한 수많은 내가 이리저리 흩어져 있는 채로 활동한다. 따라서 매 편의 시에서 내가 '나'를 꾸미고 장식하고 첨삭하는 것은 당연하다. 시의 안으로 들어오는 순간 이미 '나'는 이렇게 저렇게 가공되고 제작되기 마련이다.

이로 미루어 보면 시 안에서의 '나'는 하나의 기교이고 허구라고 해도 지나치지 않다. 허구와 기교로서의 '나', 장식으로서의 '나'가 시 안에서의 '나'라는 것이다. 시 안에서도 나는 항상 시적 대상에게로 분산되고 스며들어 존재한다. 따라서 시인이 선택하는 대상에는 이미 내가 들어 있을 수밖에 없다. 대상의 선택이 '나'의 선택인 까닭이 바로 여기에 있다.

시 안에서 '나'가 이처럼 대상화되는 것은 매우 자연스러운 일이다. 시 안으로 들어오는 풍경이나 화폭은 시인에게 이미 그 자체로 세계이기 때문이다. 풍경이나 화폭의 선택은 항상 세계관의 선택으로 존재하기 마련이다. 물심일여物心一如라고 하거니와, 이는 시에서도 마찬가지이다.

시를 쓰는 사람이라면 저 자신을 이렇게 수식하고 위장하는 '나'를 결코 두려워해서는 안 된다. 삶의 본질, 아니 '나'의 본질이 원래 그렇기 때문이다. 시 안에서의 '나'는 더욱 그렇다는 것을 기억해야 한다. 이때의 '나'는 언제나 내가 생각하는 진실, 곧 참된 가치, 진선미를 위해 희생되는, 아니 가공되는 '나'일 수밖에 없다.

또다시 물어 보자. 시 밖의 '나'가 시 안의 '나'를 만드는가. 아니면 시 안의 '나'가 시 밖의 '나'를 만드는가. 지금 이 질문 역시 단정적으로 대답하기가 매우 어렵다. 실제로는 시 밖의 '나'가 시 안의 '나'를 만들기도 하고, 시 안의 '나'가 시 밖의 '나'를 만들기도 하기 때문이다. 이러한 사실은 말이 씨가 된다는 격언을 통해서도 확인이 된다. 시 안의 '나'와 시 밖의 '나'가 서로를 상생해 가는 것이 바른 삶의 길이거니와, 시 쓰기가, 시작詩作이 '나'라고 하는 자아를 갈고 닦는 과정이 되고 방법이 되는 까닭도 바로 여기에 있다.

시의 안팎에서 '나'가 이처럼 서로 유추되고 전이되는 일은 매우 흔하다. 뿐만 아니라 순간순간 '나'는 나 밖의 '너'로, 나아가 '그'로 변환되는 가운데 존재한다. '너'로, 나아가 '그'로 존재하면서도 '나'로 존재하는 것이 '나'이다. 이것이 시의 안팎에서 '나'가 존재하는 방식의 역설이다. 이처럼 시의 안팎에서 '나'는 '나'일 수도 있지만 '나'가 아닐 수도 있다. 가공된 인물로서의 나, 제작된 존재로서의 나, 장식되고 꾸며진 주체로서의 나, 욕망에 쫓기는 나, 허위로 위장된 나, 그런가 하면 진실로 포장된 나…….

이들 '나' 역시 수많은 '나' 중의 하나이다. 수많은 '나' 중의 나, 물론 그 '나'는 흔히 시의 안에서 '진실'을 포획하기 위해 희생되기 일쑤이다. 진실을 드러내기 위한 허구로 존재할 때도 있는 것이 '나'라는 뜻이다. 따라서 이때의 '나'는 시를 쓰는 과정에 끊임없이 저 자신을 깎고 덧붙이고 다듬어진 '나'일 수밖에 없다. 시가 완성되었을 때 발화자로서의 '나'는 정작의 '나'이든, 배역(시인이 임의로 창조한 화자)의 '나'이든 말갛게 세면을 하고 곱게 화장을 할 수밖에 없다. 세면을 하고 화장을 하는 것은 수양하는 일, '나'를 갈고 닦고 기르는 일과 다르지 않다.

4. 너이면서도 그인 나

'나'일 수도 있고 '나'가 아닐 수도 있는 '나' 이러한 '나'를 '나'라고 하는 화자는 주저 없이 시에 등장시킨다. 따라서 시를 쓰기 시작하는 순간 이미 '나'는 나가 아니라 '너'이면서 '그'라는 점을 염두에 두지 않으면 안된다. 아니 시를 쓰기 시작하는 순간 이미 '나'는 '너'이기도 하고 '그'이기도 하고 동시에 '나'이기도 하다. 이처럼 시를 쓰기 시작하는 순간 벌써 '나'는 '너'이면서 '그'이고 그이면서 '나'이다. '나'는 나이면서 동시에 너이고 동시에 그인 것이다. 적어도 시를 쓰는 순간만은 나는 동시에 너로, 동시에 그로, 동시에 나로 존재한다. 이를테면 시작의 과정에 '나'는 불이不二의 관계로 존재하는 셈이다.

불이 관계로 존재하는 것은 시 안에 자리해 있는 '그'의 경우에도 마찬가지이다. 여기서 말하는 '그'는 시적 대상을 가리키는 경우가 적잖다. 시적 대상으로서의 '그' 역시 '그'이면서 '나'이고, '나'이면서 '그'라는 것이다. 물론 이때의 그와 '나'는 너이기도 하다. 따라서 '그'는 '나'이기도 하고 '너'이기도 하고 '그'이기도 하다. 시 안에서의 '그'는 단순히 거기 서 있는 '그', 거기 그렇게 객관적으로 존재하는 '그'가 아니다. 시 안에서의 '그'는 충분히 나로서의 '그'이고, '너'로서의 '그'이다. '그'라고 3인칭으로 말하고 있지만 사실은 1인칭의 '나'이고 2인칭의 '너'인 것이다. 이미 '그'의 안에 '나'와 '너'가 투영되어 있고 스며들어 있기 때문이다.

시 안에서의 나로서의 너, 너로서의 나, 나로서의 그, 그로서의 나, 나로서의 나는 때로 여장을 하고 나타나기도 하고, 남장을 하고 나타나기도 한다. 여자이면서도 남자인 나, 남자이면서도 여자인 나, 시 안에서의 '나'는 이처럼 탈을 쓰고 끊임없이 '나'를 뒤섞는다. 따라서 시 안에서의 '나'는 탈이 아닌 경우가 없다. 시 안에서의 '나'는 늘 짙은 화장을 하고 있기 때문이다. 그것은 내가 '나'를 노래하든, '너'를 노래하든, '그'를 노래하든 마찬가지이다.

때로 시 안에서의 '나'는 단지 말하는 사람으로만 존재하는 경우가 없지 않다. 시에서 언어를 풀어 나가는 사람, 이른바 화자로서의 '나' 말이다. 하지만 시 안에서의 '나'가 '나'의 모습을 하든, '너'의 모습을 하든, '그'의 모습을 하든, 멀리 떨어져 굽어보는 전지적인 모습, 곧 '신'의 모습을 하든 무슨 문제가 있으랴. '나'가 되고 싶기도 하고, '너'가 되고 싶기도 하고, '그'가 되고 싶기도 하고, '신'이 되고 싶기도 하는 것이 시 안에서의 '나'이다. 1인칭의 나, 2인칭의 나, 3인칭의 나, 나아가 전지자로서의 나로 변신이 가능한 것이 시에서의 '나'이다. 실제의 일상에서도 언제나 불가해한 욕망덩어리로 존재하는 것이 '나' 아닌가.

어린애가 되어 있는 나, 여성 노동자가 되어 있는 나, 지식인 되어 있는 나, 철공소 황 씨가 되어 있는 나, 수인囚人이 되어 있는 나, 목사가 되어 있는 나, 수녀가 되어 있는 나, 어머니가 되어 있는 나, 할아버지가 되어 있는 나, 창녀가 되어 있는 나, 호랑이가 되어 있는 나, 늑대가 되어 있는 나, 꾀꼬리가 되어 있는 나, 산까치가 되어 있는 나, 황소가 되어 있는 나, 암탉이 되어 있는 나, 풀여치가 되어 있는 나, 돌멩이가 되어 있는 나, 먼지가 되어 있는 나, 강아지풀이 되어 있는 나, 맨드라미꽃이 되어 있는 나, 라면봉지가 되어 있는 나……. 시에서 '나'는 감히 어떤 누구도, 어떤 무엇도 될 수 있으면서도 될 수 없다. 여기서 '될 수 없다'는 것은 시 안에서의 '나'가 고정되고 고착된 '나'가 아니기 때문이다.

시의 안에는 언제나 이처럼 누구의 목소리로도, 무엇의 목소리로도 등장할 수 있는 '나'가 흩어져 있다. 이렇게 흩어져 있는 '나'는 무엇을 찾아 운동하고 수행하고 실천하는가. '나'는 어떤 시간의 물결을 타고 헤엄을 치는가. 중요한 것은 이때의 내가 도달하고자 하는 곳이거나 것이다. 그 '곳'이거나 '것'을 일러 '나'는 진실 혹은 진리라고 말하고 싶다.

오늘의 자본주의 사회현실에서 진실 혹은 진리라는 것이 있기는 있는가. 많은 사람들이 돈을, 곧 재화를 진실 혹은 진리라고 믿지는 않는가. 돈, 곧 재화는 물질이다. 물질이 그 자체로 진실 혹은 진리일 수는 없다. 물질은 진실 혹은 진리가 태어나고 자라는 근거, 곧 태반일 따름이다. 따라서 물질을 토대로 하지 않고 진실 혹은 진리는 태어나고 자라지 않는다. 이처럼 물질을 태반으로 하여 진실 혹은 진리가 태어나고 자란다고 하더라도 진실 혹은 진리가 그 자체로 물질일 리는 만무하다.

진실 혹은 진리는 이론의 여지없이 정신이다. 정신은 물질이 아닌 만큼 눈으로 보거나 손으로 잡을 수 있는 것이 아니다. 진실 혹은 진리는 가시적으로 포착할 수 있는 것이 아니다. 가시적으로 포착할 수 없는 만큼 진실 혹은 진리는 추상적이고 관념적일 수밖에 없다. 추상적이고 관념적일 수밖에 없는 만큼 진실 혹은 진리는 없는 것처럼 보인다. 그러나 가시적으로 포착할 수 있는 진실 혹은 진리라는 것이 없으면 어떤가.

진실 혹은 진리라는 말에 지나친 개념을 부여해서는 안 된다. 마음의 순수한 지향이 다름 아닌 진실 혹은 진리라는 것을 기억해야 한다. 마음의 순수한 지향은 언제나 지극한 공공公共을 향해 나아가기 마련이다. 지극한 공공을 향해 나아가는 일은 세계와 분리되지 않은 '나', 세계와 통합되어 있는 나, 다시 말해 불이의 자아를 갖는 일과 다르지 않다.

이처럼 진실 혹은 진리는 비가시적인 무엇이다. 그럼에도 불구하고 시인들은 끊임없이 자신이 깨닫는 진실 혹은 진리를 구체적이고도 생생한 이미지로, 가시적인 세계로 제시하려고 한다. 보통의 사람들은 가시적인 세계로 현현되지 않는 진실 혹은 진리를 믿지 못하기 때문이다. 이런 연유로 진실 혹은 진리를 가시적으로 구체화한 것이 다름 아닌 파라다이스이고 유토피아라는 것을 기억할 필요가 있다.

그렇다고는 하더라도 다시 한 번 강조하거니와 흩어져 있는 나, 녹아 있는 나……, 시의 안에는 이처럼 수많은 '나'가 살고 있다. 꼬리를 달고 이리저리 헤엄치는 나, 뱀처럼 잽싸게 미끄러지는 나, 끊임없이 이리저리 돌아다니는 나, 춤추고 노래하는 나, 제멋대로 변신하는 나, 진리를 찾아, 진실을 향해 끊임없이 방황하고 흔들리는 나, 저 수많은 나, 이미 내가 아닌 나, 남이 되어버린 나……. 저들은 다 누구인가. 도무지 나는 저들을 알지 못한다. 이처럼 혼잡한 나, 복수複數의 나, 열 개, 스무 개, 서른 개의 목소리를 가진, 머리를 가진 나, 끊임없이 뒤섞이는 수많은 '나'에 대해 '나'는 생각한다.

그 뿐만이 아니다. 이때의 '나'는 '생각한다'는 것에 대해, 나아가 '생각'에 대해 생각한다. 생각이 불러일으키는, 그리하여 생각과 함께 하는 언어에 대해, 언어가 만드는 시공時空:시간과 공간, 역사와 사회에 대해, 그리고 시공이 만드는 진실 혹은 진리에 대해 '나'는 생각한다. 또한 '나'는 진리의 껍질에 대해, 껍질들이 만드는 소리에 대해, 소리가 만드는 리듬에 대해, 리듬들이 만드는 정서에 대해, 정서와 함께 하는 시의 운기運氣에 대해 생각한다.

이처럼 시의 안에서 '나'는 늘 생각하는 '나'로 존재한다. 생각하는 '나'는 '나'를 거듭해 성찰하고 반성한다. 성찰하고 반성한다는 것은 내가 '나'를 고쳐 나가고, 바꿔나간다는 것을 뜻한다. 시 안에서의 '나'는 이처럼 끊임없이 '나'를 갈고 닦으며 향상시킨다. 시 쓰기가 자아 찾기가 되는 까닭이, 자아를 절차탁마하는 일이 되는 까닭에 있다.

그리하여 '나'는 다시 또 '나'라는 '허구'가 뒤얽혀지면서 만드는 시라는 언어뭉치에 대하여, 시라는 언어예술에 대하여 생각하게 된다. 그렇게 생각하는 과정에 내 감정은, '나'라는 인격은 점차 세련되어 가고 정련되어 간다. 시 쓰기가 '나'를 찾아 거듭 훈련시키고 단련시키는 과정이고 방법인 까닭이, 곧 자기수행의 방법이고 과정인 까닭이다.

이은봉 1953년 충남 공주에서 출생. 숭실대 국문학과 대학원 졸업. 1984년 『창작과비평』 신작 시집 『마침내 시인이여』를 통해 등단. 시집으로 『좋은 세상』, 『봄 여름 가을 겨울』, 『절망은 어깨동무를 하고』, 『무엇이 너를 키우니』, 『내 몸에는 달이 살고 있다』, 『길은 당나귀를 타고』 등이 있음. 제12회 한성기문학상, 제4회 유심작품상, 제15회 가톨릭문학상 수상. 현재 (사)민족문학작가회의 부회장, 광주대학교 문예창작과 교수.

유리병 속에 시를 담는 마음으로

정끝별

　얼마 전에 본 뮤직비디오에서였다. 한 남자가 한 여자를 잊지 못한 채 괴로워하다 편지를 쓴다. 유리병 속에 편지를 넣고는 코르크 마개로 봉해서 바다에 던진다. 편지가 담긴 유리병이 바다 가운데로 넘실넘실 나아간다. 시간이 흘러, 다른 남자와 배를 타며 신혼 여행을 즐기던 한 여자에게 바다에 뜬 유리병이 발견된다. 한 남자가 못 잊던 바로 그 여자다. 여자는 코르크 마개를 개봉해 편지를 읽는다. 여자의 두 눈이 젖는 데서 뮤직 비디오는 끝이 났다. 나는 못내 그 편지의 문장들이 궁금했다.

　이 뮤직 비디오를 보면서 캐빈 코스트너가 주연했던 영화 〈병 속에 담긴 편지Message in a Bottle〉를 떠올렸다. 이혼 후 어린 아들을 키우고 있는 여자가 바닷가를 조깅하다 모래사장에 묻혀 있던 유리병 속의 편지를 읽게 된다. 편지는 죽은 아내에게 보내는 절절한 사랑과 그리움을 담고 있었다. 편지를 쓴 남자를 찾아 나서면서 두 남녀의 사랑이 시작되지만, 사랑이 시작되는 순간 예기치 못한 사고로 남자가 죽는다. 그리고 여자는, 죽은 아내에게 마지막으로 띄워 보내려 했던, 새로 만난 여자와의 사랑을 고백하는 남자의 유리병 속 편지를 읽게 된다. 유리병 속 편지를 매개로 시작된 사랑은, 마지막 유리병 속 편지로 완성된다. 여자에게 남은 것은 유리병 속 편지들뿐이다. 죽은 아내에 대한 그리움을 병 속에 담아 바다에 띄워 보내는 남자에게도, 우연히 병 속에 담긴 편지를 발견하고 그 편지에 감동해 급기야 사랑에 빠지는 여자에게도, 병 속에 담긴 편지는 반드시 기록되어야만 하고 기어코 쓸 수밖에 없는 간절함 그 자체였다.

'병 속에 담긴 시'는 더욱 절체절명絶體絶命으로 절박하다. 유태계 시인 이작 카체넬존Jizchak Katzenelson(1886~1944)은 프랑스의 작은 도시 비텔에 있는 유대인 특별 수용소에 감금되었고 그곳에서 『유리병 속의 편지 - 뿌리 뽑힌 유대인의 노래』라는 15편의 시를 썼다. 죽음의 목전에서 유대인들이 겪은 지옥 같은 현실을 시에 담았다. 그리고는 1944년 5월 아우슈비츠 수용소로 이송되어 곧장 가스실로 갔다. 가스실로 들어가기 직전, 이 시들을 깨알같이 베껴 써서 여섯 부를 만들어 그 일부를 유리병 속에 넣고 수용소 마당의 전나무 뿌리에 묻었다. 나머지 일부는 얇은 종이에 베껴 써서 여행용 가방 가죽 손잡이에 넣어 꿰맸고, 또 일부는 종이 연으로 담장 밖 창공을 향해 날리기도 했다. 이 시들은 1945년 파리에서 출간되었다. 그가 유리병 속에 담았던 것은 자기 민족의 수난과 나치의 폭력을 세상을 알리려는 의지였다. 죽음을 넘어서는 진실 그 자체였다.

그리고 파울 첼란Paul Celan(1920~1970)의 '유리병 편지'가 있다. 1958년 첼란은 브레멘상 수상기념 강연에서 시를 '유리병 속에 넣어 바다에 던져진 편지'에 비유한 바 있다. 편지를 유리병 속에 담아 바다에 던지듯이, 낯선 땅의 미래 독자에게 전달될지도 모른다는 기대가 담긴 게 바로 자신의 시라고 했다. 시인은 지금 - 여기의 독자들이 아닌 저기 - 너머의 독자들을 위한 시를 쓴다는 의미일 것이다. 누가, 언제, 어디서 받아볼지 모르지만, 언젠가 누군가가 반드시 받아볼 것이라는 희망으로 자신의 시를 미래라는 망망대해에 띄워 보낸다는 것이다. 시간이라는, 공간이라는, 그 막막한 우연과 필연을 견뎌내고도 살아남는 그 무엇에 자신의 언어를 세우고자 했던 것이이다.

우리에게도 '유리병 속 글'이 있다. 이광사李匡師(1705~1777)의, 일명 '밀랍 표주박 속의 글'이 그것이다. 이광사는 당대의 명필가였다. 소론계였기에 벼슬길에 나가지 못한 채 살다가, 51세 때 나주벽서사건羅州壁書事件에 연좌되어 사형 직전에 뛰어난 글재주 덕분으로 목숨은 부지한 채 회령會寧으로 유배되었다. 귀양을 가서도 그는 자신의 전부였던 글과 글씨를 놓지 않았다. 그의 글씨를 받으려는 문인들이 유배지로 모여들자, 다시 신지도로 옮겨져 그곳에서 불우한 일생을 마쳤다.

그의 글이 도달한 경지를 짐작하게 하는 일화가 있다. 물 흐르는 듯한 수체水體로 '지리산 천은사智異山 泉隱寺'라고 써준 글을 일주문에 건 뒤부터는 그리 잦던 화재가 멈추었다는 데, 지금도 고요한 새벽에 천은사 일주문에 귀를 기울이면 현판에서 신운神韻의 물소리가 들린다고 전한다. 그만큼 그는 글에는 신기神氣가 담겨 있었다고 한다.

나를 사로잡았던 이광사의 '밀랍 표주박' 얘기인즉슨 이렇다. 죽을 때까지 절해고도絶海孤島인 완도군 신지도를 벗어나지 못했던 이광사는 박을 길러 그 박 속을 파낸 뒤 자신이 쓴 글을 집어넣고는 밀랍으로 주둥이를 봉해 바다에 던지곤 했다. 그 밀랍 표주박을 파도에 흘려보내며 그는 이렇게 말

9장 유리병 속에 시를 모아 담는 마음으로

했다고 한다. "같은 글을 쓰는 땅에서 얻어 보는 자가 있어, 바다 동쪽에 이 광사가 있음을 알면 족하다同文之地 有獲而見者 知海東有李匡師 足矣."

절대 고독 속에서 글을 쓰다가 박을 심고, 다시 글을 쓰다가 박 속을 파고 박을 말리고, 또다시 글을 쓰다가 밀봉을 하고 밀랍 표주박을 먼 바다를 향해 던지는, 남루하디 남루한 한 선비의 일상이 영화의 한 장면처럼 그려졌다. 그 하루하루가 얼마나 적적하고 얼마나 막막했을까. 하루하루를 산다는 것 자체가 형벌이었을 것이다. 숨 막히는 그 절대 고독을 견디기 위해 그는 글을 쓰고 다시 글을 쓰고 또다시 글을 썼을 것이다. 그 불우에 미쳐버리지 않기 위해 그는 박을 심고 박 속을 파고 박을 밀봉해 바다에 던졌을 것이다.

내게 시란 무엇이고 무엇이어야 하는가를 생각하다, 생각의 꼬리를 물고 여기까지 왔다. 문득문득 생각한다. 숯보다 더 깜깜했을, 피보다 더 절절했을, 바다보다 더 막막했을, 유리병 속에 담을 수밖에 없었던 그 마음 자락들을. 턱 하니 내 마음에 눌러앉아 오래 떠나지 않는 그 유리병 속 편지들을. 그리고는 지금도 어느 바다 기슭에 고이 묻혀 있지 않으려나 궁금하기만 한 것인데…….

그러다 또, 한 평문을 읽고는 멈춰 섰다. "십여 년 만의 새 시집이다.……여전히 섬세하면서도 날카로운 통찰에, 노년의 지혜가 더해진 정갈하고 아름다운 시편들…… 시인이 조용한 사랑으로 돌아보며 그려 가는 삶의 장면들, 사물의 모습들은 깊고 따뜻한 성찰이 스미면서, 하나하나 뚜렷이 떠올라 제 아름다움을 얻는다." 그리 화려하달 것도, 그리 날카롭달 것도 없는 이 문장 앞에서 나는 오래 서성였다. 잠시, 20년쯤 후의 내 시를 짐작해봤던 모양이다. 20년쯤 후 내가 쓴 시를 읽고 누군가가 이렇게 생각해줬으면 좋겠다고 꿈꾸었던 모양이다.

그래 그때쯤이면 시집은 한 '십여 년만'에 내면 좋을 것도 같아…… '여전히'라는 부사를 쓸 수 있었으면 해…… 그래 내가 아꼈던 '섬세'라든가 '통찰'이라든가 '정갈'이라는 말이 정말 제값을 했으면 해…… '조용한 사랑'을 돌아보자는 것도 좋군…… 조금은 식상하기는 하지만 표현 그대로의 '삶의 장면들'과 '사물의 모습'을 놓쳐서는 안 돼…… '깊고 따뜻한 성찰'이라는 말이나 '제 아름다움'이라는 말도 낡았지만 얼마나 소중한 말이란 말인가…….

누군가에게 읽히기를 바라며 유리병 속이든 표주박 속이든 그 속에 글을 넣어 바다에 띄우는 그 외롭고 절절한 마음으로 시를 쓸 수 있었으면 좋겠다. 그런 절박한 몸에서 터져 나오는 그 목소리가 순하고 정갈했으면 좋겠다. 깊고 따뜻한 성찰이나 통찰을 담고 있었으면 좋겠다. 하여 내 나름의 아름다움이 배어나는 시를 쓸 수 있었으면 정말 좋겠다. 그렇게 평생을, 가장 어려운 곳에서, 가장 낯선 길에서, 가장 과묵한 모습으로…….

이 글을 쓰는 지금 나는, 짐 크로스Jim Croce, 1943년~1973년의 노래 〈Time in a Bottle〉을 듣고 또 듣는다. 이 노래의 시간이란 내겐 다름 아닌 시이고, 당신이란 저기 너머의 그 누구이다.

If I could save time in a bottle

The first thing that I'd like to do

Is to save every day

Till eternity passes away

Just to spend them with you

If I could make days last forever

If words could make wishes come true

I'd save every day like a treasure and then,

Again, I would spend them with you.

(만일 시간을 병 속에 담아 모을 수 있다면

제일 먼저 하고 싶은 일은

매일 매일을 모아두는 일이죠.

영원히 지나갈 때까지

당신과 그 시간을 보내기 위해

만일 영원히 세월을 지속시킬 수 있다면

말만으로 소원이 이루어질 수 있다면

매일매일을 보물처럼 모을 거예요. 그리고

역시, 그 시간을 당신과 함께 보내겠어요.)

(『시와 반시』 2008년 여름호)

정끝별 1988년 『문학사상』 신인 발굴에 시 당선. 1994년 〈동아일보〉 신춘문예 평론에 당선. 시집 『자작나무 내 인생』, 『흰 책』, 『삼천갑자 복사 빛』, 『와락』, 시론 평론집 『패러디 시학』, 『천 개의 혀를 가진 시의 언어』, 『오류의 노래』, 『파이의 시학』 등이 있음. 제23회 소월시문학상, 제25회 노월문학상 수상. 현재 명지대학교 국문과 교수.